LES AMOUREUSES

Clémentine Célarié

LES AMOUREUSES

cherche
midi

Du même auteur

Marcella, en collaboration avec Christophe Reichert, Calmann-Lévy, 1990.
Mes ailes, Michel Lafon, 2007.

23, rue du Cherche-Midi
75006 Paris
Vous pouvez consulter notre catalogue général
et l'annonce de nos prochaines parutions sur notre site :
www.cherche-midi.com

J'aime l'amour.

Je l'aime sous toutes ses formes.

J'aime les vagues qu'il nous procure, les battements qu'il déclenche dans nos cœurs, les folies qu'il nous fait faire, les chagrins dans lesquels il nous plonge, les joies démesurées qu'il nous offre.

Ne sommes-nous pas des super-héros quand on est amoureux ?

C'est une nourriture, une drogue, une passion.

L'envie d'écrire des histoires d'amour est devenue urgente, parce que grâce au temps, à la vie qui grandit et se construit, et je les ai accumulées, vécues, ou inventées...

J'ai la sensation que nous sommes tous des amoureux éternels.

Les hommes comme les femmes ?

Les femmes l'avouent peut-être plus facilement, parlent plus naturellement de leur cœur et de leurs sentiments.

Les hommes sont sans doute plus pudiques, élevés pour beaucoup avec cette idée éternelle qu'un homme doit être fort, très fort, et contenir ses sentiments. « Les garçons ne pleurent jamais... »

Les histoires d'amour sont essentielles à nos vies, qu'elles soient réelles, qu'elles soient rêvées, qu'elles soient espérées, trahies.

Elles peuvent nous arriver n'importe quand.

On peut en avoir à tout âge.

Personne n'est à l'abri de l'amour.

Tout le monde cherche l'amour.

L'amour est notre essence, notre cœur, et sans notre cœur, on ne pourrait pas vivre.

J'ai vécu certaines de ces histoires, petites bribes, petits morceaux, j'en ai inventé, rêvé d'autres, et j'ai fait mon petit mélange dont je garde le secret.

Mais plus que l'histoire elle-même, c'est le sentiment que je veux partager, le mystère de ce sentiment amoureux dévorant qui parfois n'est pas forcément lié à quelqu'un mais simplement à son propre désir de projeter et de trouver de l'amour partout.

PIMPRENELLE

Elle vit seule et heureuse, et ça inquiète tout le monde, parce que normalement à l'âge adulte on doit être deux. Oui, c'est mieux, c'est ce qui se fait. Ça n'est pas normal d'être seule quand on devient très grande, ça n'est pas normal non plus d'être heureuse. Normalement, il faut un homme. Normal, normalement. Ce sont des lois vérifiées par des statistiques vivantes et ceux qui veulent les défier sont des menteurs ou des fous. Elle n'est pas menteuse ni folle, elle est souvent amoureuse. Bon. Ça oui. Elle tombe et retombe amoureuse comme si cela ne lui était jamais arrivé. Bon et puis. C'est comme ça qu'elle est faite. Faite pour tomber dans l'amour. Elle aime y tomber vraiment, faire un grand plongeon, comme du haut d'une falaise, et se retrouver à barboter dans une mer chaude un peu épaisse au goût de crème à la vanille, et plonger et remonter à la surface. Le problème c'est ça : sous l'eau elle respire, elle vole même, elle n'a pas peur. Rien dans l'amour ne lui fait peur.

Chaque fois c'est le même petit tour de manège, c'est à croire que finalement peut-être bien qu'elle est folle. Mais elle ne se comporte pas comme une folle. Elle voit de l'amour partout, souvent, pour un oui pour un non. Ça doit être ça. Elle aime l'amour et veut le voir dans tout le monde. Dans n'importe quoi.

Heureusement que ses attirances sentimentales et physiques ne vont que vers les hommes parce que sinon elle passerait son temps à tomber amoureuse. Non, là, quand même, elle travaille. Elle est photographe. Elle prend toutes sortes de photos, aussi bien de gens que de pots de yaourt pour des publicités. C'est plus reposant pour elle quand c'est pour des pots de yaourt : elle ne peut pas en tomber amoureuse.

En ce moment, elle doit être amoureuse d'une bonne dizaine d'hommes. Ça lui prend beaucoup de temps. C'est ça le problème avec l'amour, c'est que ça prend du temps. Et paradoxalement c'est ça le pied, mais ça demande beaucoup d'organisation. Elle est polygame, donc. En tout bien tout honneur. Ils le savent tous. Enfin presque.

Quelquefois elle n'en voit qu'un parce que soudain les autres ont l'air fade à côté de lui, mais ça l'ennuie parce qu'elle devient un peu bête, comme si une autre femme poussait en elle, il y a tout un tas de mécanismes de possession et de bêtises qui se mettent en marche et elle n'aime pas ça. Donc, plusieurs sans exagérer, c'est mieux.

Et ce soir-là elle va à une soirée, avec du monde et tout le tralala. Elle n'aime pas vraiment ce genre de truc parce que l'amour là-dedans n'a pas sa place. Tout est conversations, conventions, relations chabada. Bref, il ne se passe rien qu'elle aime, les cœurs ne battent pas. Et en ce moment elle est plutôt en hibernation d'amour. Oui, ça lui arrive. Parfois elle fait un break total, plus rien. Rien ne la tente ni ne lui manque. Elle est en pause, comme sur les vieux magnétoscopes.

Elle est là, à une table ronde, il y a des amis qu'elle aime beaucoup, c'est vraiment bien les amis, ça fait des repos d'amour, c'est agréable aussi. On est libre complètement et on se retrouve comme si on s'était jamais quitté et on a confiance et enfin... c'est bien quoi l'amitié.

Ils se marrent, et c'est bon, parce que tous ces rires et ces sourires font une petite musique comme des bulles de champagne qui se mettraient à sortir des verres et à danser tout autour des tables et des visages. Quel repos de mettre les sentiments en veille, juste un peu! Ce qu'on mange est délicieux et elle pense toujours qu'elle a beaucoup de chance d'avoir quelque chose de bon dans son assiette.

Au milieu du repas, arrivent deux hommes, assez grands, qui ont l'air d'être des amis du maître des lieux. Ces deux hommes vont s'asseoir quelque part, elle ne les remarque que parce qu'ils sont grands, et qu'ils sont les seuls à être debout à ce moment-là de la soirée. Et elle ne peut pas s'empêcher de se dire à l'intérieur: «Ah non, ce soir pas d'histoire, un break c'est un break, Action Man ou pas, ce soir c'est régime sec. Pas d'amour.» Tout le monde se lève petit à petit parce que les desserts sont mangés et que les invités sont polis. Elle n'est pas tout à fait polie, ni certains de ses copains et copines, qui boivent encore quelques verres en rigolant.

Une de ses copines se dirige vers elle avec un grand sourire en lui disant qu'il faut absolument qu'elle lui présente quelqu'un qui l'adore... Qui l'aime... Qui veut la saluer mais qui n'ose pas... Ah non, elle refuse, elle a autre chose à faire, elle a ses copains qui sont là, elle ne veut pas les laisser. «Oh mais si, insiste la copine, ils connaissent tes photos, surtout un qui veut te rencontrer.»

Malgré son désir de retraite, elle entend tous ses mots comme une sorte de cascade chatoyante qu'on voit dans les restaurants qui veulent faire chic, où il y a des fontaines en papier mâché... Elle entend ces mots agréables en s'en méfiant comme des petits poisons maquillés en anges qui viendraient tenter sa vanité en dansant et en chantonnant dans sa tête jusqu'à ce qu'elle cède. Elle cède donc.

Pas grave, il n'y a pas mort d'homme. Son amie lui présente la personne en question. C'est un des deux hommes Action Man arrivés pendant la soirée alors que tout le monde terminait de manger. Il est charmant, vraiment. Merde alors, ça se complique. Il est grand, vraiment. Bon, le break va peut-être se terminer là. Elle se méfie un peu de lui, elle ne sait pas pourquoi.

Elle s'est mis, sans s'en apercevoir, une sorte de protection qui l'empêche d'entendre, de voir, de sentir et d'approcher cet homme comme elle aurait pu le faire à un autre moment, dans un autre endroit, une autre fois. Elle ne s'explique toujours pas pourquoi. Une raison peut-être... L'instinct énorme de ce qui pourrait se passer et du danger que cet homme pourrait éventuellement représenter pour elle... Pourtant, comme ça, à l'œil nu, il n'a pas l'air vraiment dangereux. Tout reste rationnellement inexplicable. Elle se méfie de lui, c'est tout. Et elle traduit cela par un petit désintérêt. Il a l'air un peu niais. Pourtant, il a du charme. Mais,... Pourtant, il a du charme, de la douceur, une petite façon d'être un peu à côté qui laisse penser qu'il est impressionné, timide... On ne sait pas quel mot utiliser. On sait qu'il ne se passe pas grand-chose et que, même s'il se passait quelque chose, on ne veut pas le voir.

Elle passe un très court temps à discuter avec l'homme et quelques autres copains, dont la copine qui lui a présenté l'homme, puis elle s'en va. Elle part heureuse en rigolant d'elle-même, en se disant que quelque part elle sent qu'elle a échappé à quelque chose. Ce type ne l'intéresse pas, elle est en pause et c'est comme ça.

Le lendemain, elle prend le train pour aller faire des photos dans le Nord.

Dans le train elle a soif et va au bar. Elle ne va jamais au bar, ou très rarement, car elle aime ce cocon du train, sa petite place dans laquelle elle se cale pour rêvasser, dormir, lire ou écrire, regarder ses photos, faire des légendes, refaire un bouquin avec, elle aime ce mouvement perpétuel qui l'inspire et lui donne la sensation très forte que c'est vraiment bon d'aller quelque part, juste bouger, avec le mystère de ce qui se passera là-bas, loin… même si ce n'est qu'à deux cents kilomètres. Et elle adore le Nord, elle adore ses plages et ses ciels qui sont gris mais qu'elle voit mauves.

Elle va au bar. Elle traverse les voitures pour s'y rendre. Quelqu'un l'appelle sur le passage. C'est l'homme de la veille. Action Man. Encore accompagné de son copain.

« Ça alors, c'est incroyable de se retrouver ici ! Qu'est-ce que vous faites ?

– Eh bien je rentre chez moi.

– Vous habitez le Nord ?

– Non, je vais travailler.

– Nous, on va à Lille ! »

C'est vrai qu'elle trouve ça plutôt marrant quand même, mais cette rencontre ne lui fait rien. Pas de joie, pas de peine. Ils vont tous les trois au bar du train et parlent. Ils parlent. Puis ils décident de retourner à leur wagon. Action Man s'assoit à sa place et lui propose de se poser deux minutes à côté de lui. Et il commence à parler. Il parle beaucoup. Il parle avec confiance et a l'air honnête. Il parle de sa mère. Il parle de sa mère et de ses toiles. Et de ses étoiles. Elle est peintre. Il parle de sa mère qui est une femme exceptionnelle. Sa mère qui a en elle quelque chose de rare. Sa mère que tant de personnes aiment. Sa mère qu'il aimerait que je rencontre. Sa mère qui est malade... D'une maladie incurable. Sa mère qui a une maison qu'il faut vendre. Même si cela lui fend le cœur. Sa mère qui a tout ce côté artistique qui l'attire sans trop savoir pourquoi et comment le traduire. Qui lui fait peur aussi. Ce côté artistique auquel il se sent appartenir, ce côté qui lui manque... Dans sa vie personnelle, dans sa vie affective, amoureuse, qu'il ne sent plus trop. Il parle avec une pudeur généreuse et une intimité élégante. Il parle et parle encore.

En un quart de seconde, elle se dit que la pause d'amour c'est fini. Action Man a agi. Mais ça lui fait bizarre, pas tout à fait comme d'habitude. De toutes les façons ça lui fait toujours bizarre, quand elle sent la chute qui arrive, la belle cascade, la tombée d'amour qui lui prend le ventre, puis la gorge puis les jambes, les bras, la tête, et elle se voit comme une poupée désarticulée en caoutchouc qui s'envole et s'entoure sur elle-même, et tourne tourne comme une toupie et puis, soufflée par le jet de feu du volcan de l'amour dans lequel elle tombe, rejaillit dans le ciel, haut dans le bleu et les nuages, puis vole, puis plane doucement pour aller se poser au centre du volcan chaud du sentiment de l'amour qui l'attend, qui l'attendra toujours. Comme si son principal amant finalement c'était lui, l'amour et son volcan, qu'elle attend toujours, qui la piège, met des masques mais gagne sans cesse.

Il est beau. Action Man est soudain magnifique, si touchant. Il dit qu'il aimerait la revoir, elle. Elle rit.

Elle dit que c'est toujours un peu les mêmes histoires. À quoi bon... Et se voir pour quoi... Elle fait sa chochotte.

Il dit qu'il ne faut pas réfléchir. Il veut juste garder un contact. Ne rien calculer, ne rien demander, mais ne rien fermer. Ils échangent leurs numéros de téléphone.

Les semaines et les mois qui passent sont ponctués de messages écrits ou oraux, d'échanges téléphoniques brefs ou plus longs sans beaucoup de sel. Elle se sent fatiguée d'avance... Une énorme fatigue prématurée de ce genre de relation où rien n'est vraiment possible, et le tourisme en amour, ça n'a jamais vraiment été son truc. Elle veut l'amour plein entier, pas du demi-écrémé. Elle veut du lourd, pas du *light* en amour, sinon autant regarder *Les Feux de l'amour* en boucle.

Petit à petit ces échanges pourrissent comme des fruits qu'on laisse se dessécher, elle en a marre, c'est quoi ce truc, et en plus d'un seul coup, sans qu'elle s'en soit vraiment rendu compte, elle devient monogame. Ça ne va plus du tout. Elle devient idiote, comme elle déteste. Stop. Elle ne répond plus aux messages. Elle s'est peut-être amourachée de quelques autres sourires, énergies, apparences agréables et passagèrement excitantes, mais surtout elle n'a plus d'envie d'aucune sorte, parce qu'elle ne sent rien, comme s'il y avait entre elle et cet homme un brouillard opaque qui empêchait tout. Laisse tomber.

Quelques semaines plus tard, de passage à Paris, elle reçoit un message écrit. «Je suis à Paris, ma mère est en train de mourir, c'est dur.» Elle l'appelle aussitôt. Elle l'appelle et l'écoute, comme s'ils étaient proches, depuis longtemps, très longtemps. Il n'y a plus l'ombre d'un quelconque brouillard, tout est clair, il a besoin d'aide, elle veut lui en donner, à sa petite mesure parce qu'elle doit quitter Paris pour le travail. Il lui faut trouver un endroit qui l'aiderait à prendre en charge sa mère au plus mal, qui a besoin de soins.

Elle part travailler hors de Paris. Et la cascade commence, une espèce d'avalanche de sentiments qui se bousculent devant la porte de la cantine. Tout le monde veut manger. Tous les petits chromosomes des cellules de l'amoureuse veulent dévorer l'amour, ne veulent engloutir que de l'amour, ne veulent entendre que de l'amour. Ils ont été sevrés, là, c'est la ruée vers l'amour. Elle le sent dans tout son corps. Ça lui fait des frissons qui l'inquiètent.

Ils se parlent au téléphone, tous les jours ou presque. Ils se plongent, sans s'en rendre compte parce que plus rien n'a de prise, dans une intimité de plus en plus profonde. Lui, cet homme qu'elle ne connaît pas, est en train de perdre sa mère. Cette femme dont il lui avait parlé dans le train, cette femme qui représente tant pour lui, cette femme de lumière. Il souffre de la voir souffrir. Il souffre beaucoup.

Après certaines conversations au téléphone, lorsqu'elle raccroche, elle pleure comme si cet homme lui était familier, comme si cette femme qui était en train de mourir l'était aussi.

Elle sent qu'il se passe quelque chose de terrible qui la concerne profondément. Cet homme lui dit vouloir la serrer dans ses bras, mais elle aussi voudrait le faire, viscéralement. Elle voudrait être là, venir la nuit dans l'hôpital, lui apporter du soleil de la chaleur de l'amour, voir sa mère mourante, lui tenir la main... Mais... Mais, la pudeur, la lâcheté, les occupations nombreuses et agitées de la vie et de tout ce qu'elle doit faire l'en «empêchent».

Que se passe-t-il exactement, elle ne sait pas et n'y réfléchit pas trop. Elle sait seulement qu'elle pense à cet homme en permanence et se sent même responsable de quelque chose qui le concerne. Il faut qu'elle soit là. Elle en est à se prendre pour sa «régulière», son autre, son indispensable. Elle panique. C'est pas comme les autres fois. Tout lui tombe dessus, le volcan de l'amour se referme sur elle, elle est bloquée dedans. Ça fait du bien et en même temps elle étouffe. Elle devient obsédée par Action Man et tout ce qui lui arrive.

Elle arrête tout. Elle pousse les masses de lave du volcan qui la coinçaient dans ses entrailles, cette espèce d'amour surdimensionné trop épais pour elle, trop brûlant, trop étrange et étranger, elle ne veut pas de ça, il a sa vie, Action Man, elle le sait, il a une vie d'Action Man, quoi. Il habite loin, et puis voilà, ça sent le domaine de l'impossible relation, et c'est tant mieux.

Elle disparaît. Ne renvoie plus aucune réponse. Rien. Elle reprend sa vie d'amoureuse peinarde, avec des volcans pas trop grands qui ne l'enferment dans rien. Elle bosse comme une folle, alternant des photos à faire de pots de yaourt et de femmes ou d'hommes dont certains l'ont déjà charmée. Tout est léger à nouveau, c'est le printemps.

Un matin, un message : « Ma mère est partie ce matin. »

C'est Action Man. Elle l'appelle. Il parle, doucement, raconte comment cela s'est passé. Sa mère s'est éteinte. Il n'était pas là mais il était en train de revenir de l'appartement de sa maman et son papa qui n'était pas loin. Sa maman est partie dans la paix. Il décrit les choses avec une force et une douceur magnifiques... Majestueuses. Il est « nu ». Il est apaisé aussi, peut-être. C'est une délivrance pour sa mère donc pour lui. Elle ne souffre plus. Il est dans un état indescriptible. Elle lui propose de le voir le soir même, s'il veut, s'il peut. Il dit que oui, il veut. Il va voir comment les choses s'organisent, mais oui, cela lui ferait du bien.

Le soir même ils se donnent rendez-vous dans un bar. Il l'appellera dès qu'il y sera, le bar est tout près de chez elle. Son cœur bat. C'est monstrueux comme il bat. C'est bizarre cet état dans lequel elle est. C'est elle qui est dans cet état-là, comme si elle était en coton. Elle annule un rendez-vous qu'elle avait pris avec un autre. Elle ne se fait même pas belle, juste le minimum.

Il l'appelle, du bar. Elle descend de chez elle, le bar n'est pas loin. Elle marche vers lui. Il l'attend dehors. Il fait nuit et plutôt doux. Elle va le revoir. Elle appréhende un peu. Comment va-t-il être ? Comment va-t-elle être avec lui ? Il doit souffrir, beaucoup. Elle va le prendre dans ses bras. Non. Si. On verra. Elle est heureuse de le revoir. Le volcan se rallume et lui brûle la chair, elle a l'impression de fumer dans l'atmosphère froide de la rue.

Elle croit l'apercevoir, il est là debout, à l'extérieur du café, il attend, il a l'air tout petit. Il la voit, de loin. Il vient vers elle doucement. Ils sont face à face. Il n'est pas du tout petit, presque encore plus grand que la dernière fois. Ils se serrent dans les bras l'un de l'autre. Elle le trouve encore plus beau. Ce n'est pas le même, on dirait. Elle est foutue. Elle déteste et adore ce moment-là, précis. Elle déteste parce qu'elle s'était juré depuis toute petite, son premier amour, de ne plus jamais aller dans ce genre de sillon de perdition, mais c'est fichu, elle retourne là-bas, dans le pays de ses quatorze ans, elle se met à pleurer, elle est paniquée, la falaise est trop haute pour sauter, elle le pressent, mais elle est tellement au bord, et le vent souffle si fort qu'il faut sauter, elle a déjà un pied qui flotte et qui l'emporte vers le vide. C'est un gouffre qu'elle ne connaît pas, elle pleure, elle a l'air d'une débile, alors que c'est lui qui devrait laisser couler ses larmes d'Action Man.

Ils entrent dans le bar et s'assoient face à face. Ils se sourient. Il sort un mouchoir de sa poche et essuie ses larmes, oh ! là, là ! elle est en guimauve, elle va fondre sous son siège. Elle est une autre. Elle s'oublie. Ils ne se disent pas grand-chose d'abord. Pas grand-chose et beaucoup de choses en même temps. Ils se regardent. Ça les fait rire. Il doit être dans un drôle d'état. Elle lui trouve une dignité et une façon d'être qui la touchent. Ils sont bien. Ils boivent un peu de vodka. Le temps s'arrête.

C'est merveilleux de se retrouver. Se retrouver enfin. Après cette si longue absence. Pourquoi cette « si longue absence », ils ne se connaissent pas...

N'importe quoi. Elle dit et fait n'importe quoi. Ce n'est pas elle, si c'est elle, elle ne sait pas. Elle a rapetissé, elle a quatre ans, même plus quatorze, et hop elle se remet à pleurer comme une madeleine.

Il aimerait bien prendre ses mains dans les siennes, lui dit-il, elle lui dit qu'il n'a qu'à le faire, la morve au nez, elles sont juste là, sur la table. Il les prend. C'est *Les Feux de l'amour*. En beaucoup mieux quand même. Elles sont douces, leurs mains, et vont bien l'une avec l'autre. C'est un soulagement de se voir. Un repos, une évidence. Elle se calme et arrête de pleurer. Il est épuisé et on dirait qu'il est en pleine forme. Il souffre et en même temps il est majestueux, élégant, abandonné. C'est un autre homme.

Ils se parlent beaucoup, et plus le temps passe, plus ils ont envie de se parler encore. Il lui parle de sa mère, il lui dit merci, elle répond qu'elle n'a rien fait. Il lui dit que la fin a été l'enfer. Elle le découvre comme si elle ne l'avait jamais vu auparavant. Elle rencontre un homme tout nu, sans défense, qui revient d'un long combat, exténué et qui se livre sans aucune retenue, simplement, qui a besoin de se poser quelques minutes, devant quelqu'un comme elle. Ce n'est plus Action Man, c'est un homme, c'est lui.

Ils se parlent d'eux, du grand silence qu'elle lui a imposé, elle raconte qu'elle n'avait plus envie de le voir, qu'elle trouvait tout cela médiocre, une espèce de relation qui ne pouvait pas en être une, elle n'avait pas eu envie de ça. Il comprend. Mais là, maintenant, ils sont là, ils se regardent, et sans comprendre pourquoi, rien n'est pareil. Tout a changé, et une sorte d'attraction irrésistible naît entre elle et lui. Il l'embrasse. Ils s'épousent, ils se plaisent, les choses basculent comme un raz de marée qui arrive doucement, l'air de rien.

Il va rentrer chez lui et, avant, il l'accompagne devant sa porte. Ils s'embrassent et ne peuvent plus se décoller l'un de l'autre. Il la serre et elle sent ses bras délicieux et forts comme les héros dont elle a toujours rêvé. Plus rien n'existe que ses bras, sa hauteur. Il lui apparaît comme une montagne, une superbe montagne qu'elle a envie de grimper, comme quand elle était petite et qu'elle rêvait. Il la prend dans ses bras et la soulève. C'est King Kong. Elle reste perchée. Ils s'embrassent et s'embrassent encore. C'est merveilleux...

Ils se quittent.

C'était... pff... génial.

Elle a du mal à dormir. Ça cavale dans sa tête. Elle se sent bien, mais se méfie. Encore.

Ils se parlent le lendemain. Il a beaucoup de choses à faire, entre autres des papiers, problèmes administratifs à régler... Et l'atelier de sa mère à vider, ce qui est le plus violent... Le plus douloureux. A-t-il besoin d'elle ? Oui, lui dit-il. Il aimerait qu'elle vienne voir l'atelier de peinture de sa mère. Elle y va sans hésiter. Elle le retrouve dans cet endroit très charmant, tout simple, où il se dresse, encore plus grand que la veille, avec sa tête de petit garçon qu'il a parfois. Il est encore plus beau, encore plus présent, encore plus proche.

Il y a des fleurs et des arbres dans cette cour pavée, il faut regarder à droite et un petit chemin mène à l'atelier, qui est une sorte de bâtisse de plain-pied, toute vitrée comme un jardin d'hiver, et à l'intérieur de laquelle se sont accumulées des années de vie. C'est un choc pour elle, une sorte de phénomène inexplicable où elle se sent retrouver un endroit familier. Les toiles sont rangées pour certaines, d'autres sont exposées sur des chevalets, une est encore inachevée, une autre est un autoportrait...

Quelle femme magnifique, quel feu se dégage d'elle ! C'est incroyable d'être là. C'est bon d'être là. C'est normal d'être là. Normal de la rencontrer cette femme-là, enfin. Il y a quelqu'un d'autre, une jeune femme. C'est un peu énervant. Elle se sent possessive dans cet endroit. Elle n'a aucune raison de l'être, de vouloir occuper cet espace elle seule avec lui.

Pourtant, elle est gênée par cette autre présence de la jeune femme qui, elle, connaissait l'artiste. Elle déambule, regarde tout, touche, discrètement par respect, tous les pots de couleur, les palettes, les bocaux qui contiennent de la cire, les pinceaux séchés, les verres qui ont dû se partager... Quelle bohème, quelle poésie... C'est un endroit où elle aimerait tant rester, qu'elle aimerait occuper, elle trouverait cela normal. Elle lui en parle avec pudeur, mais elle sent que ce n'est peut-être pas l'atelier qui représente le plus sa mère... Elle n'insiste pas... Mais c'est étrange comme ce lieu lui est familier. Comme cette femme lui est familière.

Le soir, elle doit travailler. Il comprend. Il a aussi beaucoup de choses à faire. Pendant qu'elle fait ses photos, quelque chose manque. Elle n'est pas inspirée, pourtant, l'homme qu'elle doit photographier est magnifique, adorable, simple, gentil, une vraie crème. Elle est assez désagréable, elle se demande ce qu'elle fait là.

Il lui manque, elle s'en veut et termine la séance comme elle peut. Ils se téléphonent tard, pendant des heures. Il lui manque. Encore. Elle pense à l'atelier. Elle pense à cette femme artiste et à son atelier. Ils ne pourront pas se voir ce soir. Mais demain oui. Demain, ils iront voir un concert de Michel Jonasz. Elle peut avoir des places pour son concert, et elle a promis qu'elle irait de toutes les façons. Elle adore Michel Jonasz. Elle devait partir, elle annule son voyage. Elle restera pour lui. Et pour le concert. Elle sent qu'il faut qu'elle reste.

Le moment du concert arrive... C'est la première fois qu'elle se fait vraiment belle pour lui. Il y a longtemps qu'elle ne s'est pas faite belle, vraiment, absolument belle. En ne négligeant aucun détail. Elle va prendre une douche et se faire un gommage. Non, le gommage à sec, avant la douche, très important, et puis ensuite la douche froide, glacée même, sur tout le corps, pour que tout circule bien et puis ses cheveux, elle va se laver les cheveux avec de l'eau chaude puis glacée, un petit jet à la fin pour qu'ils brillent. Et puis elle va se calmer.

Elle est ridicule, on dirait qu'elle va à son premier rendez-vous, il faut quand même pas exagérer et puis le string et le soutif, aucun n'est pareil, on s'en fout, et s'ils se déshabillent, on s'en fout, de toute façon, elle est pas du genre à se mettre des panoplies de dessous, elle a pas le temps et ça se mérite ce genre de truc, elle trouve que c'est pas pour les débuts mais éventuellement après quand on se connaît bien, quand on se connaîtra bien, quand on s'aimera et qu'il faudra inventer des jeux d'amour pour se régénérer, oui, un truc comme ça, mais là non, string et soutif dépareillés, ensuite... Une robe, un pantalon, un jean avec un petit haut sympa, mais non, elle se sent grosse, le jean c'est bien, ça fait des belles fesses, celui-là surtout, mais une robe, oui, celle-là, c'est plus comme pour une cérémonie, et là elle a l'impression que c'en est une de cérémonie… Non mais ça va pas la tête, *Les Feux de l'amour* sont de retour. Merde, il lui envoie un texto, « Suis là dans cinq minutes », catastrophe, elle est pas du tout, mais pas du tout prête, les cheveux mouillés collent partout, même pas maquillée, oui pour la robe, cette petite robe qu'elle traîne depuis des lustres mais qu'elle adore, il faut toujours mettre des choses que nous on adore pour qu'on nous adore, oui, donc robe mise, les chaussures, ah les chaussures, très important, elle met au moins dix minutes rien que pour les chaussures et finalement en choisir une paire aussi ancestrale que la robe, mais ce sont celles qu'elle aime, donc, elle lui envoie un texto de la main droite, « Serai un peu en retard, tu m'attendras ☺ », tout en se faisant le brushing de la gauche, le vent souffle souffle, elle a chaud, elle est toute rouge, un autre texto arrive, « Suis en bas », oh ! là, là ! souffle souffle, gentil petit séchoir, bon, les cheveux sont secs, vite le maquillage, oh et puis non, calme-toi, il attendra un peu, il faut toujours les faire attendre, *dixit* maman et beaucoup de femmes, donc, calme, maquillage pfouuu on respire, avec le cœur qui bat comme un cinglé et qui fait trembler, pof un coup de rimmel dans l'œil, tout coule, il faut recommencer, on respire encore, on ne s'énerve pas et on ne force pas trop sur les yeux, ni sur rien, voilà c'est fait.

Les clés, un sac, non, pas de sac, elle déteste les sacs, elle ouvre la fenêtre et crie vers la voiture en bas, c'est celle d'Action Man sûrement, heureusement, «J'arrive!», re-*Les Feux de l'amour* ou *Roméo et Juliette*. Il la regarde d'en bas tout souriant. Oh! là, là! elle est heureuse comme il y a cent ans... Elle est heureuse comme quand elle croyait au Père Noël. À quatre ans et qu'il lui avait offert Nicolas et Pimprenelle. Elle, c'est Pimprenelle. Le Père Noël lui avait donné les poupées parce que, elle, à quatre ans, tout le monde la surnommait «Pimprenelle», peut-être à cause de ses cheveux qui étaient de la même couleur que ceux de la poupée. Elle n'a jamais su. Et elle avait son Nicolas, en vrai, c'est ça qui était marrant, ils étaient comme de vrais amoureux tous les deux, ils étaient côte à côte à l'école et ils s'aimaient, ils s'aimaient comme des fous, ils allaient dans les terrains vagues et se faisaient des cabanes et ils s'étaient mariés, avec une bague et tout le tralala, et le Père Noël leur avait offert aussi des vélos, après à six ans ils grandissaient ensemble et leurs parents habitaient loin, là où la mer était partout parce qu'il faisait toujours chaud, et ils passaient leur temps sur la plage, comme Adam et Ève, et ils étaient toujours à l'école à côté, et ça a été comme ça jusqu'à quatorze ans...

Elle appuie sur le bouton de l'ascenseur. Et un jour il y a un con, le roi des cons qui a offert une petite moto à Nicolas. Et il est parti très loin, je demandais «Où, très loin?» on me répondait «Très loin», qu'est-ce qu'on peut se foutre de nous quand on est petit. Il était mort. Emporté par cette saloperie de moto. Et le lendemain, il y a une conne, la reine des connes, qui m'a dit que le

Père Noël n'existait pas, non mais vraiment faut être débile pour sortir des trucs pareils alors que je venais de perdre mon mari.

Mais pourquoi elle pense à tout ça ? Elle a l'impression de perdre la tête, là, dans l'ascenseur. Elle hésite d'un seul coup et appuie sur le bouton rez-de-chaussée, puis remonte, puis recommence.

Texto : « Tu t'es perdue dans l'ascenseur ? », ben oui, c'est exactement ça. Du coup, ça la réveille et elle arrête le manège de montée et de descente et elle ouvre la porte pour le rejoindre.

Il l'attend en bas de chez elle, comme un prince sur son cheval. Elle rêve. Nicolas est revenu et le Père Noël existe. Elle croit qu'elle va exploser tellement elle est heureuse. Elle est assise à côté de lui dans sa voiture. Tout est joli autour, tout brille, il fait beau. Il faudrait congeler des moments comme ça. C'est le moment dont elle se souvient. Elle l'a figé dans sa tête. Elle se souvient très exactement de la couleur indéfinissable du pare-brise qui avait l'air d'être en sucre, oui c'est ça, un écran géant en sucre où tout le film qu'elle avait devant les yeux était si beau... La rue et les passants étaient tous des héros, et la musique de la voiture débordait sur eux, et le soleil faisait des rayures d'or sur le cristal de la vitre écran...

Ah, c'est l'heure de la piqûre et des médicaments.

« Dites donc, vous aviez l'air bien endormie et le sourire aux lèvres, ça fait plaisir !

– Ah oui... Je rêvais du pare-brise...

– Encore ?

– Ben oui.

– Oui...

– Le pare-brise en sucre...

– Ah. Allez, tournez-vous. Y a un beau soleil aujourd'hui, vous avez envie d'aller vous promener un peu ?

– Oh non, merci, je reste avec mon mari, merci merci. »

Elle est gentille, la dame des piqûres. Tout le monde déteste les piqûres, eh ben pas moi, je les adore, moi, elles me font du bien. Comme un liquide de bien-être qui va partout dans moi et du coup je ne vois plus jamais les volcans d'amour. Quelle paix !

Je suis à l'hôpital. Ça va très bien. Nicolas est avec moi, maman me l'a apporté. C'est génial de retrouver son mari après tant d'années. Il n'a pas changé. On est tellement bien tous les deux, j'ai besoin de rien d'autre. Nicolas et une piqûre, c'est tout.

Action Man a tenté de venir me voir, j'ai dit non. Je suis mariée, il n'avait qu'à m'épouser, j'aurais divorcé pour lui, mais il avait l'air de dire que c'était difficile, un peu trop compliqué apparemment, parce que lui aussi il était marié, eh ben ça tombe bien, moi aussi, et fidèle ! Et de toute façon je préfère les Nicolas aux Action Man. Et voilà. J'ai une vie bien tranquille et quel repos ! Le seul truc qui m'embête, c'est quand maman pleure quand elle vient me voir. C'est vrai que je lui parle jamais, parce que je peux plus, c'est pas ma faute, c'est une rupture de mécanisme qui est venue comme ça, mais c'est pas grave, j'entends, mais maman elle doit croire que j'entends plus non plus alors elle pleure… ou bien peut-être qu'elle pleure de bonheur de me voir heureuse et enfin monogame avec mon Nicolas… Je sais pas… On sait pas toujours tout. J'aime mon Nicolas et personne d'autre et je suis en paix avec toutes ces conneries de volcan d'amour, mon cœur ne bat plus, ça me fait un bien fou, l'infirmière qui me donne mes médicaments me dit que c'est la sérénité. Si j'avais su, la sérénité, il y a longtemps que j'y aurais goûté.

Les enfants des femmes de mes ex

Je m'appelle Anita et j'ai cent douze ans. J'ai eu plusieurs vies et j'en suis à ma cinquième. Je ne fais pas mon âge pour je ne sais quelle raison, peut-être parce que je me baigne tous les jours dans une eau glacée, enfin, très froide et salée, et que ça fait comme un effet de congélation quotidien qui maintient le corps et l'esprit frais. Comme toutes les congélations, d'ailleurs.

Je fais la moitié de mon âge, la cinquantaine. D'ailleurs, je ne dis jamais que j'ai cent douze ans, ça effraierait tout le monde, les gens sont extrêmement pointus et vite terrorisés par tout ce qui touche aux chiffres en général, et à l'âge en particulier. Ça peut changer tout leur comportement. Alors que ce n'est qu'un chiffre. Mais bon...

Par exemple, un jour, j'ai eu un amoureux qui avait vingt-cinq ans. Je pouvais donc être son arrière-grand-mère mais ce n'est pas ma faute, on s'aimait... Eh bien, le jour où il a vu sur mon permis de conduire que j'avais cent douze ans, ça lui a posé un petit problème ! C'est vrai que je lui avais menti... Lui annonçant la petite quarantaine...

Mais parfois une femme peut vraiment être multiple et il suffit d'être heureuse pour faire dix ans de moins, ou soixante. Bref, tout ça n'a pas tant d'importance...

Sinon, je n'ai pas de mari, je n'ai pas le temps. Mais j'ai des amoureux, ce qui revient au même. Enfin, un par un. Pas plusieurs en même temps, je ne suis pas du genre à me taper des hommes, pas du tout. Ce que j'ai, c'est douze enfants. Pour une femme de cent douze ans, c'est normal, sauf qu'ils sont pas vraiment tous de moi. Mais ça, je m'en fiche. Il y a des enfants qui « sont » à leurs parents alors que parfois ça se voit pas, parce qu'on ne voit pas l'amour qu'il y a entre eux à l'œil nu, à cœur nu.

Moi, j'aime voir l'amour à l'œil nu. J'aime le sentir. J'aime voir des parents qui s'occupent de leurs enfants, j'aime voir une maman faire des câlins à son enfant, le chatouiller, le faire rire, le regarder faire, en souriant, béate, j'aime voir un papa faire des galipettes dans l'herbe avec ses petits, avoir l'air d'un petit lui aussi, j'aime voir une mère donner à manger à son petit en faisant l'avion, et en se marrant s'il crache sa purée en faisant le crétin parce qu'il sait que ça fait rigoler tout le monde.

Je déteste voir un enfant pleurer dans la rue parce que sa mère ou son père vient de l'engueuler et de le taper, j'ai envie de les tuer. Ça ne se fait pas et tant mieux et de toute façon je le ferai pas, mais ça me traverse. Même si le petit est le pire des emmerdeurs. Ça ne se fait pas de tuer une mère ou un père qui violente son enfant dans la rue ou n'importe où, mais ça ne se fait pas non plus de violenter un enfant et puis c'est tout.

Donc mes enfants ne sont pas tous «mes» enfants. Mais c'est comme si. Il y a ceux dont j'ai accouché, qui ont grandi, et c'est le souci avec les enfants, c'est qu'ils grandissent. On peut moins leur raconter des histoires, leur lire des livres, avant qu'ils s'endorment, on peut moins passer du temps avec eux parce qu'ils ont plein de choses à faire, leur vie à construire, forcément, ils ont moins besoin de vous, de vos câlins, ils vous en donnent moins aussi.

Il faut s'éloigner à pas de loup, quelle tristesse, ben oui, parce que sinon on a peur de pas laisser pousser leurs ailes, de les empêcher de quelque chose. Je pense que c'est un peu vrai, malgré le nœud que ça me fait au ventre, leurs ailes ne pourraient pas pousser si on était tout le temps là à côté d'eux. C'est-à-dire qu'elles pousseraient, mais ce ne serait pas les leurs, exclusivement, il y aurait un peu des nôtres aussi, et ça, je pense qu'il ne faut pas, que ce n'est sans doute pas sain. C'est normal et c'est la vie, il faut qu'ils fassent leur chemin à eux et patali et patalère... Mais qu'est-ce que c'est chiant de devoir quitter ses enfants!

Donc, pour enrayer le processus, même si de toute façon je quitterai jamais les miens, mais que quand même je peux plus leur faire des câlins comme avant et heureusement, je peux plus leur donner à manger à la cuillère, et tout le tralala, faute d'enfants à cocoler, je suis allée habiter à côté de chez leurs pères et leurs femmes, qui, eux, ont des petits petits, avec qui je peux jouer aux voitures ou aux poupées, et dire n'importe quoi, et leur faire les câlins interdits aux grands, et c'est formidable.

Je veux dire que quelquefois on quitte les pères de ses propres enfants, mais on est bien heureuses de les retrouver plus tard quand ils ont fait des enfants avec d'autres femmes, qui sont plus jeunes, enfants et femmes, et dont on peut s'occuper, pas les femmes, mais les enfants. Ça fait une sorte de stage de grande maternité et c'est la liberté. C'est le pied. C'est comme ça qu'on devrait être quand on a nos enfants, au début, dans notre jeunesse. Mais quand on est dans notre jeunesse, on est plus con souvent et surtout influençable. Donc idiots. On écoute les conseils d'éducation, mais quelle bêtise ! Je suis convaincue qu'il ne faut écouter que son instinct, mais on doute et voilà, on écoute « ceux qui savent ».

Bref, revenons à nos femmes et enfants de nos ex-hommes. Je remercie leurs femmes respectives tous les jours. De m'accepter dans leur vie. Et de me faire confiance au point de me laisser parfois plusieurs mois avec les petits. J'adore quand ils sont tous à la maison, mes enfants, et ceux des femmes des pères de mes enfants. Tous les douze. Pour moi, c'est ça, le bonheur. Les voir tous ensemble bouger, rigoler, vivre.

Je vous promets que s'il y avait une définition du bonheur à trouver pour un livre scientifique je donnerais celle-ci : « Bonheur : voir ses enfants jouer avec ceux des femmes de nos ex... ». Oui, parce tout le monde se sépare. C'est pas parce qu'on se sépare qu'on peut pas se retrouver autrement, un jour. Il ne faut pas être sociologue pour affirmer que les couples aujourd'hui sont, comme beaucoup d'espèces animales, en perdition, en voie de disparition. Les raisons, elles peuvent se deviner un peu, mais je ne rentrerai pas dans ce genre de réflexion, ce que je peux dire, c'est que, de mon tout petit point de vue de fourmi femme, minuscule dans cette planète, j'ai fait plusieurs stages de couple et que j'ai pas été première de la classe.

Donc, une séparation étant *a priori* une chose plutôt négative, c'est déjà formidable qu'elle devienne positive quand les femmes s'entendent entre elles, et encore plus merveilleuse quand les enfants s'entendent entre eux, et qu'ils deviennent véritablement des frères et sœurs. Et c'est là le miracle. Le mirage qui devient réel. Douze enfants qui forment un groupe solide, invincible, harmonieux et qui vit là, devant vous.

Un jour, j'ai eu cette vision à la plage, j'étais allongée dans le sable de Bretagne et je regardais au loin, vers la mer et les vagues. Mes trois fils jouaient au ballon avec un de leurs petits frères, trois petites sœurs jouaient pas loin à faire des pâtés, trois autres chahutaient dans les vagues, et deux autres faisaient de la gym dans le sable, à côté. Et les trois mères étaient là, une avec le père de deux de mes enfants, et les deux autres avec leur nouvel homme. Moi, j'adore être là à regarder ce tableau vivant qui est d'une harmonie miraculeuse mais en même temps réelle, résultat de longues années de compréhensions et de pardons... Et j'avoue que j'aime être seule dans ces moments-là. Je veux dire, sans fiancé assis à côté de moi sur le sable. Je suis heureuse d'être seule à ce moment-là parce que ma solitude est pleine de ce que je vois, je me sens plusieurs, je me sens emplie de toutes ces vies qui s'animent et m'éclairent, qui me soufflent que l'amour est bien plus grand et intelligent que toutes les bassesses dans lesquelles on le met parfois.

Les gens se disent souvent en me voyant vivre : « Oh ! la pauvre, elle est seule... à son âge ! » C'est normal d'être seule à cent douze ans. On a eu assez d'histoires d'amour comme ça, c'est bon, c'était déjà très bien comme ça, très animé, on a connu toutes sortes de voyages, tempérés, tempêtes dangereuses, mers houleuses, ciels fulgurants, puis tout bleus, brasses coulées, surf, dessalages, croisières dans des mers infinies, bref, on a la sensation d'avoir fait le tour du monde. Donc on peut bien être seule deux minutes. C'est fou cette angoisse des autres d'être seuls qu'ils vous collent dessus. Je ne suis pas du tout « pauvre » et c'est parfois difficile de leur faire comprendre.

Et d'abord pourquoi les autres s'inquiètent comme ça pour moi ? Ils s'inquiètent pour moi vraiment ou pour eux-mêmes et leur définition personnelle du bonheur ? Et puis j'ai du mal à me décider d'emmener un fiancé en vacances avec toute ma tribu. On ne montre pas un royaume à n'importe qui. Il faut qu'il comprenne. Ils sont souvent trop jeunes, ou trop neufs, ou trop inquiets, ou trop quelque chose, et voilà, ils ne verraient pas toute la beauté, comme je la vois moi...

Un jour, il y en aura peut-être un qui ne sera trop rien, qui sera, et voilà, il verra, là, à côté de moi, et on s'aimera. Et puis voilà, c'est comme ça et c'est tout. Ça arrivera un jour. Ça sera évident et puis on regardera le tableau ensemble, et on sera nous aussi un tableau.

Je rêve d'avoir un fiancé avec plein d'enfants d'une ou de femmes différentes, on serait pareils et ça nous ferait à nous deux une vingtaine d'enfants par exemple et là ça deviendrait possible. De l'emmener partout... Parce qu'on serait très forts et très puissants par nos mélanges de voyages amoureux emmagasinés. Je parle des moments où on est en vacances. La plage de Bretagne. Oui parce que sinon, je les mets à l'école, les enfants des mamans de mes ex. Comme une vraie maman.

Bon, un jour, j'ai fait une petite bêtise, je les ai fait manquer un peu pour qu'on fasse d'autres trucs, et leurs mères n'ont pas vraiment apprécié, ce que je peux comprendre, alors je l'ai plus refait, et depuis, je respecte les horaires très chiants de l'école.

C'était un lundi. Ou plutôt un dimanche qui avait traîné un peu trop longtemps... Jusqu'au lundi soir. Je suis allée moi-même rencontrer les directeurs des écoles des petits et j'ai expliqué... Quand ils sont à la maison un week-end, souvent, on fait des films. Tout le monde se déguise, se maquille, et hop on se filme et on invente n'importe quelle histoire de gangster ou de voyou ou autre et on filme. C'est vraiment génial. Surtout quand EDF coupe le jus. Quand EDF coupe le jus, c'est parce qu'il y a eu un petit malentendu de facture. Et plus de courant. Plus rien. Alors, la conséquence fâcheuse, c'est qu'on perd totalement la notion du temps et le film dure bien plus longtemps que prévu. On se couche très tard et le lendemain on peut pas se lever, d'autant que y a pas d'eau chaude ni rien pour faire du chocolat chaud, bref, c'est un peu des raisons... Enfin, le truc qui se dit dans ces cas-là... Je sais plus... Des raisons d'extrême danger... Bref, vous voyez ce que je veux dire. Donc j'explique ça aux directeurs respectifs et respectables des écoles, mais comme ça nous est arrivé plusieurs fois et qu'ils ne comprennent pas tous, j'ai dû inventer des gastros pour les absences des petits, il y en a eu plusieurs, souvent répétées, puis des morts... J'ai dû tuer, comme beaucoup d'autres l'ont fait dans les «carnets de liaison», j'ai tué pas mal de personnes dans ma famille, des oncles et tantes de la génération de mes parents, des voisins, des amis très proches, etc., etc., «raisons familiales, décès»...

Mais ça aussi j'ai arrêté, ça énervait les mamans des petits. Cela dit, j'adore les coupures de courant. C'est vraiment la fête. Je suis blindée de bougies, il y en a partout dans la maison, au cas où. J'avoue même que quelquefois je les provoque. Je vais en douce, le matin très tôt, couper le compteur, et je prends un air désolé en réveillant les petits, leur annonçant qu'il n'y a encore plus de courant et qu'on ne pourra sûrement pas aller à l'école parce qu'il n'y a plus d'eau chaude et de gaz. Et on fait un film.

On devrait instaurer la coupure de courant obligatoire, une fois au moins dans le mois. Ça nous remet tous en question. Ça fait comme un petit soubresaut d'émotions et de surprises et on redevient des vrais êtres humains, on se demande ce qu'on va faire, on réfléchit, on cherche... Et on trouve des idées souvent simples mais très belles. Qu'on perd avec EDF... J'ai un grand respect pour EDF, mais sans EDF, c'est bien aussi.

Avec le courant, on perd des petits bouts de nous, oui, avec tous nos appareils électriques qui nous déversent sans qu'on s'en rende compte, tout à notre portée, tout ce qu'il y a de plus facile à ingurgiter en images, musiques, jeux et autres plaisirs tout faits prêts à être engloutis, consommés et après pouêt pouêt, il reste plus rien. Tandis que là, une bonne coupure de jus et il faut se remuer pour trouver des idées. C'est pendant ces moments-là que les films ont été les meilleurs. Tant que les batteries étaient chargées.

Ce week-end, par exemple, on en a fait un très bien. On avait reconstitué un blockhaus dans la maison, les petits étaient ensanglantés. Je les avais tous, ça faisait plein de comédiens, de figurants, très bien maquillés, et c'était formidable ! D'une crédibilité... Si la DDASS était passée, je crois qu'on était mal barré. Et comme la panne a duré pas mal de temps, parce que finalement celle-là, c'était pas une coupure de jus due à l'oubli d'une facture, mais c'était une tempête qui avait fait tout disjoncter, il neigeait en trombe et il fallait juste attendre et se réchauffer avec le feu et parler parler parler et jouer jouer jouer, à des vieux jeux qu'on avait retrouvés dans le garage, auxquels on avait plus touché depuis des millénaires et qu'on trouvait ringards. Ces jeux-là devenaient les rois et enterraient télés, PlayStation, Xbox et tout le tralala. Pareil pour la musique, obligés de la faire nous-mêmes. En chantant et en tapant et en faisant de la guitare. On a dû brûler quelques chaises parce qu'on n'avait plus de bois et qu'on se pelait les miches, comme dirait l'autre. Ça faisait campement dans un désert de Sibérie. Plus vrai que nature. On a mis tous les matelas des étages et le canapé du living regroupés en campement devant le feu et on restait là, blottis, ensemble. Après, tout est revenu, l'électricité, la télé, les jeux électro électriques électroniques, sorcière Électre était de retour. Je n'ai pas réussi à jeter tout ça dans le feu, ça fait pas de flammes, ça pue et ça intoxique, c'est vraiment bon à rien, ces engins-là.

En tout cas, je fais plus de faux mots aux directeurs. Fini les gastros et les meurtres. Maintenant j'ai obtenu une petite permission, encore mieux. Tous les lundis, je vais dans les classes de mes «petits» et on fait un film mais avec tous les autres petits, et même la maîtresse qui accepte de se déguiser. Et à la fin de chaque mois, on montre nos films à toute l'école. Et à la fin de l'année, on va tous les regrouper et ça sera un film qui durera pas loin de six heures, ça s'appelle du cinéma d'auteur.

Vive les coupures d'EDF.

Vive les enfants des femmes de mes ex.

Vive mes cent douze ans.

Vive tout l'amour que j'ai reçu pendant tout ce temps, je compte bien aller jusqu'à deux cents ans.

Le piano

Gaspard est jardinier. Il porte un arrosoir et marche entre les tombes d'un cimetière. Il vient donner un peu d'eau à une fleur qu'il a appelée sa fleur magique. Il l'a vue pousser depuis quelque temps alors que c'est l'hiver, à travers la tombe d'un grand artiste, dit la légende, et elle ne se fane jamais. Lui qui connaît toutes les plantes, les arbres, les fleurs, il n'a jamais vu une telle sorte de créature végétale.

Depuis son apparition, Gaspard ne dort plus très bien, lui qui avait un sommeil de plomb et que rien, pas même un marteau-piqueur, ne réveillait. Il se lève régulièrement et a la sensation d'entendre quelque chose sans savoir ce que c'est. Au début de ses insomnies, il ne comprenait pas très bien ce qui lui arrivait mais n'en éprouvait pas une inquiétude alarmante. Il y pensait tous les jours, et réfléchissait. Il mettait ça sur le compte de l'âge.

Une nuit, il se réveilla en sursaut. Il venait de faire un cauchemar et Gaspard écoutait toujours ses rêves.

Il avait dans sa table de nuit un petit carnet qui en était rempli. Encore atteint par ses émotions, il écrivit. «J'ai rêvé de Libellule… Elle tombait d'une falaise et le précipice était un trou noir, il n'y avait rien au bout, que du noir, et je devais arriver à m'envoler, décoller de la falaise moi aussi, pour la rattraper et la prendre dans mes bras pour l'empêcher de tomber mais je n'y arrivais pas, elle tombait plus bas, toujours plus bas, et je volais finalement, mais loin d'elle, et je n'arrivais pas à l'atteindre, les vents nous éloignaient.»

Gaspard s'effondra en larmes d'un seul coup comme un rocher qui s'effrite. Il sanglotait, et son corps, ébranlé par son chagrin si violent, donnait l'impression d'être tout petit et liquide, vidé par la douleur.

Il repensait à Libellule, dont il prononçait le nom tout doucement, secoué de douleur. «… Libellule…» Une femme qu'il avait connue quand il était plus jeune, dans un hôpital, et que tout le monde croyait folle. C'est facile de dire des gens qu'ils sont fous. Lui aussi d'ailleurs il le disait, avant de la connaître. Il avait gardé des notes qu'elle avait laissées après sa mort, car elle écrivait sans arrêt, et les docteurs la poussaient à le faire, déclarant que c'est l'écriture qui la maintenait en vie… Le jour où elle n'écrirait plus, elle s'éteindrait.

Elle avait été danseuse et ne pouvait se déplacer qu'en fauteuil roulant, après un grave accident qui avait provoqué la paralysie de ses jambes. Elle aurait pu mourir mais préférait la vie et se déplaçait sans relâche, avec une machine à écrire et une sorte de vieux dictaphone, en tapant sur son clavier ou en dictant ses idées dans sa machine faite pour les recevoir. Dans la vraie vie, elle parlait très peu. Elle ne s'exprimait qu'en écrivant, et pour les dialogues qu'elle vivait littéralement, parfois elle criait. Elle avait écrit des pages et des pages.

Gaspard se leva après avoir remis le petit carnet à rêves dans le tiroir de la table de nuit et ouvrit les rideaux de sa chambre sombre. La lune était pleine et inondait tout son jardin. Il regardait l'herbe devant lui, la grande étendue d'arbres, de fleurs, d'arbustes, et pensait à Libellule. La lune éclairait la chambre d'un gris métallique argenté. Gaspard cherchait quelque chose et réfléchissait en faisant les cent pas dans sa chambre. Les images de Libellule lui revenaient...

Elle adorait les fleurs, et Gaspard lui avait confectionné jadis un petit morceau du parc de l'hôpital, rien que pour elle, où il avait planté des roses, un magnolia, des lilas et des pivoines grimpantes. Ce jardin privé, où seule elle pouvait aller, se situait derrière un bosquet, caché au fond du parc. Il était rond, délimité par le mur de pivoines qui protégeaient la forteresse comme des gardes désarticulés, entamant la surface du toit, jolie tonnelle en bois sculpté qui petit à petit se faisait grignoter par les farouches beautés. On pouvait y entrer par un petit chemin qui avait la largeur exacte, au millimètre près, du fauteuil de Li-hou. C'était son vrai prénom.

Gaspard la poussait très lentement et elle fermait les yeux en effleurant les fleurs de sa main droite et de sa main gauche, en leur murmurant des petits soupirs de bonheur, des bonjours tendres, des petits cris étouffés de joie. À la fin du chemin, gonflée par tant de parfums et de volupté, elle se sentait comme une bulle de savon qui flotte dans l'air et qui va éclater, trop pleine pour se soulager de tout ce poids de plénitude.

Le jardinier arrêtait toujours Li-hou au même endroit, au bout du petit chemin d'accès, juste à la frontière de l'arrivée dans le jardin rond, tapis de fleurs mélangées, les préférées de Li-hou.

D'abord, il y avait une rose, juste au coin, qu'elle appelait « Ma douce », à qui elle parlait pendant un moment, comme à son enfant, son amie de toujours. Cette fleur était particulièrement belle parce qu'elle n'avait pas de couleurs. Elle les avait toutes, mais esquissées. Cette rose était une aquarelle vivante et changeait de teinte selon le temps, imperceptiblement, comme quelqu'un rougit de honte, de timidité, ou devient blanc de peur.

Et Li-hou, après son premier entretien, telle une fleur parmi les fleurs, poussait son fauteuil toute seule pour aller parler à chacune d'elles. Elle était entourée d'un tapis de toutes ces créatures végétales, dentelles de pétales scintillants de couleurs mélangées, charnues et ouvertes, qui arrivait presque jusqu'en haut des roues de son fauteuil. Elle les caressait toutes sans exception, elle riait, chantait parfois très doucement, puis, rituel quotidien, Gaspard le jardinier prenait Li-hou dans ses bras et la portait comme une princesse hors du fauteuil pour l'allonger par terre, sur un tout petit morceau de terre qui avait exactement la dimension de son corps, un mètre soixante sur quarante centimètres de large.

Li-hou, étendue sur le sol, paraissait elle aussi sortir de la terre et se transformer en fleur. Et elle s'endormait. Elle n'avait jamais froid, quelle que soit la saison, ne voulait pas de couverture ou autre accessoire pour la réchauffer, elle voulait sentir la terre et être seule avec ses fleurs, simplement dormir, là, parmi elles. Souvent, quand le jardinier allait la rechercher, après de longues heures, parce qu'elle dormait très longtemps, Li-hou expliquait qu'elle se régénérait de cette façon et qu'elle n'appartenait pas vraiment à l'espèce humaine.

Gaspard sortit de sa chambre, rempli de Li-hou, comme si elle était là, toute proche. Trempé de sueur, encore très agité, il alla dans sa cave et fouilla dans les cartons de souvenirs de l'hôpital, pour retrouver les cahiers de Li-hou, qu'il avait toujours gardés parce que personne ne les avait réclamés après sa mort. En ouvrant frénétiquement les boîtes, les souvenirs assaillaient encore et encore son cerveau.

Sa mémoire se remplissait comme une rivière dont on a supprimé le barrage, les images se déversaient en rafale, tout se mélangeait... Il voulait lire ce que Li-hou avait écrit. Pourquoi ne l'avait-il jamais fait auparavant ? Un déroulement de pourquoi se déclenchait dans son esprit...

Il se souvenait encore et toujours. Elle s'inventait des milliards de vies, Li-hou. Elle tapait sur sa machine et faisait un bruit du tonnerre dans tout l'hôpital, surtout quand elle était très inspirée. Elle criait pour que tout le monde se taise totalement, parce qu'elle avait peur de perdre ses idées qui allaient plus vite qu'une étoile filante. Alors on avait décidé d'isoler les cloisons de sa chambre, et pour que cette nouvelle installation ne paraisse pas l'isoler trop, ou qu'elle ne soit pas oppressante, on avait mis du velours doré partout. Comme un joli capiton. On se serait crus dans un coffre à bijoux.

Li-hou, que tout le monde surnommait «Libellule», parce qu'elle avait été une grande danseuse et qu'elle ressemblait à une libellule quand elle bougeait ses bras et qu'elle ondulait son torse, avait de très longs cheveux blancs et un visage de madone frais comme une rose, d'un éclat juvénile, malgré les sillons très fins et réguliers qui parcouraient son visage, comme une élégante toile d'araignée gravée sur sa peau. Elle était si frêle et légère qu'on avait la sensation que chacun de ses gestes allait lui briser les os qui lui restaient, la faire s'effondrer comme une poupée de verre dans son fauteuil. Elle avait une sensibilité qui la tuait, qui la dévorait même, elle se protégeait des émotions violentes, et ne se sentait vraiment bien que dans son jardin secret, solitaire parmi ses fleurs qu'elle aimait tant et qui l'apaisaient, ou en s'inventant d'autres vies, dans un autre monde, sur sa machine à écrire.

Il ne fallait surtout pas qu'elle entende la moindre musique, car elle pourrait lui être fatale. Outre le fait de ne pas déranger les alentours avec le bruit qu'elle faisait en écrivant, la raison de son isolement dans la chambre en capiton était qu'elle ne devait en aucun cas entendre du piano. Le piano la tuerait. Si elle entendait la moindre note, elle tombait évanouie, avait une crise d'étouffement et pouvait vraiment mourir. Elle faisait une réaction allergique à la musique en général, et au piano en particulier.

Personne ne savait vraiment pourquoi ni ne posait de questions. Elle avait besoin d'écrire ses mots et de voir ses fleurs. C'est tout. Elle se nourrissait à peine et buvait beaucoup d'eau, comme une fleur. Libellule était un étrange cas humain.

Gaspard l'aimait beaucoup et avait développé au fil du temps un amour silencieux pour elle. Le jour où elle s'était éteinte dans son jardin secret après une trop longue sieste qu'elle voulut éternelle, il resta là, près d'elle, à genoux, sans rien dire, en pleurant sur son corps tout frêle, presque déjà fondu dans l'herbe, englouti dans la terre, pour rejoindre ses fleurs pour toujours. Gaspard, après la mort de Li-hou, avait enfoui son amour et, ne pouvant rester plus longtemps à l'hôpital, était parti en emportant ses écrits. Mais, trop bouleversé, il avait caché tous ses mots au fond de lui, dans sa cave. Celle de son cœur et de sa petite maison.

On avait enterré Li-hou dans un très joli cimetière, choisi par Gaspard. Le plus beau cimetière du village, renommé parce qu'il y avait dedans un grand artiste, disait-on, dont la tombe était à l'abandon. Un endroit que Gaspard connaissait bien puisque ses parents y reposaient depuis longtemps.

Sa petite maison n'était pas loin, il passait souvent devant le jardin des tombes pour aller fleurir celle de ses parents. En quittant celle de Li-hou, le jour de son enterrement, où était présent presque tout le personnel de l'hôpital, il avait été saluer le vieux couple, gardiens du cimetière, qui lui avaient annoncé leur départ.

Ils cherchaient un autre ménage pour les remplacer. Gaspard demanda si un célibataire ferait l'affaire, et, spontanément, les deux vieux répondirent «Oui, bien sûr». Le marché fut conclu. Gaspard devint le gardien du cimetière.

Armé de sa lampe de poche, entouré des boîtes pleines des écrits de Libellule, Gaspard avait le visage en feu, agité par un sentiment de joie et d'inquiétude qu'il ne pouvait pas contrôler. Il réalisait que depuis la mort de Li-hou-Libellule, deux ans auparavant, il n'avait jamais plus voulu penser à elle parce que la douleur était trop forte, et qu'il ne savait même pas pourquoi elle était en fauteuil roulant. Il réalisait qu'il ne savait rien d'elle, et éprouvait soudain un besoin urgent de comprendre. Il mit ça sur le compte de la pleine lune, qui, parfois, le mettait dans de drôles d'états.

Il avait eu vent d'une histoire d'amour étrange qu'avait vécue Li-hou, mais Gaspard détestait les ragots et ne les écoutait pas. Il déchira un carton, acharné sur le vieux Scotch qui résistait, se tordait, puis lâchait prise sous la force enragée de Gaspard. Il sortit un cahier et l'ouvrit, en braquant sa lampe de poche.

«*Depuis quelques nuits, j'entends un piano qui me parle. La nuit... Non, le jour aussi. Je le sens vibrer. À qui est ce piano ? J'ai cherché un voisin pianiste. Personne ne joue quoi que ce soit dans mon immeuble. Au début, cela m'arrivait de temps en temps, mais maintenant, c'est de plus en plus fréquent. Ses notes vivantes et mélodieuses, imprimées, caressées, frappées par deux mains que j'ai sans doute vues quelque part et même touchées, résonnent dans ma tête... Les mains d'un homme.*»

Gaspard poussa une sorte de râle, de contentement et d'émotion, et dévorait des yeux le vieux cahier. La main qui tenait la lampe de poche tremblait.

«*Je le sens, il martèle... Ce piano que j'entends sans le voir, que je devine sans pouvoir le toucher, il me possède et me frappe de si loin. Je ne dors plus très bien. De moins en moins bien. Je suis peut-être malade. Je suis malade. Je sens ma tête qui chavire.*

Depuis quelques jours, je ne peux plus parler, je ne me sens bien que quand je danse... Je ne savais pas comment soulager cette ritournelle de notes qui gambadaient dans ma tête et je me suis mise à bouger, à sautiller, et mes mouvements, d'eux-mêmes, sont devenus harmonieux, coordonnés, gracieux et je me suis dit : "Tiens, je danse." J'aime beaucoup ça. C'est un flux qui passe dans tout mon corps et qui me soulage... Ça ne peut pas être très grave. Je danse de plus en plus souvent. Tout le temps... Je danse en chantant les mélodies que j'entends, que mon piano me dicte, je les fredonne, ces notes qui viennent dans mes bras, dans mes jambes.

C'est normal, après tout, j'ai toujours voulu danser et mes parents m'ont interdit, me disant que ce n'était pas du tout un métier sécurisant. Maintenant, s'ils me voyaient... Je ne peux plus rester en place, il faut que je déménage, c'est trop petit chez moi, je ne peux pas danser assez, je me cogne aux murs... Mes mouvements ne sont pas jolis, je les sens m'échapper, ils sont brutaux et je me fais mal... Je ne comprends pas ce qui se passe... Je suis bien malade. Et alors... Ou je suis folle. Je ne sors plus, parce que les gens me regardent bizarrement.

L'autre jour je courais pour m'empêcher de danser, dehors, chez l'épicier. Je voulais juste faire trois courses, mais je ne peux plus, les gens sont trop inquiets de me voir comme ça. Ils croient que je suis malade, ils ont sûrement raison. Parce que, oui. C'est pire de jour en jour... J'ai perdu mon travail, il faut que je trouve un endroit où vivre, où danser puisque je n'arrive pas à m'arrêter. Et reposer ma tête, ne plus sentir les notes qui s'amusent avec mon cerveau fatigué. Je suis si fatiguée, je voudrais dormir un peu. Je n'ose bien sûr pas en parler à mes parents, je ne peux en parler à personne, ils auraient peur. Ils ont déjà peur. Maman voulait que je sois notaire, inspectrice des impôts, ou bonne épouse, si elle savait ce qui m'arrive, elle aurait une attaque. Il faut que personne ne sache. Je sors de moins en moins, seulement pour trouver du travail... Les gens me regardent et se moquent de moi ou sont très inquiets. Leur inquiétude m'inquiète. Je ne peux plus parler du tout. Je suis bloquée... Je suis terrorisée.

Mon amoureux ne comprend pas ce qui se passe, pourtant, il devrait puisqu'il dit qu'il m'aime. Mais il m'a dit que j'avais sûrement quelque chose de grave... Je suis devenue un poids pour lui... une lourde charge.

La nuit, il doit me bloquer et m'enfermer les bras et les jambes pour que je ne bouge plus... Même lui ne peut rien faire...

Depuis que je vis totalement seule, c'est devenu comme si j'étais dans une caverne. Un tunnel. Un tunnel de notes. Des notes qui résonnent de plus en plus fort dans ma tête. Ces notes vont me tuer. Je me sens enfermée dans un tourbillon contre lequel je ne peux rien faire.

Que me veut ce piano ? Il me poursuit. Quelqu'un m'appelle. La nuit, le piano ne s'arrête plus du tout... Si je me laisse aller au sommeil, il va m'engloutir de ses mouvements mélodieux, ses cadences incessantes, dans son coffre, dans ses cordes, comme une vague qui m'emportera à tout jamais, je ne peux plus me reposer. Je le vois arriver dans mon sommeil, comme une mer noire et liquide qui a des remous, des vaguelettes, de l'écume blanche qui se découpe scintillante sur le jais de la mer. C'est un océan noir brillant comme du vernis très liquide et chaque vague, chaque embrun font une note qui résonne en claquant dans ma tête. C'est un piano liquide dans lequel je flotte, qui me porte, chaud et doux comme si j'étais dans le ventre de la Terre, une sorte de lave noire et réconfortante.

Et ces notes qui ne s'arrêtent pas de vibrer. C'est merveilleux et terrifiant. Je me réveille de plus en plus souvent. Je ne ferme plus les yeux. Je l'entends. Il m'obsède. Il est en moi. Dans mon sang, qui doit être noir comme lui. »

Gaspard regarde le cahier, la page, la boîte qui en contient d'autres, il halète. Il est mal, il a froid. Il prend le carton et monte avec sa lampe de poche. Il va dans sa chambre. S'assied sur son lit. Allume sa petite lampe de chevet dorée et s'installe, pour mieux lire. Juste avant de continuer le cahier, il va se chercher un verre de vin. Puis, juste avant de boire, il trinque en levant son verre vers la lune. «À toi, Libellule...» Et il reprend l'ouvrage, ses grands yeux mangeant les mots.

«*Depuis quelques jours ça va mieux, j'arrive à maîtriser mes gestes et je ne danse plus sans arrêt, parfois mes bras s'apaisent, mes jambes aussi, quel bonheur! Je découvre que dans mes moments de calme, les notes du piano sont douces et légères, c'est donc lui qui me contrôle tout à fait maintenant. Je suis un peu rassurée. Il me veut du bien. Il ne fait pas que me hanter, me poursuivre, il me tranquillise. Nous pouvons cohabiter. Je ne mange plus beaucoup. Je maigris... Mais je peux écrire, ça me fait du bien.*

J'ai été voir un docteur. Il ne peut rien pour moi. Il dit qu'il faudrait que j'aille voir un autre genre de docteur, plus compliqué. Je vais voir un docteur plus compliqué, il me regarde bizarrement, je veux lui exprimer ce qui ne va pas, mais les mots ne viennent pas, alors je danse pour lui faire comprendre... et je chante les notes que j'entends et qui me poursuivent... Pour expliquer. Il sourit. Il fait le connaisseur, passe un coup de téléphone et me prescrit des calmants. Ah, les calmants... Heureusement que les docteurs ont des calmants, pour nous neutraliser sans avoir rien à nous expliquer. C'est leur langage, les calmants. C'est étrange, pourquoi avoir envie de calmer tout le monde, d'ailleurs ? Qu'y a-t-il de si bon dans le calme ? On me dit tout le temps "calme-toi, calmez-vous", mais quelle idée ! Est-ce qu'on donne des calmants à un volcan ? Est-ce qu'on s'approche de lui, juste au bord, en lui jetant des comprimés pour qu'il arrête de bouillir ? Non, bien sûr que non. Parce qu'un volcan a sa place et sa légitimité dans la nature et dans l'ordre des choses, tout comme un être humain excité, agité, bouillant, a sa place dans l'humanité. Bref, il me calme et me dit qu'il ne peut rien pour moi parce que finalement ce n'est pas si grave comme genre de maladie. Il ne comprend vraiment rien.

Un monsieur arrive et me propose de le suivre. Il m'emmène en voiture. Mon piano joue en rafale dans ma tête, mais je ne m'inquiète pas, je suis habituée. Je me souviendrai toute ma vie de l'endroit dans lequel nous sommes arrivés. Je pensais que je rêvais. Beaucoup de gens étaient là et bougeaient dans tous les sens. C'était une apparition. Un magnifique jardin rempli de fleurs avec des corps en mouvement.

Je danse depuis des jours et des jours, je suis heureuse. Nous préparons un ballet avec d'autres danseuses et danseurs. Nous répétons la même chose sans arrêt. Parfois j'aimerais faire des mouvements libres et inspirés par le temps qu'il fait, par les mouvements des nuages, par le parfum des fleurs que je sens si fort, de la pluie qui vient nous chatouiller, le vent qui nous aide à nous envoler, mais la personne qui nous guide est très rigide, c'est un monsieur qui ne sourit jamais, notre maître de ballet, et il ne veut pas que notre corps fasse ce qu'il veut, mais ce qu'on lui dicte. Il me rappelle sans arrêt que je n'aurais pas dû intégrer le ballet et le groupe, qu'il m'a prise parce que j'ai un don, mais c'est exceptionnel et il faut que j'obéisse… Comme les autres. J'obéis. À la dictée pour le corps. Ce n'est pas grave. Cet endroit est mon salut, heureusement qu'il existe.

Il y a un pianiste qui est venu. J'ai eu si peur quand il a commencé à jouer que mon corps a oublié tous les mouvements que nous avions répétés jusqu'à aujourd'hui… Le maître de ballet s'est fâché mais j'ai eu une sorte d'attaque… Je n'ai pas compris ce qui s'est passé… Je suis tombée d'un bloc… Et il y a eu du noir dans ma tête et partout… Un grand vide noir. »

Gaspard pleure doucement. Il se souvient de l'arrivée, ou plutôt de l'apparition de Libellule à l'hôpital. C'était la première fois qu'elle y avait dormi. C'était le jour où elle avait eu cette attaque.

« *Je me suis réveillée dans un lit, avec une douce musique. C'était mon piano. Le piano dans ma tête. Pendant quelques secondes, j'ai cru à une musique douce qui s'échappait de la radio, je me suis rêvée libérée, mais non. J'étais dans une chambre toute blanche. Les gens étaient gentils, surtout un homme qui ne ressemble pas aux autres.*

On dirait un arbre. Il s'appelle Gaspard, je crois. Gaspard est fort, je le sens quand il me porte, ça me fait du bien.

J'ai vu d'autres docteurs. C'est fou comme les docteurs prolifèrent. Comme du chiendent. Puis le maître de ballet m'a reprise avec lui. Heureusement.

Je ne sais pas ce qui s'est passé. Je me souviens d'une très longue discussion entre les docteurs et le maître de ballet… Dans la chambre blanche. Ils ont crié… Ils sont sortis, ont crié encore mais je les entendais de mon lit... Le maître de ballet m'a habituée à danser avec le pianiste. J'y arrive bien maintenant, sans tomber, et mon corps fait tous les mouvements prévus pour la représentation qui approche. Oui, il y a une grande représentation qui approche. Tout le monde en parle comme si on allait sur la Lune.

Les notes du pianiste avec lequel on s'entraîne n'ont rien à voir avec celles que j'entends dans ma tête... Finalement... Et c'est très bien comme ça... Ça fait une drôle de cacophonie parfois, mais tant pis. Et je connais par cœur toutes les notes qu'il fait pendant que nous dansons, mon piano fait exactement les mêmes notes de temps en temps dans ma tête.

Je suis contente. Tout le monde a l'air content pour la "représentation", alors c'est contagieux. Nous sommes arrivés, dimanche soir, tous ensemble dans un car. Les danseurs, les danseuses. Il s'est garé devant un très grand bâtiment. Nous marchions et nous approchions d'une sorte de building très moderne et rond... Une grande bâtisse imposante qui avait l'air fermée de partout. Aucune fenêtre. Il y avait une toute petite porte. Nous sommes entrés en file indienne, suivant le maître de ballet, et avons dit bonjour au gardien. Certains le connaissaient déjà.

En entrant dans le bâtiment, j'ai entendu quelque chose qui m'a fait tout bizarre et mon cœur a sauté. Comme une bombe. Mais je ne suis pas tombée. Au contraire, mes jambes sont devenues solides comme du fer. J'entendais les notes de ma tête. Du piano. Oui... Oui, oui... Mais il y avait d'autres notes ajoutées...

Sans m'en rendre compte, j'ai quitté le groupe... J'ai suivi les notes, à la trace, dans un long couloir, je me suis mise à courir pour les rattraper. Je reconnaissais la musique de ma tête... Il fallait que j'aille la voir. Il fallait absolument.

J'ai mis du temps à écrire ce qui s'est passé... Je me souviens que je trouve mon chemin très facilement vers le flot de notes... Une nuée de sons qui voguent de plus en plus proches de moi, malgré les couloirs sombres, oui, je connais parfaitement mon chemin.

Je monte et descends des escaliers, je prends certains ascenseurs. Tout est simple et limpide. Un trait de lumière au bout de l'ultime couloir. Je cours, je cours, les notes m'aspirent, elles jaillissent de la porte qui nous sépare.

Il y a quelque chose au bout du couloir, de l'autre côté de cette porte. Je vois des gens ! Il n'y a pas que les notes de mon piano que je reconnais, mais il y a des gens qui font d'autres sons, sur d'autres instruments. Ils sont très agités, comme la musique qui sort de leurs instruments, tous différents, j'ai envie de danser... Je vais danser. Non. Je ne peux pas, je dois emprisonner mon corps en me bloquant les bras, en me mettant en boule, par terre. Je ne veux pas qu'on sache que je suis là, pas tout de suite, il se passerait la même chose que partout, on ne me comprendrait pas et ça ferait peur. Et tout se terminerait mal... Toute cette lumière... Sur toutes ces personnes qui font des notes. C'est une tempête.

Soudain, le silence total. J'ai peur. Je ferme les yeux. Je ne respire plus. Pourquoi tout est suspendu d'un seul coup ? Ils savent que je suis là, ils vont venir m'attraper... Puis je l'entends. Une note et je sais que c'est lui. Mon piano. Il est là. Il est là-bas, dans ces gens... Mon piano... Je l'ai trouvé. Je garde mes yeux fermés. Il joue. Je veux prendre toutes ses notes, j'y arrive mieux en gardant les yeux clos, bien serrés, pour être sûre que je ne suis pas en train de rêver...

Je chante ses notes en même temps qu'il les joue. Tout doucement. Je les connais par cœur. Ce sont mes notes. Elles sont pour moi. C'est brûlant dans mon ventre comme si on venait d'y allumer un feu. J'ai trop chaud. Il faut que je profite du sol glacé pour me refroidir un peu. Chaque note me fait un peu mal, en même temps que beaucoup de bien. Ce sont des espèces de balles de mitraillette qui me redonnent de la vie au lieu de m'en enlever.

Il faut que j'ouvre les yeux. Il faut regarder. Je vais regarder. Je regarde. Je m'appelle Libellule, j'ai trouvé mon piano... Je viens de rencontrer l'homme de mon piano, qui joue comme dans ma tête... Je ne peux plus bouger. C'est parfait. Je ne veux rien d'autre que ça. Comme s'il savait que je suis là, le pianiste joue doucement... On dirait qu'il veut que je danse... Juste un petit bruit de mouvements, pour lui... Je l'entends qui me le demande...

Tout doucement, dans le couloir, sans que personne voie, je déplie mon corps et il se déroule doucement sur le carrelage froid... Je reste d'abord par terre, puis me relève au ralenti, pour rester discrète, et je me balance et me tords langoureusement dans ma cachette sombre, touchée par les caresses de mon amour noir, là, juste devant moi... Je suis un morceau de soie soufflé par une brindille de vent chaud qui m'anime inlassablement sans jamais me laisser tomber. Je danse doucement. Mes yeux se ferment à nouveau. »

Gaspard dévore les pages, lit très vite, veut savoir. Il voit Libellule danser, il la voit vraiment, elle apparaît devant lui. Comme sortant des pages. Il ne sait plus. Rêve-t-il lui aussi, encore ?

Libellule flotte dans l'air devant lui, transparente. Il essaie de l'attraper. Il ne l'a jamais vue danser puisqu'il ne l'a connue que dans son fauteuil roulant. Gaspard la voit, en continuant de lire. Il la voit danser en cachette de l'orchestre.

« Au fur et à mesure de mes mouvements, je sens un souffle sortir de mon corps et devenir un soupir doux, puis, des notes... Celles du piano. Exactement au même instant. Ma robe flotte autour de moi, comme un voile d'air transparent sans couleur définie que celle d'un souffle doré, ça doit être la lumière d'un projecteur qui transperce ma silhouette et la dessine dans l'encadrement du couloir... Je suis une libellule... un oiseau... une feuille qui s'envole... Je ne sais plus... Je suis là... Pour mon piano. »

Gaspard laisse tomber une larme qui coule sur la feuille et dilue l'encre légèrement. Mais il continue de voir Libellule perdue dans la musique qui l'emporte et se perdre dans l'espace en dansant. Il continue de lire ce qu'elle décrit, mais il sait, il la connaît, la devine, elle vole devant lui, autour de lui, dans sa chambre.

« Mon corps continue de bouger en silence et mes yeux sont braqués sur le dos de l'homme au piano. C'est un dos large et massif, couvert d'une chemise qui laisse paraître des traces de transpiration impressionnantes. Une dame droite et sombre le

couvre d'une veste foncée comme elle, puis approche un fauteuil roulant, tout à côté du tabouret du pianiste, l'homme du piano, mon homme, qui s'arrête de jouer. Je m'éteins et m'écroule, mes jambes ne me portent plus. Je fais du bruit. Le dos de l'homme du piano tressaille, comme s'il m'avait sentie, puis, aidé de ses bras, il se glisse le long du siège et se hisse dans le fauteuil à roues. La dame droite et sombre éponge le front du pianiste. Je la déteste. Il lui demande doucement quelque chose, dans une langue étrangère. Elle répond d'un air de ne pas savoir quoi répondre.

Je me suis cachée dans un tout petit coin, je suis trempée mais apaisée, je guette pour découvrir le visage qui se cache derrière le magnifique dos de mon homme au piano. La dame droite pousse le fauteuil qui contient le dos du pianiste. Seule sa tête bouge. Il me cherche. Il freine ses roues avec ses mains. Il ne veut pas partir. Il me cherche et il faut que je lui dise que je suis là, je dois me montrer à lui. Mais la dame droite et sombre pousse plus fort le fauteuil, loin, vers l'extérieur. Il faut que je reste tapie dans mon coin. Mais lui, le pianiste... il regarde partout... Il regarde des endroits étranges... Que voit-il ? Il veut retourner à son piano et jouer. La dame droite et sombre l'empêche et veut qu'ils sortent. Il refuse, il se débat mais ne peut rien faire, la dame droite et sombre le tient, là, prisonnier dans son fauteuil, et pousse en forçant ses roues. Il demande une autre fois ce qui s'est passé, il parle une langue différente, je ne comprends pas mais je saisis tout. Il me sent et veut me voir.

Soudain, son visage apparaît. Il s'est retourné... Je le vois. Il est là, l'homme qui joue toutes ses notes dans ma tête, pile devant moi, à plusieurs mètres, mais paraît si près. C'est un visage de millénaire, c'est un visage indescriptible, auréolé d'une crinière et d'une barbe blanches, avec des yeux d'un bleu qu'on ne peut pas regarder, comme le soleil qui brûle. C'est le visage d'une âme douce et profonde. Il regarde dans ma direction mais on dirait qu'il ne me voit pas, alors que je suis là, pile devant lui. Pourquoi ne me voit-il pas ? Il ne peut pas voir. Je découvre qu'il est aveugle. Il ne voit rien. Il me cherche. La dame droite et sombre crie "Bolek !" et emmène le fauteuil brutalement au moment où toutes les lumières s'éteignent.

Quelqu'un m'a prise par le bras, ça n'était pas le maître de ballet. Ce quelqu'un m'a tirée pour aller rejoindre le groupe. Le maître de ballet m'a menacée... de me renvoyer. Il s'est fâché très fort. Je sentais qu'il se refrénait, comme pour ne pas provoquer mes crises d'étouffement et d'évanouissement. Les docteurs ont dû le mettre en garde.

Nous dormons toutes les nuits dans un endroit qui se situe tout près de cette grande bâtisse qu'ils appellent "l'Opéra". Moi, je ne peux plus fermer l'œil, je ne veux pas fermer l'œil, j'ai autre chose à faire. Mon piano est là à quelques mètres, de l'autre côté de la rue, et je ne veux qu'une chose, c'est l'entendre, le voir, le toucher. Rien d'autre ne m'intéresse. J'étouffe dans ma chambre. Je vais lui écrire quelque chose que je glisserai demain, pendant une répétition, dans son fauteuil. "Je t'entends... Je t'entends... Depuis si longtemps. J'entends ta voix muette à travers les vibrations de tous tes sons, de cette avalanche, de cette mer de notes, de cette clameur, de la vie qui se joue et qui passe comme une onde dans l'air, secrète... et vive en langoureuse... rivière... éclatée par les rayons du soleil brûlant ses reliefs d'argent. J'ai chaud, c'est toi... Je sens la passion, l'inspiration, le souffle de la vie qui m'anime, c'est un torrent, une cascade, je ne veux pas qu'elle s'arrête, je veux mettre ma tête sous son déferlement d'eau qui cogne, je veux remonter à son sommet puis me laisser tomber dans son jet violent, puis plonger dans ses profondeurs, revenir à sa surface, crier de joie, remettre tout mon corps sous son jet brûlant de froid, cinglant et déferlant, et quand je serai épuisée, que mon corps sera vaincu par tant de beauté jaillissante et de sauvages caresses, j'irai m'allonger sur l'herbe et je n'aurai besoin que de tes yeux pour y plonger les miens, pendant que tes mains continueront de faire vibrer les notes..."

Le lendemain, nous avons répété. Sur la scène avec tous les musiciens. Il n'était pas là. Bolek, mon homme au piano, n'était pas là. Puis il est arrivé. Mon cœur battait si fort que je n'ai pas pu danser au début, puis après tout a été mieux.

Je viens d'apprendre que le spectacle est ce soir. Ils ont dû me le cacher parce qu'ils ont peur que je tombe ou que je fasse une bêtise. Nous sommes toutes prêtes. J'entends les notes de mon homme au piano. Bolek. La dame sombre l'appelle comme ça.

Je prétexte d'aller aux toilettes et je cherche la loge de mon pianiste. Je vois le fauteuil qui roule, tout seul, de loin. Il est là, dedans. Je cours comme une folle pour le rattraper. Je le bouscule en arrivant à sa hauteur. Je l'embrasse, il me tend les bras, il sait que c'est moi, je le fais tourner sans faire exprès, je le serre, je ne sais pas comment je peux le serrer plus fort, il y a ce fauteuil métallique qui nous gêne, je l'embrasse, il me rend mes baisers, il me parle dans une langue que je ne comprends pas, je lui donne mon mot, la dame sombre surgit du noir comme un fantôme, je disparais. Il crie, elle aussi. Il m'appelle... mais je ne comprends pas... Je sais simplement qu'il m'appelle. Je crie : "Bolek !".

Nous sommes toutes prêtes, agitées en coulisse, moi je guette mon homme. La salle est pleine, ça s'entend à toutes ces voix de gens qui parlent, chuchotent, crient, parlent et parlent encore.

Mon homme arrive. Je l'ai embrassé, il sait que je l'aime. Je suis heureuse, il faut que je danse pour lui. Le concert commence... La "représentation".

Sur scène, Bolek joue mais je sens qu'il n'est pas comme d'habitude, dans ma tête, il a du mal. Il émet des sons en jouant, des sortes de râles. Il joue avec beaucoup de passion, mais pas comme d'habitude. Il fait des ruptures nouvelles, inattendues qui inquiètent la dame droite et autoritaire. Moi, je ris. Je l'aime de toute mon âme. Les notes coulent dans mon sang.

Il est très beau. Il est majestueux. Sa crinière blanche s'agite comme l'écume des vagues de la mer et sa barbe en argent lui donne l'aspect d'un ange sans âge.

En dansant, je lui chuchote mes mots. Des mots qui viennent sur les notes qu'il joue, que je connais par cœur. "Mon amour... J'entends ton piano qui m'appelle. C'est le tien. Tes doigts crient sans que je les voie, sans que je puisse les toucher. Tu fais vibrer tes notes qui glissent dans mes veines, tu fais tressaillir des petits terrains vagues, endormis depuis longtemps, des détours de chemins plus jamais empruntés, tu fais rejaillir de l'eau dans des ruisseaux asséchés, tes notes sont les miennes, tu me touches sans t'en apercevoir, tu me joues, tu m'appuies, tu me martèles, tu me fais vibrer et résonner.

Depuis quelques jours qui semblent des années, des millénaires, je sens les ondes non dites, j'entends les songes des notes, mes notes, les nôtres, qui rêvent, je veux danser sur toi, mon cher amour, mon cher piano, mon souffle, ma vie."

Nous faisons bien tous nos mouvements. Tout est parfait, le directeur de ballet a l'air content. Je m'applique. Tout se passe bien. Je ne sais plus très bien comment expliquer ce qui s'est passé après...

J'ai quitté le groupe... J'ai rejoint mon homme. Mais c'est parce qu'il m'avait demandé de le faire... par ses notes. Je les reconnaissais. Il m'appelait encore... Je devais aller le rejoindre et pour cela, il fallait quitter le groupe... »

Gaspard n'a jamais lu si vite. Il sourit, maintenant. Il parle tout seul. Elle a dansé pour lui ! Toute seule devant mille personnes, sans se rendre compte de ce qui se passait vraiment. Gaspard revoit la scène, il était dans la salle ce soir-là. Il ferme les yeux et revoit tout, en s'efforçant de n'oublier aucun détail. Elle tourne autour du piano à queue comme si elle prenait son envol, et saute littéralement sur la queue du piano. Elle glisse et se rattrape au bord, suspendue comme une trapéziste, puis elle remonte, et recommence ses glissades, au rythme de la musique qui s'endiable au gré de ses mouvements, on ne sait plus qui guide qui.

Elle est si légère qu'elle donne réellement l'impression de voler, elle va sous le piano, oui, il se souvient, puis elle ressort d'un côté, passe sous le fauteuil du pianiste, monte dessus, une jambe de chaque côté du corps de son homme, Bolek Kowalski, puis saute par-dessus le coffre ouvert et glisse encore sur la surface vernie noire et continue sans fin son ballet. Elle est suspendue dans l'air, on dirait une liane qui vole avec des ailes de libellule. Un oiseau qui plane. Les musiciens regardent ce qui se passe, interdits, le public aussi, mais le chef d'orchestre demande aux musiciens de continuer. Le pianiste grogne de poursuivre aussi. Les spectateurs observent, ne sachant pas trop ce qui se passe.

Sur la scène maintenant, elle n'est plus là, elle est dans chaque vibration musicale des cordes de son piano. L'orchestre s'est arrêté, doucement, trop intrigué par les mouvements dangereux de la danseuse imprévue, mais le pianiste continue et tape de plus en plus fort ses notes, il s'emballe comme un cheval fou sur son piano et ne le quitte pas de ses yeux aveugles, alors que Libellule tourne et vole autour de lui, l'entoure de ses gestes, et ses bras, son buste, ses jambes prolongés par les voiles de sa robe en ailes de papillon caressent l'instrument noir et luisant, le ballet est féerique, les deux animaux rugissent chacun à sa manière, elle est mouvante comme un sable liquide, elle vient se camper devant son instrument, son piano, elle étend ses bras autour de sa queue ronde et presque trop grande pour la longueur de ses membres, elle se hisse doucement comme une araignée fée clochette, et glisse sur le vernis noir, se regarde dans le reflet, regarde Bolek qui redouble de force dans ses notes, sourit, rit, pose son ventre et prend les notes du bois qui résonne dans ses entrailles, elle se cabre, reçoit chaque vibration, et tout son corps sursaute, et suit le mouvement de la musique, son ventre collé et tremblant prend les saccades des sons si violemment que ses bras et ses jambes jaillissent en l'air comme si elle se désarticulait, comme si le ciel les lui arrachait.

La fusion des deux instruments, le corps et le piano, la fait tourbillonner si violemment autour de lui que le pianiste lui aussi se met à jouer d'une façon presque cacophonique et désarticulée, comme s'il cherchait sa créature compagne libellule.

Le chef d'orchestre tapote de sa baguette magique de décideur, et tout s'arrête, sauf le pianiste qui ne se contrôle plus et Libellule qui tournoie.

Il joue, elle danse. Elle tourne et tourne sans arrêt autour de lui, pendant que lui joue comme s'il ne pouvait plus s'arrêter non plus. Puis, après un saut acrobatique sur le piano, elle se projette dans les airs et vole, au ralenti, comme si elle-même freinait son mouvement. Ses cheveux dorés et sa robe transparente couleur d'or se confondent et on ne sait plus distinguer ses bras de ses jambes, couverts eux aussi d'un fin voile or comme une seconde peau...

Elle devient une sorte d'astre vivant, soleil tout proche qui tourne comme une roue de foire dans la nuit et qui s'envole dans le ciel... Puis, toujours au ralenti, elle retombe dans les bras de son pianiste, sur le clavier du piano, sans aucun bruit, comme une plume dorée viendrait se reposer sur les ailes de son oiseau. Ils sont dans les bras l'un de l'autre.

Le public se lève et applaudit. Mais Libellule ne bouge plus. Elle reste dans les bras du pianiste. L'orchestre se lève et applaudit, sous les ordres du chef, et la dame sombre qui pousse le fauteuil du pianiste aussi. Le corps de ballet et le maître de ballet suivent le mouvement.

Libellule est toujours agrippée aux bras de son pianiste. On dirait qu'ils sont incrustés l'un dans l'autre. La dame sombre monte sur scène et tente de les séparer, mais ni l'un ni l'autre ne lâchent prise, on dirait deux rochers imbriqués l'un dans l'autre depuis des millénaires. Alors elle adresse un sourire de désolation au public et fait pivoter le tabouret du pianiste pour qu'il soit face au public, avec sa créature dans les bras. Le public redouble d'applaudissements.

«Je me souviens de ce tonnerre d'applaudissements qui me faisait peur... Je me souviens de ce grondement qui m'effrayait... Je me blottissais dans les bras de mon autre corps... C'était mon autre corps, celui de Bolek... Mon homme... Bolek... Oui... Son cou que je serrais, que j'écrasais était dans mes bras, comment expliquer, je ne peux pas le dire, je ne sais pas comment... Son cou que j'ai écrasé... Sa figure que je collais contre la mienne, ses cheveux qui se mélangeaient avec les miens, son cou que j'ai trop serré, son cou, sa gorge que je voulais pour toujours, je les ai tenus, je les ai tenus, nous étions collés, nous étions un seul... Nous étions une même personne.

Je leur ai dit, ils ne me croyaient pas, surtout la dame sombre, ils voulaient nous arracher en tirant mes bras, mais c'était impossible, oui, il y a des choses comme ça, qui sont impossibles, les gens ne comprennent rien, ils arrachaient nos bras, mais rien ne pouvait les desserrer, rien ne pouvait empêcher que nous allions dans le corps de l'autre, oui, oui oui voilà, nous allions dans le corps de l'autre, comme quand papa fusionnait des métaux dans la grange, moi, je regardais et je ne comprenais pas moi non plus, je ne comprenais pas à l'époque que deux choses puissent rester collées comme ça et être fondues l'une avec l'autre, mais là je comprenais tout, je sentais ses bras rentrer dans mon dos et ça me faisait du mal et surtout du bien, je ne pouvais plus respirer, et nos figures, nos crânes se transformaient en une seule tête, on devait avoir l'air d'un monstre, j'ai trop serré.

Bolek aussi me comprimait, m'écrasait contre lui, et j'ai senti son cœur qui venait dans ma poitrine, je vous promets, je le sentais, tout mou, battant et rouge qui traversait nos poitrines, parce que mon cœur aussi allait vers le sien à travers un canal que nous avions fabriqué, une sorte de passage, et nous avions deux cœurs, oui, vraiment, nous nous transformions en monstre à deux cœurs qui en font un seul, comme des siamois, ça doit être comme ça les siamois... Et on ne les sépare pas les siamois, pas comme ça, en tirant... C'est parce qu'ils voulaient nous séparer, et moi je ne voulais pas, je ne pouvais pas... »

Gaspard regarde le papier et les mots interrompus. Il cherche sur d'autres pages sans rien trouver. Il n'y a pas de suite. Les mots... Les lettres s'arrêtent là... Il y a des dessins... Il cherche la suite. Il fouille en faisant voler les feuilles. Il s'énerve, s'agite sur les papiers qui tourbillonnent autour de lui dans sa chambre dorée par la lampe de chevet et argentée par la lune. Il parle tout seul, il veut savoir pourquoi Libellule s'est retrouvée dans un fauteuil roulant. Il se souvient, il se cogne la tête dans les mains pour que les images reviennent. Ils avaient baissé le rideau juste après le concert. Mais personne n'a jamais su ce qui s'était passé.

Il y avait une chambre interdite à l'hôpital, où un homme était dans le coma. Personne n'avait le droit d'y entrer sauf une femme très lugubre. C'était la femme sombre du concert qui avait pivoté le tabouret de Bolek. C'était elle, cette femme à la tête de morte.

Il se souvient de Libellule au début de son séjour à l'hôpital, qui se débattait comme une furie et qu'on avait dû sangler dans une camisole. Elle hurlait à la mort et le docteur de l'époque lui donnait une forte dose de calmants que Libellule détestait. Et puis petit à petit elle s'était apaisée. Ses jambes ne la portaient plus, je la promenais en fauteuil. Cet homme, ce vieil homme dans le coma et sa chambre interdite, c'était Bolek. Oui... voilà... Oui, bien sûr... Bolek... Bolek Kowalski... Bien sûr...

Jamais Gaspard n'avait fait le rapprochement entre ce grand pianiste, le concert qu'il avait vu et l'homme dans le coma puisque personne ne connaissait son identité, qui devait rester secrète. C'est lui que Libellule entendait. Depuis tout ce temps. C'est lui que Libellule aimait. C'est pour elle qu'il a sombré dans le coma. Cette danse n'était pas une vraie danse, mais la rencontre de deux êtres qui enfin se trouvaient. C'est pour lui qu'elle voulait vivre et pour rien d'autre, et sans lui elle n'avait plus de jambes, plus de vie. Comme lui qui s'éteignait doucement dans son lit, ils attendaient tous les deux de se rejoindre dans le ventre de la Terre.

Gaspard, pris d'une folie fulgurante, entouré de feuilles écrites, raturées, dessinées, déchirées, recollées, ouvre en grand sa fenêtre et le vent s'engouffre en rafale. Il provoque une tornade dans la petite pièce où tout s'envole et se mélange. Gaspard pousse un hurlement de rage.

Une feuille s'est échappée par la fenêtre. Il sort pour la rattraper. Elle vole devant lui dans la nuit argentée, il court après, les bras tendus droit devant lui afin d'atteindre la feuille qui vole comme une colombe égarée. Elle le fait sortir de chez lui et, sans qu'il s'en rende compte, Gaspard court sur la route. Très essoufflé, il plaque la feuille au sol et reste là, à quatre pattes sur la route, vainqueur et soulagé. Il souffle et souffle encore, et ses yeux se posent sur les mots écrits de la feuille immobilisée.

« *Un jour je sortirai d'ici, et j'irai au cimetière où mon pianiste est enterré. Je me coucherai ventre à terre et j'écouterai, l'oreille collée au sol. Je resterai couchée sur la terre qui le couvre dans le cimetière du village, là-bas... Parmi toutes les couronnes qui se fanent. Et je dormirai sur lui. Les visiteurs de la tombe me donneront à manger comme un oiseau. Parce qu'à force de rester là je me transformerai en oiseau, dans la nuit, discrètement, sans que personne s'en aperçoive, un matin, je chanterai en picorant et je resterai là. Toujours. C'est ma place.*

Je me transformerai en tout ce que vous voudrez, je me transformerai pour rester près de lui. C'est l'homme de ma vie.

C'est la vie de ma vie. Il sait que je suis là. Que je veille sur lui. Que je l'entends, que je l'entendrai toujours. Et quand je serai très fatiguée, je me transformerai encore, en je ne sais quoi, mais je resterai toujours là, près de lui... Je me laisserai endormir sur sa tombe pour le rejoindre dans la terre, à travers les racines et plus au fond pour être contre lui... »

Le jardinier transpirant relit et relit. Il avait enterré jadis Libellule, dans ce cimetière, sans savoir qu'elle voulait rejoindre cet artiste dont il ne connaissait pas l'importance dans la vie de Libellule. Personne n'explique jamais les choses essentielles. On lui avait juste dit que là, c'était bien. Là, dans cet endroit, Li-hou se reposerait enfin... Mais...

Comme un automate, il se relève difficilement, comme s'il remettait en marche son corps trop lourd et endolori, et avance droit devant lui. Il regarde au loin en souriant, comme habité par quelque chose d'étrange. Il marche pieds nus le long du fossé, puis il entre dans le cimetière, marche dans le gravier entre les tombes. La nuit est très claire, on dirait qu'elle brille d'un éclat de diamant pour lui indiquer le chemin, il lève les yeux vers elle et l'embrasse. Toute pleine et scintillante, elle lui rend son baiser.

Il s'approche de la fleur magique, le cœur battant. Il la fixe. Il ne la quitte plus du regard. Puis, les yeux rouges pleins de folie, il frotte avec frénésie la tombe à travers laquelle elle a poussé, il ne peut pas lire ce qui est écrit sur la pierre, il gratte avec ses mains, ses manches qu'il arrache, sa peau qui frotte, sa chair qui saigne.

L'ombre que fait la lumière grise de la lune sur tout relief laisse apparaître des lettres, comme un mirage. *B...o l...k... Ko... wa... k i...* Il met ses mains sur la tombe et frotte toutes les feuilles, toute la poussière accumulée, toute matière qui s'est posée là, il veut le marbre lisse et renouvelée par ses soins. Il pose ses mains blessées sur la dalle et baisse la tête, il a tout compris. Il regarde la fleur. Il rit... Il se met à rire fort dans la nuit qui lui fait écho, ses cris joyeux résonnent dans l'espace froid qui devient une petite planète de paradis, un autre monde chaud comme un lagon. Le gravier devient du sable, la route une mer chaude et profonde.

Gaspard ne peut plus s'arrêter de rire. Il se met à danser sur la tombe de Bolek... en regardant la fleur... Puis il se calme... Ses rires se transforment en sourires, puis en soupirs de sanglots retenus et discrets. Il s'accroupit doucement et caresse les pétales de la fleur... Magique. Il s'assoit à côté d'elle... Puis, comme si les mots sortaient tout seuls, sans qu'il ait vraiment décidé de les prononcer, il chuchote « Libellule... C'est toi ? »

Vlad

Elle guette sa copine devant le théâtre. Personne. Elle entre. Elle est si heureuse à l'idée de la revoir. Elle entre dans le hall. Du monde. Des gens qui prennent leurs places, regardent les programmes, descendent l'escalier. Comme elle... Elle va au bar et s'assoit. Commande un café et attend.

Peu de monde en bas. Comme si le théâtre se réveillait. Comme elle... Elle s'est couchée tard hier, n'a presque pas dormi. Soudain, elle s'illumine, sa copine arrive. Elle s'appelle Isabelle, sa copine, elles ont pratiquement le même âge toutes les deux. C'est rare, des copines du même âge qu'elle. En général, elle s'ennuie avec des copines du même âge. Elles ont toujours des problèmes avec leur mec, elles sont toutes obsédées par le fait de vieillir, sans comprendre que c'est le fait d'y penser trop qui accélère le processus. C'est comme quand on mange des frites en culpabilisant, ça a deux fois le même effet, ça se transforme en gras-double et ça va se nicher direct dans la zone des fesses et du ventre, et ça reste collé après jusqu'à la nuit des temps.

La culpabilité décuple le phénomène, et du gras-double on passe au gras-quadruple.

Bref. Avec Isabelle, non. Elle n'est pas obsédée par ces histoires de vieillir. Isabelle est différente. C'est chouette. Elles s'embrassent, se sourient, sont heureuses et papotent papotent papotent... C'est surtout Isabelle qui papote. C'est bien un truc de fille, souvent ça me rase et je le fais rarement, mais avec Isabelle c'est différent. Isabelle elle est très généreuse et vraie. Et elle, elle s'en fout de la romance, c'est incroyable. Quand il s'agit d'amour, c'est plutôt moi qui papote. J'ai confiance en elle, elle me comprend et ne me juge pas. Chaque fois que je lui demande « Et toi, les amours, ça va ? » elle me dit « Hopff, chais pas, on s'en fout, y a pas que ça dans la vie ! » alors que pour moi, ben si, y a que ça.

Voilà, on est très différentes, alors elle m'explique. Je l'écoute attentivement mais j'avoue que j'oublie très vite ce qu'elle m'a dit, un peu comme quand je suis en face de la gentille dame des impôts. Je ne comprends pas alors j'oublie.

Isabelle, elle rit beaucoup aussi, ça fait du bien. Elle a des beaux bijoux de valeur, c'est marrant. Des « bijoux de valeur », c'est un truc qui m'a toujours fait rire. Je ne vois pas de valeur dans les bijoux, même un diamant. Je ne vois pas où elle est la fameuse valeur. Je ne vois pas la valeur d'un objet de toute façon, quel qu'il soit. Je vois de la valeur dans mon foulard que je porte autour du cou, en train d'écrire, parce que la personne qui me l'a donné a de la valeur pour moi, et qu'elle, je l'aime, donc j'aime ce foulard. Elle m'aurait donné un emballage de yaourt vide parce qu'elle le trouvait joli, je l'aurais mis à côté de moi ou monté en broche. La valeur d'un bijou parce qu'il est cher, je ne vois pas. Mais ça se fait, et Isabelle, elle en porte, et ça lui va bien. Des bagues, en or avec des pierres. Des trucs qu'on voit dans les journaux, très chers. C'est son patrimoine, sa dot, son petit pécule, son beau jouet.

Isabelle a aussi quelque chose que j'aime beaucoup, c'est qu'elle est surprenante, sous ses airs très rangés, elle est prête à aller au petit bonheur la nuit quelquefois, comme ça nous est arrivé de nous balader de boîte de nuit en boîte de nuit, à danser n'importe où du moment que la musique et les gens sont bons, avec Manu, notre copain qui est pareil. En été, on peut le faire, on se balade et puis hop, dès que ça clignote quelque part, on entre, on voit, et soit on ressort direct, soit on reste un peu. Ça dépend des gens, s'ils clignotent autant que les lumières.

Bref, Isabelle et moi, on papote. On parle de nos amours du moment, elle pff, moi pff. Elle me dit : « Et toi, les amours ? » Ho, je lui réponds qu'en ce moment c'est bizarre, il y a bien un homme que j'aime plutôt quand même pas mal, mais on fait jamais l'amour, il a l'air coincé de ce côté-là, et elle se met à rire dans la salle d'attente du théâtre, et elle me dit : « Mais depuis combien de temps ? Oh ! là, là ! quelle horreur ! » « Ben, depuis un an », je lui réponds, et là elle s'étrangle et elle tousse, elle a dû avaler une goutte de salive de travers ou je sais pas quoi, elle m'a fait peur, elle s'est carrément étouffée, elle est tombée par terre, j'ai paniqué, il a fallu appeler les pompiers, j'ai cru qu'elle était morte. Non, je rigole. Non, pas Isabelle. Je vais pas la faire mourir comme ça, quelle horreur ! Je l'aime trop.

Bon, donc il ne se passe rien de plus qu'Isabelle qui tousse en riant et en s'offusquant à l'idée que je pouvais éventuellement avoir une relation avec un homme avec qui je n'en avais pas... de rapport sexuel. C'est vraiment une question de point de vue, parce que c'est vrai que ça ne me dérangeait pas, mais Isabelle, elle, manifestement, le sexe et les bijoux de valeur chez un homme, c'était indispensable.

La sonnette retentit, comme à l'école quand c'est l'heure de la récré, et il faut aller dans une des salles du grand complexe théâtral bien chaleureux qu'est cet endroit. La fatigue me met dans une sorte de coton sucré, comme si j'étais enveloppée dans une barbe à papa, en entrant dans la petite salle, dont les marches surplombent la scène. On cherche celui ou celle qui va nous placer.

Soudain surgit d'en bas des marches, comme d'une falaise dans la montagne, en contrebas, les montant quatre à quatre comme un animal avec des ailes et un regard volontaire, un homme, ou plutôt un jeune homme. Oui, un très jeune homme. Il a quelque chose de différent. Il est beau, mais pas comme d'habitude.

Il est beau parce qu'il a une lumière spéciale. Il clignote. Bon, voilà, pas de quoi non plus en faire tout un plat ! Et il a une sorte de douceur, avec un sourire tout léger qui frôle le mouvement de ses traits. Il est fort, massif, et ses gestes, la place qu'il prend dans l'espace, font que, finalement, il n'est pas si jeune que ça, même s'il en a l'air. Ne pas se fier aux apparences. Elle en parle à sa copine qui elle aussi l'a remarqué. Elles gloussent toutes les deux comme des poules.

Le spectacle commence. Un magnifique spectacle qui emmène les deux amies dans un voyage de rêves, de poésie, de drôlerie, de légèreté, de gravité. Un mélange magique dans lequel elles se laissent toutes les deux entraîner. Elles en sortent toutes remuées, tout heureuses, toutes rêveuses. Elles vont au bar, mais pas au comptoir cette fois, à une petite table, pour attendre les comédiens et les féliciter. Elles les connaissent un peu.

Il y avait deux hommes et une femme sur la scène. Les hommes apparaissent, se font saluer et congratuler par les deux amies, puis la comédienne les rejoint à son tour. Elle la serre dans ses bras, elle l'aime beaucoup, c'est une personne qui lui semble vraie et rare, elle l'a rencontrée la veille autour d'une table. Elles ne se sont pas beaucoup parlé toutes les deux, mais elle ressent avec cette femme une complicité immédiate.

Cette femme s'appelle Christine. Elle dit à Christine, avec son amie Isabelle, tout le bien qu'elle pense du spectacle, elle est emballée, vraiment, complètement émue par tant d'invention, de créativité, de beauté. Puis Christine lui donne un petit mot, en lui indiquant que c'est un jeune ouvreur qui le lui a donné pour qu'elle le lui remette. À elle. Elle prend le mot et le lit. C'est drôle, parce qu'elle sait qui c'est. Tout de suite, elle le sait. Ça l'amuse. Ça la fait rêver immédiatement. Pourquoi ça la fait rêver immédiatement ? Peut-être parce qu'elle trouve ça romantique, oui, romantique de toute façon. Un petit mot, comme ça, remis par un ouvreur, celui qu'elle trouvait beau en plus, celui qui avait une allure d'aigle qui surgit des montagnes. C'est chouette. Bien sûr que ce n'est pas une déclaration d'amour, elle pourrait être sa mère. Mais après tout elle n'est pas sa mère, et de toute façon elle n'attendait pas spécialement de déclaration d'amour. Et puis arrêtons de divaguer.

Ce petit mot parle d'un scénario que ce jeune homme veut lui faire lire. Ce petit mot est délicat, élégant, joli, elle l'aime bien. Comme elle est encore plus dans le coton que tout à l'heure, elle se laisse guider plus langoureusement que d'habitude par son instinct et elle téléphone tout de suite à l'auteur du petit mot. Elle tombe sur une messagerie et laisse quelques phrases timides mais émues témoignant de son intérêt sincère pour le scénario parce que la démarche la touche, quelle menteuse, elle a simplement envie d'entendre la voix et d'établir un contact. Le scénario, c'est autre chose, il lui propose un rôle, elle est flattée, mais pas comédienne, elle est surtout impatiente de voir l'auteur, de revoir l'ouvreur, et s'il faut devenir comédienne rien que pour le revoir, pourquoi pas.

Après quelques heures écoulées, le jeune homme est sorti de son esprit. Ben oui, parce que quand même il ne faut pas exagérer et aller imaginer n'importe quoi sous prétexte qu'on vous demande de lire un scénario. Une fois qu'elle était rentrée chez elle, les délires s'amincissaient, se dissipaient doucement avec la nuit qui arrivait, et le sommeil. Heureusement que ses délires font ça, qu'ils s'effacent doucement, par gentillesse pour son cœur et son cerveau, pour un peu de repos.

Elle reçoit le lendemain un message du jeune homme, nommé Vlad. Vlad avec un *v*, comme «victoire», *v* comme «vautour»! *V* comme «vaurien», non. *V* comme «violent», oui. Quelque part, une violence particulière, pas négative, pas une violence violente. Non, une violence sensuelle. *V* comme «va-nu-pieds», oui, ça oui, un peu, il pourrait être un peu romanichel, de quelque part dans le Sud, et libre, surtout, assez libre, oui. Et romanichel, c'est un compliment dans sa bouche à elle. *V* comme «vaillant», *v* comme «voleur», peut-être, voleur de quelque chose qu'il lui a pris quand elle l'a vu la première fois. Voleur parce que quand il regarde il prend, il aspire avec ses yeux comme une sorte de gentil vampire... Mais voleur élégant. Et voleur, c'est aussi un compliment dans sa bouche. Voleur autant que donneur. *V* comme «vent».

V comme «vladudanger». *V* comme «voler», ah oui, ça oui. Voler, comme il la fait voler. Comme tout de suite, en ce moment, elle écrit pour lui dans l'avion, elle vole en vrai et il est là, au-dessus des nuages, même si elle se demande pourquoi elle pense à lui comme ça.

C'est ridicule. Oui, peut-être, mais bon, tant pis, elle est, et sera ridicule. Aucun problème d'être ridicule. Et ce ne sera pas la première fois.

Oui, il la fait voler... Pourtant, il n'a rien fait et elle le connaît à peine. Et dans l'avion elle voit tout. Du haut des nuages, c'est facile. Tout est petit. C'est vrai, on est tous si petits alors qu'on se la pète. On est des petits cancrelats, petites fourmis rampantes avec nos soucis futiles et qui passent, tout passe. Elle voit toute l'histoire.

Elle se propulse dans le temps et se voit adorer sans même l'avoir terminé le fameux scénario. Elle s'imagine jouer dedans avec lui, le voir, être pas loin de lui, rien que pour ça le scénario est formidable, et puis elle téléphonera à V. Ils parleront longtemps parce qu'elle le flattera, elle en rajoutera, pour le séduire. Oui, c'est ça. Exactement ça!

Ils parlent longtemps au téléphone. Ce V commence à lui plaire. Ils se plaisent. Et c'est dangereux, étrange, pas vraiment possible. Pourtant, ce type si jeune a l'air plus vieux que bien des vieux. Il doit avoir une vieille âme. Donc une âme originale. Toujours cette satanée différence qu'elle recherche dans toute personne. Comme une obsession. Ils échangent des textos et se voient. Ils parlent du film, avec le réalisateur. Elle s'improvisera comédienne. Prétexte pour se revoir. Elle est danseuse et les invite à un spectacle qu'elle donne dans une MJC.

La journée précédant le moment du spectacle est singulièrement gaie et excitante. Elle pense beaucoup à lui et a très peur que son spectacle ne lui plaise pas, le rende mal à l'aise ou lui fasse peur, peut-être. Mais bon, on verra... Elle l'a dans la tête, et ça lui donnait une patate terrible qu'il vienne. Ça lui donnait un souffle, une énergie, c'est bon.

Elle se souviendra toujours du sourire de V, qu'elle a croisé pendant son spectacle qui ne s'est pas déroulé au mieux. Enfin, le public était chaleureux, mais elle avait vécu mieux, beaucoup mieux, tellement mieux dans d'autres salles, dans d'autres villes.

Ce soir-là, c'était Orly. Orly-Ville. C'était à un moment où la salle est légèrement allumée, et croiser de loin le sourire de V l'a regonflée, lui a fait comme une piqûre de douceur qui l'a bien aidée. Oui, un petit dard qu'il lui avait envoyé de loin exactement comme quand on se fait piquer par une guêpe et que ça fait une bosse. Que c'est un peu rouge. Rouge d'adrénaline, rouge d'énergie et de sourire. Elle garderait la petite bosse de sourire comme une recharge, jusqu'à la fin du spectacle. Elle se souviendra toujours aussi du visage de V quand, le spectacle fini, elle entra dans le hall, pour rencontrer certains spectateurs qui attendaient pour qu'elle signe des autographes.

V était assis, au fond de la salle, accompagné de son copain le réalisateur du film, oui, c'était lui. Elle chercha des yeux ceux de V. Les trouva assez vite. Elle se dirigea vers la petite table où ils s'étaient assis. C'était drôle, tout le monde nous regardait, comme si on était des gens très importants, alors bon, je les ai embrassés, salués, je voulais qu'ils se sentent à l'aise, et en même temps c'était complètement raté parce que là, on était la cible de tout le monde, comme me l'a bien fait remarquer V. Je leur dis que j'en avais pour quelques minutes et que j'arrivais. J'avais juste quelques petites signatures à faire à toutes ces gentilles personnes qui attendaient. J'avais fait quelques spectacles à cet endroit-là plusieurs fois avant, ils me connaissaient. Ils étaient gentils.

C'était la première fois que je revoyais V depuis qu'il m'avait placée dans cette petite et charmante salle de théâtre, l'autre jour.

Elle revoyait V pour la première fois là, dans cette salle aux néons, pas franchement super chaleureuse ni exceptionnelle, ce hall d'entrée, bourré de gens, oui, c'était la première fois qu'ils se revoyaient depuis qu'ils s'étaient croisés dans le théâtre. Elle l'embrassa chaleureusement et sentit immédiatement une électricité qui venait de V. Elle voudrait avoir les mots exacts pour décrire le fluide qu'elle ressentit alors, la chaleur, la présence de V. Et aussi une sorte de gêne.

Si elle est honnête, elle doit reconnaître que, si V n'était pas un si jeune homme, elle aurait osé dire que quelque chose passait entre eux. Une sorte d'attirance magnétique. Mais bon, elle se fait parfois des idées, des extensions imaginaires et émotionnelles qui lui font ressentir des choses qu'elle grossit, qu'elle rend un peu plus importantes qu'elles ne le sont vraiment. Qui ne sont que le fruit de son imagination ma foi peut-être très galopante. Comme si tout sentiment était systématiquement passé sous la loupe. C'est épuisant, franchement, cette exagération «loupesque». Elle embrassa aussi le copain réalisateur, et leur dit qu'elle revenait.

Plusieurs longues minutes plus tard, après avoir embrassé des inconnus, signé, serré des mains, souri à d'autres visages souriants, elle rejoint enfin V et son copain. Là commença une sorte de phénomène étrange. Il n'était pas question une seule seconde d'être troublée par ce si jeune homme, mais pas une seule seconde, et pourtant, c'est exactement ce qui était en train de se passer. Elle était là avec eux et leurs verres de Coca vides, tous trois étaient assis à cette petite table et voilà, elle était heureuse, vraiment, elle avait envie de leur parler de leur film, ce qu'elle fit, ça faisait un sujet de conversation formidable pour commencer, et elle leur parla, leur parla, les questionna.

Mais il y avait un petit problème... Elle se sentait comme une espèce d'idiote adolescente, qui faisait la belle pour plaire à Vlad. Quelle honte, quelle mièvrerie, quel manque de personnalité, quelle cucuterie ! Une espèce de fillasse à l'école qui « aime » bien le mec, là, le blond, et qui sait pas comment lui dire, et qui se comporte avec lui avec une attitude de pauvre fille ridicule et grotesque. Elle n'osait pas regarder Vladudanger, dont les yeux très forts à ce moment-là la transperçaient. Elle était irrésistiblement attirée par cet homme qui était là devant elle, et plus la conversation avançait, pire c'était.

Elle finissait par décider de ne plus le regarder finalement, ou presque plus, elle lévitait et l'évitait, et elle ne pouvait pas trop parler de lui dans le film, parce que, de toute façon, elle se liquéfiait en une espèce de bateau gonflable qui fuit et qui prend l'eau bêtement, petite pétasse d'admiratrice gaga qui n'avait plus aucun recul, là, tout de suite.

Elle ne pouvait parler que du film et de sa réalisation.

Il avait, il a une tête singulière, ce V. À ce moment-là, en tout cas, elle avait la sensation que ses yeux d'aigle avaient un petit côté sauvage d'un rapace qui vous scrute avant de vous attaquer. Les yeux de V entraient dans elle, et de temps en temps un joli voile pourpre teintait sa peau blanche, il rougissait. Il souriait aussi. Un sourire terrible, un sourire qui vous tue direct. Un sourire qui vous met K-O. Avec une petite fossette, cousine de celle de Brad. Et elle se demandait ce qui se passait et se doutait bien que lui, ce jeune homme qu'elle voyait comme un homme, n'en était pas encore un, et qu'évidemment, s'il avait su à cet instant précis tout ce qui se passait dans sa tête à elle, il aurait bien rigolé.

Elle ressentait une petite fête foraine à l'intérieur d'elle, un mélange, un bordel de pensées qui gambadent toutes en même temps comme une foule de gens qui courent dans tous les sens en criant, en parlant, en chantant, en hurlant au secours, en riant, en sautant de joie...

Oui, il y avait toutes ces pensées qui s'agitaient dans sa tête à elle, en même temps qu'elle parlait, et qu'elle essayait de faire un peu la belle et qu'elle se sentait moche et grosse et que merde, tant pis, mais quand même elle aurait bien aimé s'être mise en canon, en bombe, se remaquiller mieux, et puis non, elle aimerait s'en foutre, après tout elle le connaît pas ce mec, et elle s'en fout *a priori* de lui plaire, et encore une fois, c'est ridicule, mais vraiment, elle le pensait vraiment que c'était ridicule, pourquoi jouer comme ça avec quelque chose qui ne peut pas exister, oh, et ce qui peut exister, c'est ce qu'on fait exister, et puis elle s'en fichait pas mal de lui plaire. En même temps elle voulait lui plaire, mais bon, si elle ne lui plaisait pas tant pis, lui, il lui plaisait, il était différent, ce type, il était pas comme les autres, un point c'est tout.

Mais quand même, cette lumière horrible devait lui donner une sacrée sale gueule. Cette salle était truffée de plafonniers. Mais quel est le con qui a inventé le plafonnier ? Vous savez, ces espèces de lampes blanchâtres pendues au plafond affublées d'un vague abat-jour tout aussi peu inspirant qui fait une chape de lumière glauque dans toute une pièce. Cet engin est l'ennemi de la femme. Ça vous fait une tête de cloporte en sursis, au teint verdâtre, aux cernes d'une junkie mixée à Frankenstein, vous prenez un siècle en deux secondes avec ces ignominies d'éclairage. Oublier ça à tout prix.

Oui, bien sûr, c'est tous ces chaos successifs de pensées contradictoires mais inspirantes qui faisaient que finalement elle décidait de ne se sentir atteinte par rien d'autre que par lui. Elle le trouvait singulier et elle se sentait si bien avec eux deux qu'elle aurait aimé que ça ne se termine jamais. Elle aurait désiré aussi se téléporter dans une sorte d'île et lui bondir dessus, le serrer et l'embrasser pendant des heures. Le toucher, lui faire des baisers exceptionnels partout et elle aurait sans doute terriblement envie de lui mais on verrait, il ne fallait pas qu'elle le gêne et elle aurait compris qu'il le soit. Mais se serrer, déjà, ça aurait été génial, et s'embrasser... S'embrasser en s'oubliant... S'embrasser parce qu'on était pareils et qu'on avait envie, mais pas l'embrasser parce qu'il est beau gosse et toutes ces conneries, l'embrasser parce qu'il y avait ce je-ne-sais-quoi qui faisait qu'elle était vraiment troublée, retournée comme une crêpe.

Elle les écoutait aussi et espérait que Vlad ne la voyait pas comme une espèce d'icône, ou de danseuse inaccessible, une vieille danseuse mature qui n'a rien à voir avec lui et avec son monde, une sorte de machin intouchable qu'on met sur un piédestal ou dans une bibliothèque. Non, j'espérais qu'il n'allait pas me mettre dans la bibliothèque. Non, j'espérais qu'il ne me voyait pas comme ça, mais peut-être que si, un peu. Inévitable.

Être connue est une sorte de phénomène bizarre et dangereux parfois qui peut être à double, triple, quadruple ou avec encore plus de tranchants. Tout ça était marrant en fait et très excitant. Tout ça était libre. Cet homme me semble libre, vraiment d'ailleurs. Peut-être que je me trompe. Peut-être pas. Sa façon d'être me plaît. J'adore sa voix. Ses yeux. Sa voix est très différente au téléphone. On dirait un jeune homme de bonne éducation qu'il est sûrement. Alors que, quand on le voit, il paraît de moins bonne éducation, je veux dire, moins chic, mais plus nature, plus simple, plus brut. J'adore le grain de sa voix. J'adore tous ses grains, de voix, de peau, de folie. Il a des visages différents, c'est sûr. Au-dehors et en dedans. Il doit être plein de paradoxes. Il a une fiancée, ou plusieurs, ou peut-être qu'il est homosexuel. Non, je ne pense pas. Je ne sais pas. Je m'en fous de ce qu'il a. J'aime ce qu'il est.

Aujourd'hui, c'est dans le train qu'elle écrit, mais elle vole dans le train aussi, elle le voit ce soir, ils vont boire un verre ensemble. Elle est heureuse. Elle a très hâte de voir ses yeux dévoreurs. Ils ont un rendez-vous !

Ils joueront à la grande sœur et au petit frère, et il se peut que tout le monde le prenne pour son fils. Ça sera marrant, ça sera un jeu. Elle dira « Oui, c'est mon fils » et elle lui posera un baiser sur la bouche.

Non, elle ne fera pas ça, bien sûr. Il faut un peu se calmer et surtout ne pas embarrasser V. Surtout ne pas le mettre mal à l'aise. Mais ils seront mal à l'aise, c'est sûr. Ils seront partout mal à l'aise. Pas au début peut-être parce que c'est le début, mais après dans la vraie vie, celle de l'après, ils ne pourront pas vivre. Comment ils feront, il faudra se cacher tout le temps, et comment il fera pour lui présenter ses parents, si ça se trouve elle les connaît déjà, si ça se trouve sa mère lui flanquera une gifle, si ça se trouve... Non. Si.

L'avion atterrit. Elle aussi. Elle ne le reverra pas. Texto. C'est lui. Saloperie de textos qui nous rendent joignables et toujours attachés à quelque chose, toujours repérables. « Ce soir un resto, tout petit resto ? » Elle ne répond pas. Re-texto une demi-heure plus tard. « Tu boudes ? T'as peur ? » Il me prend pour qui ? « OK. » J'ai répondu « OK », c'est moi qui viens de faire ça, à l'instant. On fait n'importe quoi quelquefois. J'irai pas. J'ai dit OK mais j'irai pas. Quoique... Se voir et pouvoir se parler tranquillement, petit resto tout petit, ça mange pas de pain.

Elle approche du restaurant. Elle s'est faite belle. Il est là dedans. Elle piétine. Elle regarde à l'intérieur.

Il l'attend. Il fait froid, il faut entrer. Pourquoi elle ne le fait pas ? Elle ne peut pas. Ses pieds ne l'écoutent pas et ne veulent pas faire leur travail de pieds tout bête, avancer pour l'un, et puis l'autre suit. C'est qu'aucun d'entre eux ne veut faire le premier pas.

Les pieds restent collés au bitume comme des capricieux arbustes qu'on ne pourrait pas arracher du sol.

Elle commence à avoir froid et ne comprend pas. Et elle regarde V, assis tranquillement, il ne la voit pas. Sa tête, contrairement à ses pieds, commence à galoper, ça doit être le froid, ça fait circuler le sang. C'est vrai que c'est ridicule, tout ça, c'est une histoire de film mais pas de vie, c'est complètement absurde, c'est un moment volé d'accord, mais déjà destiné à mourir et c'est pas drôle de savoir à l'avance le sort qu'on lui réserve à cet instant-là. Vivre une aventure, oui, mais une vraie, pas une dont on connaît déjà la fin, alors qu'elle a même pas commencé.

Elle pourrait vraiment être sa mère, même si elle ne l'est pas et ne le sera jamais, mais comment les choses vont vivre, comment ils vont pouvoir s'aimer, cachés, sans arrêt ? Ou à l'abri des regards, sans arrêt ? Ou un peu honteux en faisant semblant de ne pas l'être ? Sans arrêt ? Ou en faisant semblant de s'en foutre alors que l'inquiétude sera inévitable ? Alors que, alors que...

Ou bien il faudrait s'en aller tout de suite, il faudrait qu'ils partent tout de suite, loin, et qu'ils aillent vivre ailleurs, mais elle a ses enfants qu'elle ne quittera jamais, et comment elle leur dira, et ça n'a rien à voir avec rien, c'est juste une histoire d'amour banale, qui simplement à cause d'une histoire de chiffres moins banale devient trop compliquée. Comment ça s'explique, tout ça, quand c'est vraiment de l'amour, et est-ce vraiment de l'amour ?

Toutes ces questions et d'autres qui n'ont même pas le temps de se formuler et qui restent à l'état de larves galopantes dans son cerveau s'agitent et s'enchevêtrent comme une pelote de laine vivante. Elle gèle maintenant, scotchée au bitume, et ne peut toujours pas bouger. Elle le regarde, il est si beau. Elle veut l'aimer... Il prend son téléphone. Son cœur bat dans le froid. Il appelle. Le portable sonne dans son sac. Elle le voit inquiet, assis à sa table pour deux, là, à attendre qu'elle réponde, puis laisser un message. Elle n'a pas bougé. Ses yeux fixent la vitre, et lui, juste là, à quelques mètres, au chaud, devant un verre et son téléphone qu'il repose. Elle continue de gambader dans sa tête...

Combien de courage faudra-t-il demander à ce jeune homme pour assumer d'être à côté d'une femme tellement plus âgée que lui ? Elle ne veut pas lui infliger tout ça, pourquoi lui faire vivre des choses aussi compliquées, elle se réveillerait tous les jours avec un poids et ferait tout pour stopper cette histoire, pour la tuer, la détruire. Non. Il faut qu'elle reparte. Il faut qu'elle reparte.

Le téléphone sonne à nouveau dans son sac un peu transparent. La lumière froide de l'engin à messages transperce l'étoffe rosée à fleurs, et ça fait comme une petite guirlande de bordel portatif qui clignote à son bras, dans le froid de la nuit. C'est lui qui la rappelle. Il va l'oublier. Il s'en remettra.

Elle doit partir. Elle le regarde encore un peu. Le sac clignote encore, il appelle à nouveau. Elle ne bouge pas. Il a vu quelque chose, dehors. Il regarde à travers la vitre du restaurant. Il l'a vue. Elle sait qu'il la regarde. Ils se fixent. Ses pieds frémissent. Mais ne la libèrent toujours pas. Elle tremble.

Un homme s'approche d'elle. Lui, à l'intérieur, regarde. Elle regarde l'homme, dehors, qui lui demande ce qu'elle fait là, si elle n'a pas trop froid, si elle a besoin d'aide. Elle regarde V dans le restaurant puis, comme prise par un instinct qui vient d'elle ne sait où, elle prend le bras de l'homme à côté d'elle, et l'embrasse. Puis, mécaniquement, elle fait un petit signe de désolation à V, comme si elle avait été surprise par son mari, qui est là, à son bras, alors que c'est un inconnu. Elle dit à l'homme à son bras de ne pas s'inquiéter, qu'ils vont marcher un peu, que oui elle a froid, et elle se met à pleurer, l'homme à son bras ne comprend pas, elle lui demande de ne pas poser de questions, il n'en pose pas et, suivant la règle, il entre, sans lui demander son avis, dans un bistrot où il fait chaud et commande deux coupes de champagne. Elle se met à rire dans ses larmes. Il lui tend un mouchoir.

Depuis vingt ans, il lui tend toujours un mouchoir quand elle pleure.

Les kamikazes

L'automne

Rowina n'est pas une comète, ni une planète, Rowina est une femme qui ressemble à un volcan permanent. Une sorte de Scud, un V8, une belle plante, invivable, trop agitée qui pousse dans tous les sens, rejetée par sa famille, vilaine petite canarde ou mauvaise herbe, qui pourtant connaît des recettes secrètes pour les meilleures tisanes... On ne sait pas trop comment la définir.

Elle ne se repose jamais. Elle a la peau noire comme du bois d'ébène et des yeux si blancs qu'on dirait des diamants. Elle dort deux heures par nuit, mange trois grains de riz, une demi-patate, ou une banane, éventuellement quelques légumes qui poussent çà et là dans son jardin, où elle n'a pas oublié qu'elle les avait plantés.

Elle boit des litres d'eau, croque du gingembre, ingurgite des mixtures effrayantes à l'œil nu mais magiques pour les intérieurs humains. Elle travaille sans relâche, esthéticienne de profession, et fabrique ses propres crèmes, cherche des potions, des élixirs, des parfums, des moyens, pour que les femmes soient toujours plus belles et ensorcelantes avec leurs hommes. Et surtout plus heureuses. C'est son jeu, sa passion.

Elle peint sur ses murs, elle maquille ses clientes, elle coud, fabrique des bijoux, transforme, elle fait tout ce qu'il est possible de faire avec ses dix doigts.

Son métier qu'elle trouve étriqué, ses activités trop restreintes ne lui suffisent pas et elle s'est mise à inventer des méthodes bien à elle parce qu'elle a devant ses yeux, et sous ses mains de masseuse magique, des femmes volontaires et débordantes de bonnes intentions, mais toutes plus déprimées les unes que les autres, se lamentant sur leurs maris, leurs vies trop dures, leurs fatigues, leurs rides, leurs plis, leurs graisses. Et sans limite d'âge. C'est du tout public.

Devant ce gouffre de tristesses nauséabondes et suicidaires, elle décide de fouiller dans toutes les vertus. Celles des plantes, du massage chinois ou africain, de tout ce qui peut faire du bien, et se met à étudier profondément le corps avec l'aide d'un voisin, passionné d'arts martiaux, avec qui elle fait depuis longtemps du taï-chi, ou de la posture. Ce sont les seuls moments où son corps s'immobilise. Extérieurement, car intérieurement il se passe beaucoup de choses secrètes.

La posture est une pratique de Yue que Rowina rejoint régulièrement, qui consiste à être debout, bien planté dans le sol, et à mettre ses bras dans telle ou telle position pour y rester pendant au moins une heure. Rowina pratique cet art martial avec assiduité, sentant que c'est à ce moment-là, d'isolation totale et de développement de concentration intérieure, sorte de méditation «active», qu'elle grandit et développe des forces infinies, comme un arbre qui pousse.

Battante frénétique et superactive, Rowina est convaincue que si on commence à faiblir, on tombe et on meurt. La tristesse et les lamentations sont un luxe qu'elle ne peut pas se permettre. Pourtant sa vie n'a pas toujours été rose. Et pour cause.

Quand on est une femme, il faut se battre en permanence, c'est comme ça, et ça doit devenir un défi excitant et non une corvée ou une fatalité. D'abord parce que toute contrariété stocke. Et quand on est une femme, ou même un homme, il ne faut pas stocker, c'est très mauvais. Le stockage est l'ennemi de la femme. Il fait grossir. Il y a beaucoup d'ennemis de la femme, ils sont tous affichés dans le palais de Rowina, ou représentés en dessins ou sculptures.

Le stress et la tristesse sont les premiers. Le plafonnier aussi est l'ennemi de la femme, parce qu'il accentue les endroits creux appelés communément des «rides», et marque trop. Alors que la bougie et l'éclairage tamisé tendant vers le mauve ou le rouge-rosé sont l'ami de la femme. D'ailleurs, il n'y a que ça chez Rowina.

La position allongée est l'ami de la femme, il fait déstocker. Parler est l'ami de la femme. Parler déstocke. Le féculent est l'ennemi de la femme. Le champagne est l'ami de la femme, il est diurétique. L'amour est l'ami de la femme, il active la circulation et draine. Le rire est l'ami de la femme. Il détend donc déstocke. Le chou à la crème aussi est un ami de la femme, mais il reste clandestin, secret. Il suffit, pour l'ingurgiter sans faire trop de dégâts, de rire en le mangeant, ce qui nous met en position déstockage, vannes ouvertes, puis on se tape le chou, qui sera drainé ! Grâce au déstockage préalable ! Ni vu ni connu je t'embrouille. Tout est une question d'organisation de déstockage-drainage.

L'automne est toujours comme la rentrée des classes pour Rowina. C'est un cycle qui recommence, comme la nature. Rowina compare souvent les êtres aux plantes. Il faut préparer l'hiver. Puis renaître au printemps et éclore en été.

Rowina a aménagé à sa façon une grange isolée, située au bout d'un petit village d'une campagne verte, douce et paisible, qui abrite des tables de massage faites main avec de la récup.

Cette grange lui avait été offerte un jour par une amie d'enfance, Meriel, que Rowina ne voit jamais assez, qui fait partie de ces êtres qui sont des anges gardiens. Cette amie, occupée par son travail et ses fréquents voyages, lui avait dit un jour : « Tu n'as rien et moi je t'aime, et je t'ai toujours vue dans cet endroit, depuis toute petite. Ma grand-mère t'aimait beaucoup aussi. Je pense que ces murs te protégeront. La maison a été vendue, mais la grange, on te la donne, je te la donne, elle est pour toi. »

Cela s'était passé après une série de catastrophes survenues dans la vie de Rowina, qui avait beaucoup pleuré d'être celle à qui arrivait ce conte de fées pour adultes. Ce cadeau était si gros qu'il engouffrait en une seconde tous les malheurs passés. C'est en grande partie pour cette raison que Rowina voulait en faire un lieu particulier, porteur de bonheur. Pour y accueillir son amie, si par un heureux destin elle repassait par là...

La grange est donc aménagée avec les tables, cloisonnées par des petits paravents en tissus légers récupérés aussi, et Rowina masse les corps, les visages, avec un DJ à domicile qui mixe des sons doux et envoûtants, venant de toute la planète. Quelquefois, elle chante en massant, c'est le bonus.

Il y a aussi des tableaux d'artistes méconnus de tous les pays, jeunes ou anciens, qui mélangent des toiles de la Renaissance à des graffitis ou des tags.

Certains les créent en direct. Il arrive aussi que des danseurs et danseuses viennent improviser ou travailler leurs mouvements devant les femmes ou les hommes qui récupèrent, allongés sur des transats, après s'être fait pétrir, engourdis par les effets de leurs soins, ravis de continuer leur détente en se laissant charmer par ce qui se passe devant eux. C'est le cas aussi pour celles ou ceux qui attendent, parce que les magazines sont interdits dans le palais, qui veut rester une bulle hors du monde, et un endroit où on ne reçoit que du rêve.

On pourrait appeler cette grange une sorte d'atelier de bien-être et de créativité.

Entre deux amants, parce qu'elle trouve que les hommes, c'est bien à petite dose, sinon ça vous bouffe tout, dans tous les sens du mot, et qu'elle se méfie de l'amour, elle a plutôt des copains. Mais elle en a peu, parce qu'elle n'a pas le temps de s'occuper de sa vie.

Il y a Yue, son voisin chinois, et Simone, son meilleur ami. Yue est aussi un ange que quelqu'un a posé là, sur sa route. Son prénom veut dire «lune» en chinois. Il est très doux et passionné parce qu'il pratique et enseigne le yi quan (qu'on prononce «yi chuan»), qui veut dire «la boxe de l'intention», pendant lequel se font les fameuses postures dont Rowina est devenue une adepte, et le taï-chi, plus répandu. En même temps, Yue peut se transformer en tueur en quelques secondes si on le provoque bêtement. Il passe parfois des heures en posture dans la campagne, tout seul, debout à «tenir le ciel», «tenir le tigre, l'arbre ou la planche», et Rowina s'est toujours dit qu'elle avait beaucoup de chance d'avoir rencontré cet homme empli de tant de spiritualité, de générosité et de rayonnement. Elle se sent protégée par Yue.

Quant à Simone, c'est un homme. Un homme qui s'appelait Maurice à la naissance, mais comme il aime les hommes, il préfère «Simone» et s'est rebaptisé tout seul. Rowina aime Simone comme son frère, sa sœur, parce qu'il vient d'un autre monde, d'une autre époque. Toutes les femmes du palais l'adorent. Il les fait rigoler, chante des opérettes avec sa voix de ténor ou des chansons de Barbara en faisant la diva, exécute des pas chassés comme les vraies danseuses, joue du piano, entre deux brushings. Et le brushing de Simone, ce n'est pas n'importe quoi, c'est tout un rituel. Il faut de la musique, et Simone chante, en roulant et reroulant sa brosse sous les mèches de cheveux de ses clientes.

Simone est un dingue du brushing, un as de la brosse et du séchoir. À la fin de sa performance, il est complètement trempé, tout est en eau, sa chemise, son visage, comme s'il avait pris une douche tout habillé. Il est tout rouge, comme s'il venait de franchir le Kilimandjaro.

Simone est un phénomène, et Rowina l'aime comme son double, sa moitié. Simone est un ovni, un genre d'être humain fait avec on ne sait quel ingrédient, qui est une planète à lui tout seul.

Dans les moments sombres de Rowina, elle se dit qu'heureusement elle a trois anges : son amie d'enfance, Yue et Simone. Rowina parle beaucoup à Simone, parce qu'il comprend tout, il a le cœur partout. Il est même plus qu'un cœur débordant, il est à lui tout seul plusieurs cœurs. Ça doit être pour ça qu'il est bien enrobé.

Rowina a donc peu d'amis, très accaparée par son métier. Elle côtoie beaucoup de femmes, de tous âges, qui lui racontent tout de leurs vies, qui ne sont pas vraiment guillerettes pour la plupart.

La cabine de soins se transforme très vite en bureau des lamentations.

Rowina, douée d'une sorte de force de vie exceptionnelle qui dérange beaucoup de personnes alentour, quelques voisins simples d'esprit, quelques pauvres inquiets étriqués et aigris, quelques racistes en fin de race, se sent chaque jour comme remplie d'une mission, et, ne comprenant pas toute la tristesse qu'elle entend ou sent, dans ces corps pourtant pleins de santé et d'espoir, devient la principale confidente de ces malheureuses, et ne peut s'empêcher de vouloir à tout prix leur redonner un peu le goût de vivre, leur remonter le moral, leur donner des «trucs pour se sentir mieux».

Elle s'épuise à ça, mais ça ne la dérange pas, elle leur donne des conseils instinctifs, essaie de les faire rire, oui, rire, se forcer, ha ha ha ha...

«Allez, essayez, madame Glaïeul, avec un nom comme ça vous avez pas le droit d'être triste.

– Non, appelez-moi Jacqueline.

– Oui, Jacqueline, riez, riez, même si vous avez envie de pleurer, criez, faites un grand ha ha ha, et vous verrez, vous aurez l'impression d'être tellement ridicule que ça vous fera rire, et tout est bon tant qu'on peut rire, Jacqueline, il faut se battre, il faut être des vraies guerrières!

– Ah bon? dit Jacqueline en riant. Ho, quand même, ha ha ha...

– Ah, vous voyez, Jacqueline, je vous ai fait rire, oui, nous devons combattre et jamais s'arrêter, nous sommes les guerrières des temps modernes, nous sommes des kamikazes, nous devons faire des missions impossibles, nous devons tout faire en même temps. Tenez, là, tout de suite, pendant que je vous masse, envoyez un texto à votre mari, et dites-lui que ce soir vous serez méconnaissable, je vais vous maquiller, vous prêter des fringues.

– Oh, mais non, Rowina, vous ne pouvez pas faire ça, ça me gênerait.

– Mais si, on s'en fout, on ne se gêne pas, on s'aide, et il faut que vous vous donniez un bon coup de pompe, Jacqueline, et que je vous en donne un aussi, sinon c'est la chute dans le puits et non et non et non, ce soir vous lui sautez dessus à votre mari, vous lui donnez un bon foie gras, mais vous, n'y touchez pas, et pendant ce temps-là vous lui offrez à boire, sur une belle musique, un bon Barry White...

– Barry quoi ? dit Jacqueline.

– Vous inquiétez pas, je vais vous le prêter, et vous buvez un petit verre avec lui, vous lui dites qu'il est le plus beau, vous jouez un rôle, Jacqueline ! Oui, voilà, vous jouez un rôle, comme si vous étiez une autre, comme si vous étiez droguée. Il va être surpris, il ne va pas vous reconnaître, ça va le fragiliser, et il sera plus réceptif, et vous lui dites que vous non plus vous le reconnaissez pas, parce que vous ne l'avez jamais assez regardé vraiment, et que là tout de suite vous le désirez, que vous être très attirée par lui... Et vous vous remuez sur la musique, vous faites l'aguicheuse, comme les filles des clips à la télé, ou celles de la météo, vous savez, elles ont toujours des sourires un peu... vous voyez ?

– Mais je vois pas du tout, marmonne Jacqueline.

– Si, madame Glaïeul, les filles à moitié à poil dans les clips, vous faites comme elles !

– Quoi ? Mais je ne peux pas faire ça !

– Si vous pouvez ! Avec cette musique, tenez, prenez ce disque, vous pourrez… Et vous le câlinez et vous le culbutez votre mari ! Et vous m'en direz des nouvelles, Jacqueline !

– Mais s'il ne veut pas ? dit Jacqueline, inquiète.

– Vous le violez ! Bien sûr qu'il voudra ! Et vous y mettez tout votre amour, et à un moment, vous verrez, il va se laisser emmener par vos ébats, parce qu'il verra en vous un renouveau, une autre, un printemps soudain et inattendu dans votre relation. Il sera sur le cul. Si on peut dire ! N'oubliez pas, Jacqueline, ne pas mollir, ne pas douter, ne pas faiblir, vous êtes une kamikaze, vous êtes en mission de rattrapage de couple ! »

Jacqueline est toute requinquée dans ses rondeurs épanouies, vêtue du simple string-culotte en papier jetable, sur la planche miraculeuse et réconfortante, et Rowina aussi est toute repulpée de l'intérieur, parce que requinquer les autres, ça requinque soi-même.

Dans son élan de rage bienfaitrice, Rowina continue avec la dame qui suit… Re-string jetable, re-allongée sur la table chauffante, re-en train de se lamenter parce que son mari ne la regarde plus et lui demande d'aller se faire mettre des faux seins. Rowina est prise d'un fou rire immédiat et tonitruant.

« Mais qu'est-ce que j'ai dit, madame Rowina ? lance la dame au string.

– Mais il a qu'à s'en faire greffer lui-même, des faux seins, s'il aime tellement ça ! Et arrêtez de m'appeler madame Rowina, on dirait une tenancière de bordel. Oh ben tiens, pourquoi pas en monter un, de bordel, comme ça au moins vous serez toutes désirées, donc heureuses, non ? »

Tête de la dame au string...

« Oh, madame Ro... Pardon, Rowina, je pourrai pas, je pourrai pas faire ça...

– Je rigole, madame Duplan, dit Rowina.

– Ah, ben non, vous non plus m'appelez pas madame Duplan, appelez-moi Marguerite ! lance Mme Duplan, toute remontée.

– Oui, Marguerite, je plaisantais, on va quand même pas se prostituer pour donner raison à vos maris, mais Marguerite, il faut arrêter de manger, vous mangez trop, je vous l'ai dit, et vous êtes trop inquiète, il faut que le matin quand vous vous réveillez vous vous imaginiez en guerrière japonaise. »

Tête de Marguerite.

« Quoi ?

– Oui, Marguerite, écoutez-moi, je viens d'en parler à Jacqueline, nous sommes des guerrières, il n'y a que ça pour vous sauver et vos kilos sont vos ennemis, il faut leur casser la gueule, il faut les foutre en l'air, les tuer, les piétiner, les écrabouiller, les atomiser, vous comprenez ?

– Oui, bien sûr, mais je peux pas rester sans manger ! J'ai besoin de manger, je veux manger, je veux manger, je suis une grosse truie qui veut manger ! » Marguerite s'est levée et a piqué une crise d'hystérie puis s'est mise à pleurer. Elle sanglote. « Et puis... mon mari me trompe ! Je sais qu'il me trompe, il est obsédé par les seins, dès qu'on croise une femme qui en a, il a les yeux qui lui sortent des orbites, on dirait qu'ils jaillissent comme des fusées pour aller plonger direct dans les décolletés de toutes ces putes ! Bweêêêhhhh ! Bwhaaah ! Bouhhhh ! » pleurait Marguerite.

Rowina l'a prise dans ses épaules et sa désespérée a laissé ses larmes sortir, en cascade, les secousses de tristesse, la morve au nez et tout le tralala.

« J'y arriverai jamais à être belle et mince, dit Marguerite, ils me demandent tous de leur faire à manger, mon mari, mes enfants, comment vous voulez que moi je ne mange pas, si j'ai toute cette bouffe sous le nez qui me nargue sans arrêt avec mon cochon de mari qui saute sur tous les nichons de la Terre ! Pardon... Pardon... Je voulais pas crier... J'en peux plus, moi, vous comprenez, j'en peux plus !

– C'est pas grave, dit gentiment Rowina, c'est rien, vous êtes là pour ça... Mais Marguerite, si ! Vous pouvez ! Et vous allez le faire ! Vous ne mangez plus rien à partir d'aujourd'hui et quand vous avez mal au bide, hop ! une pomme, et de l'eau...

– Oh ! là, là ! mais c'est horrible ! Rowina, me faites pas ça ! Non, mais vous êtes folle ? Une pomme et de l'eau, c'est affreux, quelle horreur ! Non ! Haan, là, là !

– Marguerite ! Reprenez-vous ou je me fâche... C'est l'idée qui est un peu difficile à évaluer, je suis d'accord, mais ouvrez votre esprit ! Vous verrez, si vous le faites, vous serez heureuse ! Si vous êtes heureuse, vous déstockez ! Et si vous déstockez, vous maigrissez ! Il faut essayer, sinon on ne peut rien savoir dans la vie.

– Oui, mais mes seins ? lance Marguerite, toute boursouflée par les larmes.

– Ben, allez voir un chirurgien !

– Ah, vous croyez ?

– Ben oui, j'en connais un qui vous fera ça gentiment et en payant sur plusieurs mois, dit Rowina.

– Et ça fait pas mal ?

– Un peu, mais c'est rien...

– Ah bon, dit Marguerite en se mouchant, je croyais que c'était nul de faire ça...

– Ce qui est nul, c'est d'être malheureuse, Marguerite, et de manger tout le temps à cause de ça, c'est un cercle vicieux. De toute façon, on devient des estomacs à pattes dans notre civilisation où on perd le goût de tout, ça nous liquéfie l'esprit, on devient des mollusques, des idiots ! dit Rowina, maintenant bien énervée. Jeûner, c'est se retrouver.

– Mais vous êtes marrante, lance Marguerite avec verve, vous avez pas de mari ni d'enfants, moi je ne peux pas, je vais pas les laisser se faire à manger tout seuls !

– Et pourquoi pas ? rétorque Rowina. Peut-être que ça leur plairait... Marguerite, essayez d'arrêter de manger juste un jour pour voir l'effet que ça vous fait, je vous en supplie, comme un jeu, Marguerite, essayez et vous verrez !

– Hann, là, là, mais je vais crever de faim !

– Non, Marguerite, vous aurez mal au bide, mais vous ne crèverez pas. Et vous vous sentirez bien parce que vous aurez pété la gueule à vos kilos ! Et puis, entre midi et deux, au lieu d'aller bouffer n'importe quoi à la pause avec vos collègues, eh ben, baladez-vous. Allez respirer un arbre.

– Respirer un arbre ? demande Marguerite avec des yeux ronds.

– Oui, vous prenez une grande bouteille d'eau et une pomme, vous vous asseyez sur un banc et vous regardez les arbres autour de vous. Vous en choisissez un et vous le fixez, vous l'enrobez du regard. Vous l'observez avec tout votre cœur, vous le respirez de loin et puis vous l'approchez et vous le touchez, vous pouvez lui parler, même, si vous voulez, et vous verrez !

– Pourquoi, ça fait maigrir de regarder un arbre ? demande Marguerite.

– Mais non, ce qui fait du bien, c'est de respirer, de contempler, parce que ça, ça fait circuler tout dans le corps, et faire circuler, ça fait maigrir ! Donc finalement, oui, regarder un arbre, ça peut faire maigrir...

– Oh, mais, Rowina, vous vous êtes spéciale aussi, ça fait partie de vous, de faire ces choses, l'Afrique et tout ça, moi, je pourrai pas...

– Ah bon, et pourquoi ?

– Parce que, je ne sais pas, les gens vont me prendre pour une folle à aller tripoter un arbre...

– Raaaaaah ! Mais on s'en fout, des gens, ils sont pas dans vous, les gens, Marguerite ! Ils passent, les gens, vous les regardez pas, ils n'existent pas ! Faites-le, vous pourrez, vous verrez. Mais amusez-vous, je vous en supplie, à ne plus manger. Ou alors exclusivement une soupe sans patates, et vous verrez, vous allez être fatiguée au début mais heureuse !

– Haan... Hrropvv ! lâche Marguerite.

– Et c'est mieux que d'être reposée et malheureuse, insiste Rowina, non ?

– Heu, oui, Rowina... Oh ! là, là... C'est pas marrant tout ça...

– Si, c'est marrant, c'est très marrant ! Ha ha ha ha, allez ! Riez, Marguerite, riez riez, si vous râlez, c'est que vous êtes bien vivante, alors riez, allez ! »

Rowina s'épuise et en même temps se régénère avec toutes ces femmes. Elle veut leur montrer une autre vie... possible. Elle la voit, cette autre vie. Elle la veut.

Son investissement auprès de ses clientes est tel que parfois, à la fin de la journée, elle se sent comme une baleine vidée, échouée, dans un coma passager. Mais ça la fait rire, et souvent, toute seule dans son hangar, à la nuit tombante, dans le silence, on l'entend rire. Le son grave et puissant résonne à travers les cloisons de bois, de verre. Ce petit bout d'être humain se marre nerveusement en se disant que vraiment les femmes sont obligées d'être des guerrières... Qu'il y a toujours un ennemi tapi quelque part qu'il faut combattre.

L'hiver

Un jour, le gris du plafond bas d'un ciel lourd et plein de reproches pesait sur les têtes de l'espèce humaine. Mauvais début de journée. Tout était gelé, il faisait sombre, il fallait envoyer du soleil en éclaboussures dans cette froideur envahissante.

Puis arrive en série une sorte d'overdose de mauvaises nouvelles venant de ses clientes toutes suicidaires dans la même matinée, c'est normal, le climat transpire et influe sur les natures humaines. Rowina pique une crise de colère comme personne n'en avait jamais vu jusque-là, dans son palais. Elle était en train de malaxer avec force et implication une femme totalement désespérée que son mari venait de quitter parce qu'il lui reprochait d'avoir épousé une Porsche et de se retrouver avec une 2 CV, qu'il ne la reconnaissait plus, qu'elle n'avait plus de libido, qu'elle ne faisait aucun effort, et il est parti, pfft, envolé le mari.

Mme Delambre, de son prénom Jeanne, une femme très drôle et pleine de vie, infirmière, faisait depuis des semaines des efforts surdimensionnés pour changer, embellir, et pour se « faire des fesses », à la demande de son mari, qui lui avait jeté à la gueule :

« Je veux que t'aies les fesses d'une Porsche, t'as plus de fesses !

– Ah bon, comment ça ? avait dit Jeanne. Je suis pas une voiture ! Et quoi, tu veux que j'aille me faire poser des fausses fesses en chirurgie esthétique ?

– Mais ça va pas, avait répondu le mari, y a pas marqué “pigeon”, là, sur mon front, je te demande de te refaire des fesses en faisant de la gym !

– De la gym pour fesses, seulement ? avait demandé Mme Delambre.

– Oh ! là, là ! Mais de la gym pour ce que tu veux, avait lancé le mari. Moi j’aimais bien ton petit cul, ma chérie, j’aimerais bien le retrouver comme avant, il suffit de pas grand-chose...

– Mais je suis au régime ! avait dit Jeanne, et je suis crevée.

– Ah bon, t’es au régime ? Bonne idée, avait lancé le mari, mais te mets pas au régime du cul si tu veux un conseil, je veux que tu retrouves ton cul ! C’est tout ! Parce que sinon...

– Sinon quoi ? avait crié Jeanne.

– Ben, hé, ho, c’est pas la peine de hurler, hein, je suis un homme, moi !

– Ah oui et alors, ça fait quoi, un homme ?

– Hoo, mais calme-toi, hein, ça va pas, Jeannette. Eh ben, un homme, en tout cas certains, parce que moi j’ai des collègues, ils se gênent pas...

– Ah oui ! continuait de hurler Jeanne. Ils se gênent pas ! Ben, vas-y, te gêne pas, toi, et si ça se trouve, tu t’es pas gêné déjà...

– Oh, mais non, avait dit mollement le mari en partant et en marmonnant, moi je te dis les choses franchement et toi hop, tu fais la gueule... »

Bref, ce mari-là était porté sur cette partie féminine sur laquelle, c'est de notoriété publique, sont dévoués une grande majorité de maris. Ça dépendait... Il y en avait, c'était ça, et d'autres, c'était le cul d'en haut, c'est-à-dire les seins. Rowina considérait que nous avions deux culs, celui d'en haut et celui d'en bas.

Donc Jeanne pleurait là, tout de suite, elle ne pouvait pas s'arrêter, parce que son mari était parti, pour de bon... Sans doute pour un autre cul, va savoir. En attendant le nouveau de sa femme.

« C'est pas grave, lança Rowina à sa Jeanne en string, si c'est que pour un cul, il reviendra ! » Mais toc, au lieu de la faire rire, ça l'avait fait pleurer, forcément. Quand on est dépressif, on a le sens de l'humour en veilleuse.

Rowina avait pourtant une grande patience, un tempérament très très très réceptif, plein de compassion, d'écoute sans jugement, mais là, elle commençait à atteindre le niveau « Qu'est-ce qui se passe en ce moment, c'est quoi ces avalanches de déprimes que balancent les hommes sur les femmes ? » Qu'est-ce qui arrive ? Il faut réagir, il faut que les hommes comprennent un peu et qu'on aille leur couper le zizi. Non, on peut pas, et pis quand même ça serait dommage. On peut pas non plus les lobotomiser, ça se fait plus, mais alors quoi, il faut faire une révolution, non, ça va prendre trop de temps pour tout organiser, alors, eh ben... On va faire une fête ! Tiens, mais oui, on va faire une grande fête des maris ! Une fête des hommes, de tous les hommes et... on va toutes se déguiser et eux aussi s'ils veulent, facultatif! Yeah wesh!

«On va se bouger les fesses et vous, madame Delambre, pardon, Jeanne, je vais vous les travailler, vos fesses, dans... quinze jours déjà, elles seront en béton... Enfin, pas tout de suite, mais, pour commencer, elles seront en ciment, si y a que ça pour lui faire plaisir!» Un peu de "palpé roulé", beaucoup de jogging, de la gym, du régime, tout ça, ça rime, et hop!

Rowina sur un coup de tête déclenche un cours de gym pour le lendemain et toute la semaine, non, tiens, pour les quinze prochains jours, parce qu'une semaine, c'est pas assez, avec de la musique à fond, pour toutes celles qui en ont envie, gratuit bien sûr, avec en échange une bouteille de champagne et de la nourriture, maigre et drainante, à apporter le jour de la fête. Il faut conjurer le sort.. Et défier le destin. Fini l'épée de Damoclès sur la tête. On va muter!

Les dames en train d'attendre leur massage et celles qui s'en remettent voient Rowina dans une sorte de colère qui la dépasse, et ça les fait rire, on dirait qu'elle est folle, elle crie au milieu de son palais, elle va aux platines, change de disque, met de la funk, allez hop, Zapp and Roger, Brass Construction, Michael Jackson, elle se met à danser, hurle à tout le monde de venir, et les quelques femmes quasi à poil, avec string ou bonnet en tissu sur la tête, suivent, on se croirait dans un asile, c'est magnifique, c'est vivant.

En pleine surboum surréaliste, un mari vient chercher sa femme, il fait une drôle de tête, veut ressortir, mais Rowina le chope gentiment par la main et le fait danser...

« Il est gentil, lui ? hurle Rowina à sa cliente, dont elle connaît un peu le mari.

– Oui oui, très ! » crie la dame un peu effrayée, avant que Rowina ne lui mette un pain dans la figure.

Ce n'était pas Mme Delambre, donc pas non plus le mari obsédé par le cul, c'en était un autre...

« Ah ben super ! répond Rowina. Bonjour, toi, alors tu es gentil avec ton adorable femme et tu as bien raison, lui dit Rowina en dansant avec lui. Parce que ici, on aime pas les méchants maris, tu comprends ? Méchante fée Rowina punit les méchants maris ! Hi hi hi ! » Et le petit mari, amusé, danse allègrement en riant. Sa femme rhabillée les rejoint, Rowina les laisse danser, et tous les deux sortent en remuant leurs popotins. Bon début.

Rowina est allumée comme si elle avait bu alors que non, elle n'a ingurgité que ses potions. Elle est électrisée par la musique et très impatiente que les choses changent. Elle est autant excitée de ce projet de fête que ses clientes étaient désespérées dans la matinée.

« À qui le tour ?

– Moi, dit élégamment une femme assez âgée au corps d'ancienne danseuse, pleine de grâce et d'élégance, fine comme une brindille.

– Ah, Ghislaine, comment ça va ? demande Rowina.

– Mais moi, ça va très bien, merci. C'est une très bonne idée, cette fête, je n'ai pas de mari ni trop de kilos mais j'ai le droit de venir quand même ? Je plaisante. C'est réjouissant ! Vraiment !

– Je sais pas ce qu'elles ont toutes avec leurs maris, coupe Rowina, elles ont qu'à partir, juste pour voir, non ? Les laisser, faire une expérience, expliquer aux enfants, quand ils sont grands, ou prendre les enfants, mais partir, bouger, ne pas rester là à s'enterrer vivante à petit feu ! Non ?

– Oh, ben oui, peut-être, sans doute, je ne sais pas. Beaucoup sont effrayées d'être seules, il faut les comprendre.

– Oui, d'accord, je sais, mais alors, avant d'aller faire un tour ailleurs, elles vont le faire ici, par exemple ! On va leur faire une sorte de retraite préparatrice préfestive, on s'entraînera tous les jours, on va courir et faire de la gym et on mange pas ! Qu'est-ce que vous en pensez, vous, Ghislaine ?

– Mais je n'en pense que du bien, je ne mange jamais un peu comme vous ! Je vous aiderai à tout organiser ! Et je danserai.

– Oh, oui, j'adore quand vous dansez, on dirait que vous flottez... ! »

Les jours passent... Plusieurs clientes, dont Jacqueline, Marguerite et Jeanne, aident Rowina, chacune à son boulot et en cachette de son patron et de son mari, pour la préparation de la fête. Listings sur Internet de tout un réseau de copains, le DJ de Rowina sera là, bien sûr, Yue, le voisin prof d'arts martiaux, les danseurs, les danseuses, les peintres, tagueurs seront présents, Simone aussi.

Pendant quinze jours, le palais se transforme en usine à travail de fabrication de bonheur, Rowina se retrouve prof de gym clandestin aidée par son voisin Yue, qui complète les cours de respiration et fait faire du taï-chi à toutes les femmes, dehors, dans le jardin.

Elles sont une vingtaine, alignées comme dans les vrais cours de gym, bien rangées comme des légumes dans un potager, ou en cercle, comme une petite planète humaine, et les fous rires fusent parce que certaines ne sont vraiment pas habituées et font n'importe quoi, et d'autres n'en peuvent plus.

Rowina s'éclate. Ça lui fait du bien à elle aussi. Elles courent toutes ensemble, et puis hop ! rien à bouffer, que des pommes, et de l'eau... Et on mange l'eau. Oui, l'eau peut se manger, c'est une question de mental, il suffit de mâcher quand on boit, de mâcher son eau, de réaliser qu'on a de la chance de pouvoir boire de l'eau, pour mieux en jouir, eh oui, c'est comme ça, nouvelle technique... « Allez, mesdames, on mâche son eau ! » Et des légumes, de la soupe verte, oui, le vert est l'ami de la femme, et un draineur ! Le draineur est notre indispensable compagnon de vie, il faut lui donner un petit nom, « draineur *boyfriend* », il doit nous accompagner partout, en toutes circonstances.

Rowina a récupéré un stock de casquettes américaines de supporters de base-ball, qui consistent à avoir deux réceptacles de canettes de bière suspendus au chapeau de chaque côté du visage, façon « oreilles de cocker ». Bien sûr, à la place de la bière, on dispose le draineur *boyfriend*, que l'on peut ingurgiter à toute heure de la journée, à l'aide de pailles. Le draineur *boyfriend* devient donc portatif, sorte de prothèse hydratante, et les femmes s'entraînent avec leurs casquettes de supporter de régime vissées sur la tête, se drainent toutes à fond, en perfusion buccale. Certaines sont malades comme un chien évidemment. Elles ont droit à quelques grains de riz et surtout l'eau du riz, autre ami de la femme dans ces cas-là. Il y a aussi le moment de la sieste obligatoire, sur les tables de massage, et le palais se transforme en un dortoir de jeunes filles, *Autant en emporte le vent*.

Galvanisée par l'énergie de toutes ces femmes qui reprennent du poil de la bête, Rowina donne des cours de maquillage, de coiffure avec Simone, qui invente des nouvelles coupes, sorte d'Edward aux mains d'argent gonflé sous cortisone, vu ses rondeurs d'angelot, et plus enclin au brushing qu'à la coupe, et aux perruques qu'aux décolorations qui abîment le cheveu. Car *le* cheveu doit être choyé par sa « porteuse ». Simone donne des recettes de bonheur *du* cheveu, par exemple se faire un masque avec une bouillie d'œufs et d'huile d'olive, et dormir avec. Étant donné que la « porteuse » du cheveu aura une coiffure repoussante, genre bouse de vache posée sur le crâne, Simone conseille d'envelopper le tout dans un petit sac plastique style Intermarché ou Monoprix, avec du papier d'alu dessous pour chauffer et faire pénétrer le soin. Recouvrir le tout d'une casquette ou d'un bonnet de laine pendant la nuit. Pas sexy mais très efficace. Le lendemain, *le* cheveu a «ressuscité»!

Il montre aux femmes comment se coiffer et se mettre en valeur. Crêpage, laque, rouleaux, chignons de deux mètres douze pour allonger la silhouette, tressage africain, lissage brésilien... C'est la valse du stylisme du cheveu made in Simone.

Rowina propose de récupérer des vieux habits que ses clientes ne mettent plus et de les réunir dans sa cave, pour qu'elles se les prêtent, se les échangent, pour recycler, sans que ça coûte rien. Elle propose de coudre avec ce qu'il y aura et d'inventer des déguisements pour les femmes qui n'en ont pas. Elles sont excitées comme des gamines. Cette fête est un grand espoir de renouveau, pour beaucoup. On se croirait à la préparation d'un carnaval ou d'une fête d'école de fin d'année.

Elles doivent être au top! *Over the top!* Et la loi suprême de toute cette fête que Rowina rappelle sans cesse, le «jeu», c'est que les femmes viennent séparées de leurs maris et qu'elles devront les reconnaître et les reconquérir et vice et versa, sinon aucun intérêt. Petits cris de frayeur épars, mais Rowina convainc tout le monde que c'est ça le défi. Le chat et la souris.

Le jour J arrive, son et lumière surréaliste… Le hangar klaxonne de partout, le plafond est surchargé de lustres de toutes sortes, récupérés à la cave, anciens et plus récents, boules à facettes, projos de toutes les couleurs, bougies partout, lampions, torches dehors… Les convives déguisés arrivent petit à petit.

Simone, déguisé en vrai petit ange de plâtre, tout blanc, portant des ailes qui arrivent à le faire s'envoler. Il est accompagné de drag queens expérimentées montées sur échasses qui flottent au-dessus de tout le monde avec lui. Les danseurs et danseuses font des impros, mêlés aux jongleurs, acrobates, sur la musique funk du DJ de Rowina. Tout se mélange.

Petit à petit le hangar se remplit, regorge de couleurs et de vie, se rembourre de tous ces costumes, toutes ces étoffes… Les corps et les cœurs se détendent… Les clientes de Rowina s'amusent comme des enfants à leur première fête et certaines snobant leurs maris qui les cherchent, découvrent qu'elles ont un pouvoir de séduction sur d'autres hommes. Elles se redécouvrent, surexcitées. Jacqueline a prévu plusieurs costumes pour la soirée, pour être plusieurs femmes…

Mme Delambre, Jeanne, avec ses fesses que son mari voulait regonflées, qui pour le coup sont surbombées parce qu'elle s'est mis un faux cul, est méconnaissable. Elle a un maquillage de geisha avec une voilette rouge et un chapeau fait de bouteilles en plastique d'eau minérale écrasées et taguées en rouge sang. Sa bouche est de la même couleur, elle qui ne portait jamais de maquillage, et elle a des faux cils qui donnent l'impression que des ailes noires ont poussé sur ses yeux. C'est une créature, une apparition.

Son mari ne l'a pas du tout reconnue et semble un peu noyé dans cette mer de déguisements et de toutes ces femmes mystérieuses et masquées.

Il appelle sa femme, crie son nom par-dessus la musique, interroge Rowina, qui répond qu'elle ne l'a pas vue. Jeanne, prise d'une inspiration soudaine, poussée par les conseils de Rowina, par la musique et le champagne, prend une autre voix que la sienne et approche son mari et lui tapotant les fesses de son éventail... Elle l'allume, comme une louve en chasse...

« C'est à qui ce beau petit cul ? Hmmm ?

– Ahhh ! » crie le mari estomaqué qui se retourne et regarde la créature qu'il a devant lui, effarouché mais pas insensible à son charme.

Il se détend et lui sourit, admiratif.

« Oh, pardon, je ne savais pas ce que c'était, excusez-moi, vous m'avez fait peur, c'est idiot.

– Moui... et qu'est-ce qu'il boit, ce petit cul ? Hmmm ?

– Pardon ? Heu... Oh, ben, une bière.

– Oh pff, non, pas de bière, un peu de champagne ? Hmm ? »

Jeanne, elle-même déjà pas mal champagnée, lui colle la main aux fesses, prend une gorgée de sa coupe, puis agrippe de ses mains gantées le menton de son mari, colle ses lèvres sur les siennes et lui déverse le liquide dans la bouche en lui roulant une grosse pelle. Le mari, saisi, s'étouffe quasiment. Jeanne lui tapote dans le dos, ce qui accentue la toux de son mari, qui s'étouffe complètement.

« C'est bon comme ça, non, le champagne ? lui dit Jeanne, allumée.

– Heu, j'avais jamais goûté... comme ça...

– T'en reveux, beau petit cul ? Hein ? Encore une gorgée ?

– Je cherche ma femme, madame...

– Mais on s'en fout de ta femme... Oh, il est perdu, le petit cul ! Il est perdu... Tiens, reprends une gorgée... »

Et toc, Jeanne refourgue une bonne gorgée de champagne façon bouche-à-bouche à son pauvre mari complètement sonné par ce qui lui arrive...

« C'est quoi, le prénom du petit cul ?

– Jean-François.

– Oh, que c'est mignon, Jean-François ! Oh, Jean-François, tu veux pas qu'on aille faire un tour tous les deux ? Hmm ?

– Ben... vite fait alors, il faut que je trouve ma femme... »

Jeanne masque sa rage et entraîne son mari dehors dans la campagne. Elle le tire par la main en courant et en lui tapotant le derrière... Il la suit, en riant quand même, ne sachant pas ce qui lui arrive, mais ne le refusant pas non plus...

Jeanne et Jean-François sont maintenant assez éloignés de la grange festive... Elle se retourne vers son

Jean-François étourdi, se colle à lui en lui repaluchant le cornet, et se met à le déshabiller sans lui laisser le temps de la réprimander. Le mari se laisse faire... Jeanne le plaque à terre, inspirée par certains mouvements que lui avait montrés le voisin Yue, et bloque son mari sur l'herbe. Il ne peut plus bouger.

Jeanne, qui n'est plus elle-même ou trop elle-même, lui fiche une petite claque.

« T'aimes ça, hein ?

– Heu... Je ne sais pas, geint le petit mari, laissez-moi, s'il vous plaît, madame, je dois rejoindre ma femme...

– Ouais ouais, ta femme, on s'en bat de ta femme, est-ce que t'aimes ça ?

– Mais quoi ? susurre timidement le mari.

– Qu'on te fiche des claques ? balance Jeanne avec une voix de “Domina”. Comme ça, continue Jeanne-Domina en lui en mettant une petite.

– Oh, ben, oui, madame, c'est pas mal, chuchote le mari, c'est marrant, pourquoi pas... »

Et paf, Jeanne lui en fiche une, mais pas mignonne, celle-là...

« Arrêtez, vous me faites mal !

– Oh pardon, il est douillet, le mari, pardon... »

Jeanne le met tout nu en le caressant un peu quand même. Totalement à poil sur la pelouse. Elle le viole littéralement sur-le-champ, dans le champ. Il se laisse faire... Un peu trop. Jeanne chevauche son mari comme elle ne l'a jamais fait. Elle se sent prise à son propre piège puisqu'elle-même se redécouvre et n'a jamais osé être aussi délurée avec son époux, qui, lui, a l'air de se laisser faire parce qu'il la prend pour une autre.

Dans ce dilemme noyé par les effluves du champagne, l'air inspirant et sensuel de la campagne, la terre, la musique, la liberté nouvelle, mais le désespoir de voir son mari la tromper avec elle-même, Jeanne se met à hurler. Elle hurle si fort que son mari s'arrête net dans son élan et la regarde, paniqué. Jeanne fixe son mari en se démasquant, lui laissant à peine le temps de réaliser qui elle est, et lui colle une droite magistrale sans appel. Le mari est K-O. « Voilà pour le petit cul ! De la part de sans-cul ! Saloperie !... » Et Jeanne assène des coups de poing dignes des films coréens les plus sanglants à son pauvre mari déjà bien sonné.

Elle se relève, le laisse par terre et marche, son chapeau-voilette à la main, titubant sur la pelouse, pleurant, et va voir Rowina, qui était en train de se trémousser joyeusement... Jeanne entraîne Rowina dehors et lui raconte ce qui s'est passé, en lui montrant le corps inerte de Jean-François se dessinant dans le vert de l'herbe fraîche.

Rowina et Jeanne traînent le petit cul de mari dans la cave, à côté de la chambre de Rowina. Jeanne veut que rien ne se sache. Rowina essaie de l'apaiser, mais la « guerrière » est bien saoule et triste, hermétique à tout. Elle a joué jusqu'au bout à la kamikaze, c'est tout. Maintenant, il faut laisser faire le destin. Toutes les deux un peu éméchées retournent à la fête, laissant « petit cul » dans un coma léger, au sous-sol.

Malgré ce petit incident, Rowina est remplie d'un bonheur excitant qui lui donne un immense espoir. Elle est heureuse de voir toutes ces femmes revivre, s'amuser, certains couples se forment, on ne sait plus très bien qui est qui et on s'en fiche.

Yue, très élégant et toujours discret, propose à Rowina une petite danse, un cha-cha-cha improvisé sur un bon morceau de funk. Cette femme liane dont la peau noire, dessinée par une robe blanche moulante qui lui donne des allures de sculpture vivante, rayonne de sensualité joyeuse en apprenant avec son ange chinois le cha-cha-cha, dans cette mer de corps qui s'agitent pour fêter la vie et faire arriver le printemps.

Au petit matin, quelques clientes se retrouvent à tout ranger dans le palais transformé en beau bordel, magma d'art vivant de restes de fête. Jeanne va voir son mari, qui n'a pas bougé. Rowina, dans le secret, range les cadavres de bouteilles dans la cave et découvre son amie prostrée et inquiète. Jacqueline et Ghislaine, en train de rassembler déguisements, chaussures, chapeaux, bouteilles et autres vestiges, tombent sur les deux femmes. Le secret est livré, partagé. Elles sont quatre à savoir. Rowina a tout dit. Jeanne donne les détails les yeux baissés, et les trois autres sont prises d'un fou rire qui les fait pleurer, en découvrant le mari de Jeanne, dans un coin, sans connaissance. Elles n'arrivent pas à croire qu'elle, Mme Delambre, si douce et si contenue, ait pu faire un truc pareil. Solidaires, toutes encore sonnées par la fête et cette fatigue cotonneuse et langoureuse des après-griseries, elles le regardent dormir comme un bébé. Quatre fées vaporeuses devant un petit poupon de mari assommé sans défense.

« Il faut que je le ramène à la maison, dit Jeanne, déconfite.

– Non, non, tu dors là, Jeanne, comme ça tu seras ici avec moi quand il se réveillera, chuchote Rowina.

– Non, dit Ghislaine, ramenez-le toutes les deux, chez toi, Jeanne, mais reviens dormir ici. Il ne saura même pas ce qui s'est passé, puisqu'il ne t'a pas reconnue, hein ?

– Heu... Oh, non, je sais pas, je lui ai flanqué une droite, et après j'ai enlevé le chapeau et la voilette, enfin, je crois... Mais peut-être que c'est mieux de faire comme tu dis, Ghislaine, non ? Oh, mon Dieu, je savais pas que j'avais autant de force, c'est affreux ! »

Elles portent Jean-François, le mari K-O, dans la camionnette de Rowina, vision surréaliste des fées sauvant un noyé... Rowina et Jeanne le ramènent. Alternance de fous rires nerveux et d'inquiétude pendant le trajet. Jeanne n'en revient pas de ce qu'elle vient de faire, Rowina non plus. Le maquillage coule, les robes et les tissus volent par la fenêtre, les cheveux se défont. Elles se marrent.

Ben oui, elles peuvent bien se marrer, elle l'a pas tué, son mari, Jeanne, elle lui a fichu une bonne raclée, elle a fait son petit jeu et voilà et on verra bien, et au moins ça provoquera quelque chose, non ? Ben, oui, évidemment !

« Arrêtez de vous inquiéter, Jeanne ! C'est rien qu'une petite provoc...

– Oui, oui, vous avez raison, on s'inquiète toujours pour rien ! dit Jeanne, se forçant à se remettre. C'est vrai, on culpabilise pour n'importe quoi. Et c'est très mauvais, n'est-ce pas ? Inquiétude et culpabilité sont les ennemis de la femme. Ils font stocker. Stop ! On se détend, on déstocke ! Et toc. »

Sur la route, elles voient trois silhouettes tituber. En s'approchant, elles reconnaissent Marguerite, au milieu de deux jeunes gars. Ils se marrent tous les trois en roue libre. Fou rire qu'on ne pourra jamais arrêter et dont on ne pourra jamais non plus trouver la cause...

« Tout va bien ? lance Rowina par la fenêtre dans la nuit noire.

– Ouiiiistitiiiiiii, hurle Marguerite en s'étouffant dans ses gloussements.

– OK ! Tu sais où est le palais, hein, Marguerite ? Et si tu te perds, tu cries ! On viendra te chercher !

– Okay yeah wesh ! » hurle Marguerite, avec ses deux surfeurs.

Rowina accélère et quitte le couple à trois, flottant sur la route. Une fois à son domicile, Jeanne couche Jean-François dans le lit conjugal, dépose un petit baiser sur son cocard, et elles s'en vont à pas de louve.

À leur retour au palais, elles boivent une dernière bouteille toutes les quatre, en guise de remerciement à

Rowina, et chacune d'entre elles qui a joué le jeu raconte sa soirée respective. Elles se rendent compte de l'effet de séduction qu'elles ont eu, avec leurs déguisements et leurs jeux, sur les hommes. Elles se sont découvert des talents qu'elles ne soupçonnaient pas. Certaines ont fait des conquêtes... Échanges de numéros de téléphone.

Et Marguerite, elle est où ? Rowina et Jeanne racontent. Elle va sûrement venir s'échouer là, au petit matin. Enfin, au grand matin puisque le petit est déjà passé. On dirait des gamines dans la cour de récré, un lendemain de boum, en train d'attribuer des notes aux garçons présents, de faire des commentaires, raconter leurs flirts, avec leurs restes de déguisements et leur rimmel qui coule.

Jeanne se sent criminelle. Peut-être que son mari a le cerveau et le sexe complètement détruits ou qu'elle l'a rendu impuissant à vie. Ça serait ballot. Toutes les quatre, assommées mais grisées, gambergent et, le vin aidant, déclarent qu'elles n'ont rien à se reprocher, que Jeanne a agi comme elle l'a senti et qu'elle a « vengé » toutes les malheureuses, finalement.

Assises par terre et gagnées par les bras de Morphée, elles tentent de résister à la fatigue et n'arrivent pas à clore cette nuit magique et imprévue. Elles se mettent à imaginer qu'elles domptent les hommes comme de vraies bêtes. Elles sont des justicières qui se vengent toutes, comme Jeanne, sur les sexes de leurs maris.

Elles philosophent sur la dépendance incroyable des hommes à ce petit bout d'eux-mêmes. Ce sexe. Porteur de bonheur, bien sûr, mais aussi petit animal qu'il faut apprendre à dompter et à apprivoiser... Quel dilemme ! Ceci dit halte aux malheurs qu'il peut déclencher !

De plus en plus éméchées et emballées par leurs baragouinages avinés, très inspirées, elles imitent les hommes. Surtout ceux, les plus gratinés, qui ont le sexe au bord des yeux. Ça, c'est un spécimen remarquable. Ils sont faciles à reconnaître, leur paupière mobile du bas ressemble à une peau de prépuce.

Il y a aussi ceux qui ne sont véritablement qu'un sexe à pattes, avec un gland en forme de visage, dont tout le corps n'est finalement que la robe, le contenant de ce sexe. Il y a tant de sortes d'hommes !

Les femmes délient leur langue et, comme des guerriers dans leur endroit secret, jurent qu'elles doivent faire quelque chose pour que tout ça change. On se croirait dans une caverne du temps des chevaliers. Il faut changer les hommes... C'est leur mission ! Il faut révolutionner tout ça. Il faut venger toutes les femmes malheureuses !

« Yeah wesh ! Jeanne a commencé, il faut continuer !

– Oui oui oui ! Pourchasser tous ceux qui sont victimes de leur sexe, et les libérer de ce fardeau libidineux ! Ne pas leur supprimer cette partie du corps vitale pour tout le monde, *THE PENIS*, mais apprendre à la dompter. Oui ! Qu'ils apprennent à dresser leur « animal », qu'ils lui enseignent la sagesse ! Il suffirait d'inventer un système de petite laisse miniature et discrète, enroulée autour du sexe masculin, comme on le fait avec les chiens en promenade, et l'homme aurait l'autre bout de la laisse dans la poche. Au moindre danger de perdition aventureuse de son sexe, hop, il tirerait la laisse pour le calmer. Comme quand on retient un chien d'aller renifler le cul d'un autre. Mais oui, magnifique ! Tous les hommes tiendraient leur zizi en laisse !

– Haaaaaaa ! hurle Jeanne, qui s'était assoupie et qui cauchemardait. C'est affreux, on ne peut pas faire ça !

– Mais quoi ? lui dit Rowina, réveillée en sursaut.

– Ben, leur faire tenir leur zizi en laisse, on peut pas, on a pas le droit ! »

Et Jeanne se met à pleurer...

« Oh, là, calmez-vous, Jeanne, qu'est-ce qui se passe, vous m'avez fait peur... Allez, il faut se reposer, on va se coucher, vous disjonctez ! Stop ! Il faut aller dormir avant de devenir des meurtrières sanguinaires. Dodo ! »

Rowina et les trois femmes dans un état second improvisent un campement dans la grange-palais. Aucune n'est capable de rentrer et d'aller retrouver son mari. Épuisées, elles se jettent sur leur lit et s'écroulent dans la seconde.

Le lendemain matin, vers midi, jour de relâche pour cause de lendemain de fête, Rowina retrouve Marguerite allongée sur une table de massage, dormant comme un poisson échoué sur le bord de la rive. Elle lui met une couverture et ferme les rideaux pour la laisser récupérer, attendrie par son ronronnement serein.

Le printemps

Le temps passe. La réalité revient. Les cinq femmes du clan des chevaliers reprennent le cours de leur vie respective et viennent dans le salon d'esthétique de Rowina avec l'œil déjà plus vif, comme excitées par quelque chose à venir. Marguerite a été mise dans le secret, bien sûr, et s'est réjouie de l'acte de Jeanne. Une sorte d'espoir trouble, invraisemblable mais présent, grandit quelque part au fond de chacune des cinq. Elles s'émancipent, commencent à s'habiller différemment, à sortir plus souvent avec Rowina, et même parfois à faire un séjour de deux trois jours chez elle, sorte de «stage intensif», avec cours de gym, taï-chi et *boyfriend* draineur.

Rowina improvise des fêtes de plus en plus fréquentes, avec Simone au brushing et improvisation d'opérette sur les sons du DJ, des mini-concerts, des artistes danseurs ou dessinateurs qui s'exécutent toujours en *live*, dont les numéros et performances se perfectionnent et s'amplifient.

Jacqueline devient «multischizophrénique», elle se change dix fois par jour, de costumes et de personnages, elle joue tout le temps un rôle, certains la prennent pour une folle, surtout son mari, qui en même temps profite de la situation et ne la quitte plus d'une semelle... Normal, il se retrouve avec plusieurs femmes en une. C'est le phénomène «quatre ou cinq en une» chez la femme. Mieux qu'un shampoing «deux en un».

Certains maris râlent, viennent voir Rowina en lui demandant ce qu'elle fait à leurs épouses, trop souvent absentes, transformées en assoiffées sexuelles, ou en révoltées, râleuses, voulant mettre toute la famille aux soupes vertes, obsédées par l'épanouissement de leur corps, détachées de toute autre activité que celle de «trouver l'harmonie», porter le ciel, tenir le cheval. «Mais qu'est-ce que c'est que toutes ces conneries? crie le mari. Est-ce qu'elle leur a jeté un sort africain? Qu'est-ce qu'elle veut? Déséquilibrer leurs femmes? Détruire leur couple?»

Rowina reste toujours d'ébène et ne répond jamais très longuement. Elle les regarde droit dans les yeux, sourire aux lèvres, en rétorquant qu'elle ne veut rien détruire, bien au contraire, et qu'elle n'est pas responsable de la vie de tout le monde. Les maris devraient connaître suffisamment leurs femmes pour comprendre leurs envies d'évolution, leurs désirs de faire avancer les choses différemment de ce qu'elles ont toujours été jusque-là. Ils n'ont qu'à se renseigner sur leurs propres femmes, les regarder différemment, les redécouvrir... Après tout, c'est eux qui les ont épousées, pas Rowina.

Les cinq complices se racontent de plus en plus leurs situations respectives et se lient d'une vraie amitié. Elles deviennent inséparables, très solidaires. Stimulées les unes par les autres, elles ont de moins en moins de limites. Elles s'affinent, physiquement et mentalement, développent leur système d'échange de fringues, leur façon de s'habiller, de manger, d'être, elles se transforment, et certaines vont jusqu'à faire venir leurs maris au palais pour partager avec eux la gym, le taï-chi, le *boyfriend* draineur, le jogging dans les champs, les cours de rire, pour qu'ils comprennent mieux. D'autres changent de vie et d'amours. La vie mue, devient plus légère, toutes ces énergies solaires se transmettent et une espèce de joie fulgurante se propage dans le palais comme une coulée de lave magique, virus naissant du bonheur.

Jeanne est passée du brushing nickel coupe au carré à une coiffure pétard à la Tina Turner, elle a des fesses en béton armé et se roule des joints à l'heure de l'apéro. C'est son rituel, son verre de rouge. Son mari est devenu un adepte du palais et un vrai sucre d'orge, un chou de mari. Presque trop. Jamais contente, la Jeanne.

Marguerite, avec sa nouvelle paire de seins, est une sirène sensuelle et tombe amoureuse d'un peu tous les hommes. Elle laisse aller ses pulsions. En ce moment, c'est Yue, le prof de taï-chi, avec qui elle passe la plupart de son temps, à « posturer », comme lui, en restant le plus longtemps possible, le regard dans sa direction pour le séduire par l'énergie et la pensée. Parfois, en fin de journée, elle part dans des improvisations de mouvements inventés pour lui, au soleil couchant, telle une naïade ronde, danseuse contemporaine, qui veut charmer sa proie.

Les mauvaises langues des environs disent que le palais est une secte de copuleurs, qu'ils sont tous délurés là-bas, drogués, fous. Les maris toujours hostiles se mettent dans des colères noires pour venir récupérer leurs femmes, jaloux du bonheur qu'elles vivent sans eux. Certaines se laissent faire et obéissent, d'autres pas. Quant aux maris bienveillants, ils mutent et rejoignent leurs femmes au palais, dès qu'ils le peuvent.

Un soir, de retour d'une fête chez Simone et ses copains drag queens, les cinq kamikazes rentrent dans la camionnette de Rowina. Sur la route du retour vers le palais, certaines entendent du bruit, des petits cris étouffés, se demandant d'où ça vient. Rowina avoue que c'est sa faute, elle a fait boire un type, l'a assommé et l'a mis dans le coffre, bâillonné…

« Quoi ? crient les autres.

– C'est un salopard qui dansait avec sa femme, dit Rowina, et qui d'un seul coup l'a laissée en plan pour danser avec une autre et la peloter, puis une autre, puis une autre encore… Sa femme, que je connais, c'est une cliente. Azra était toute seule sur la piste, elle s'était faite toute mignonne ! Elle était paumée et ne comprenait rien de ce qui se passait. Elle s'est mise à boire comme un trou, et à pleurer dans son verre. Moi, j'étais pas loin dans les bras d'un charmant. Comme elle est pas habituée à l'alcool, elle est allée foutre une raclée à son mari, devant tout le monde. Lui, pas mal attaqué aussi, il lui a mis une droite. Vous avez rien vu parce que c'était à l'étage, et que tout ça était noyé dans la musique et le monde qui dansait, qui s'est pas rendu compte de grand-chose non plus. Ça m'a tellement monté au cerveau que j'ai pris Azra, je l'ai mise dans les bras du charmant avec qui je dansais et j'ai entraîné le mari dehors, comme si je voulais lui faire des gâteries. Je lui ai fichu un coup de boule. Il est dans le coffre. Un truc à la Jeanne, quoi ! Faites pas cette tête, il est pas mort. »

Les cinq femmes se regardent.

« T'as pas fait ça ! Mais on le connaît pas, le type !

– Ben non, dit Rowina, qui boude un peu, on s'en fout, il a pas à faire une connerie pareille, et Azra elle est toute jeune, toute mignonne, elle peut pas vivre avec ça !

– C'est pas une raison ! dit Jacqueline. On peut pas coincer des mecs qu'on connaît pas, quand même, il faut appeler la police !

– Non ! Elle dira qu'il s'est rien passé, comme d'hab', c'est un vrai porc, ce type ! » crie Rowina, bien remontée. Plutôt sorcière que fée. « Moi je dis qu'il faut l'aider... » Silence.

Jeanne, en train de se rouler un petit pétard, est d'accord et hoche la tête de bas en haut, en se marrant comme un vieux satyre. Les trois autres se regardent, un peu incrédules, hésitantes, plutôt effrayées. Comme des gamines qui vont faire une grosse bêtise. Elles s'arrêtent sur un parking, à la gangster, et réfléchissent. En se passant le joint de Jeanne.

Elles démarrent la camionnette en trombe, musique à fond, vont chez Rowina et portent l'homme séquestré, cagoule sur la tête, jusqu'à la cave. Tout va très vite. Elles lui font une petite niche à cochon. Une petite paillasse. Un bol pour qu'il puisse boire. Elles l'assomment avec des calmants, pas mortels.

Quand il revient à lui, ligoté, les cinq femmes sont changées. Combinaisons noires, luisantes et moulantes, masques recouvrant tous les visages, avec des petites capes de super-héros attachées sur leurs bustes pour cacher leurs poitrines. Elles parlent avec une voix d'homme des cavernes et se relaient pour interroger le cochon de mari. Un vrai gang de louves féroces.

Le type est terrorisé. Une idée lumineuse arrive dans les neurones de Jeanne, elle souffle quelque chose à l'oreille de Rowina, qui se marre, diabolique. Elles font signe aux collègues transformées en agents de la DGSE, avec lampe torche braquée sur le mari, et montent l'escalier qui mène au palais. Jeanne et Rowina courent vers la camionnette, la démarrent et tracent. Elles font du deux vingt, deux cinquante en moyenne, sur la route noire sous les étoiles. Elles s'arrêtent deux minutes plus tard, fumée sous les pneus qui crissent, et chargent une créature aux seins surdimensionnés, son prénom est «Minou», puis redémarrent, re-turbo sur la route, re-halte chez une autre même modèle «Chatounette», et une autre, et encore une autre. Retour au palais.

Le chargement d'une bonne dizaine de créatures jaillit du cul de la camionnette comme une horde de nymphomanes assoiffées, dans des tenues pour le moins suggestives, avec toutes un point commun, leurs seins énormes. On dirait un lâcher de ballons. Tous les âges, toutes les tailles, une vraie panoplie d'assoiffées de quéquette.

Rowina leur indique l'escalier qui mène à la cave. Les créatures se jettent sur le prisonnier de mari, qui disparaît dans cette masse démesurée de seins et de chair affamée.

Les cinq kamikazes entourent la vengeance orgiaque féminine, en demi-cercle, debout, et, toutes ensemble, en chœur : « Tu dois assouvir les désirs de toutes ces femmes ! Les satisfaire, les honorer ! Sans répit ! Jusqu'à épuisement ! Tu es leur poupée gonflable, leur jouet ! Allez-y, mesdames, il est à vous ! »

Le mari tente une résistance, étouffé sous les protubérances, toutes ces créatures aux yeux voraces et aux bouches avides.

« Mais qu'est-ce que j'ai fait ? Pitié ! Pourquoi moi ? implore-t-il.

– Parce que tu es un cochon ! » hurlent les cinq kamikazes aux voix de camionneurs.

Les nymphomanes surexcitées s'agitent, poussent des miaulements, toisent leur poupon, en lâchant quelques « rrrrrrrhhhaâââârgghhhhh... » d'animaux enragés. Elles arrachent ses habits et le culbutent. La proie s'exécute jusqu'à être au bord de l'apoplexie. Il crie, supplie qu'on le laisse partir, en promettant qu'il ne refera plus jamais ce qu'il a fait, qu'il ne portera jamais plus la main sur sa femme, qu'il ne regardera plus jamais un nichon, une femme, rien, qu'il rentrera au couvent, non, pardon, au monastère, qu'il se crèvera les yeux, s'arrachera le sexe, sera le petit chien chien de sa femme, d'elle, elle, elle, elle !

Les créatures redoublent d'excitation quand il gémit et le chevauchent avec encore plus de gaillardise et de violence cavalière. Il tombe dans les pommes. Les louves-garous rugissent, sortent leurs crocs et dévorent le sexe déjà laminé de leur poupée éteinte.

« Noooon ! » Rowina se réveille en sursaut dans son lit, son portable sonne. Elle est trempée. Un numéro masqué s'affiche sur l'écran de son téléphone archaïque, elle décroche. C'est la voix grave d'un homme, qui parle froidement. « Pourrais-je vous rencontrer dans la journée, s'il vous plaît, madame Rowina ? demande-t-il. Le plus rapidement possible. » Ils conviennent d'une heure, dans l'après-midi. Rowina s'habille, affolée. C'est la police, c'est sûr. Ils savent déjà, le type a porté plainte. Il est dix heures du matin.

Elle monte vite dans son salon pour ses premiers rendez-vous, très nerveuse. Jeanne, qui l'attendait, le sourire aux lèvres, se demande pourquoi elle a l'air chavirée. Elle se met en string jetable et allonge son corps transformé et ses fesses en acier sur la table de massage.

« C'est horrible, murmure Rowina.

– Oh, ben non, dit Jeanne, pas du tout. Au contraire, c'est le paradis ! J'ai trouvé une herbe qui transcende !

– Oh, mais ça suffit avec ça, Jeanne ! Ça suffit ! Ça va nous rendre toutes folles, râle Rowina. Il faut arrêter de fumer. C'est à cause de mes conneries de vouloir changer le monde, qui est inchangeable de toute façon...

– Mais ça va pas ? dit Jeanne. Hé ho, Rowina ! Je la fume pas, celle-là, et je me fais des tisanes ! C'est encore meilleur que mes joints parce que ça me draine ! Et je sais pas ce qu'il y a dans mon jardin, mais pvou, ça nous a rendus fous, mon mari et moi ! J'en ai planté plein mon potager, j'en mets partout, tiens, goûte...

– Non ! dit Rowina.

– Et j'ai fait un cauchemar très marrant, enchaîne Jeanne, qui m'a réveillée en sursaut. Je hurlais comme un loup, m'a dit Jean-François, tout excité.

– C'est pas un cauchemar, on l'a fait ! Et c'est moi qui ai eu l'idée, je suis complètement jetée !

– Mais non ! On l'a pas fait, rigole Jeanne, ça va pas ! »

Rowina empoigne Jeanne par le bras, avec son string et sa charlotte sur la tête, et elles descendent dans la cave pour aller voir la proie des nymphomanes de la veille, le pauvre mari au sexe englouti. Rien dans la cave... Rien. Rien nulle part... Rowina pleure, elle est dans un état second.

« Il s'est échappé et il a appelé la police. Hein ? C'est ça ? Dis-moi qu'on l'a pas fait ! Hein ? Dis-moi qu'on l'a pas fait vraiment, Jeanne, on a pas fait ça !

– Mais quoi ? demande Jeanne.

– Elles ont pas mangé son sexe, les nymphomanes ! » hurle Rowina.

Jeanne part dans un rire tonitruant.

« Mais arrête ! T'as rêvé de quoi, toi ? Parce que moi, c'est pas loin de ce que tu racontes, sauf que dans mon souvenir, on a été voir plein d'autres mecs à qui on a fait la même chose ! Et la cave était bondée ! C'était génial ! Et... je sais plus si on l'a fait ou pas !

– Quoi ? hurle Rowina.

– Oh, ben, écoute, c'est pas grave, fait ou pas fait ! De toute façon on était déguisées, ils sauront jamais que c'est nous. C'est fou tout ce qu'on est capable d'imaginer, surtout la nuit, hein ? On est vraiment pétées du casque ! »

Marguerite débarque dans le palais. Elle n'avait pas rendez-vous. Elle arrive avec un sourire jusqu'aux oreilles, plus mince chaque matin...

« J'ai fait un rêve dément cette nuit ! Quand je me suis recouchée, ça a réveillé mon mari, qui dormait comme un charme, je lui ai un peu raconté, et ça l'a mis dans un état ! Il m'a sauté dessus. Il va venir pour te remercier. Enfin, pas pour ça ! Il voudrait te proposer qu'on s'associe, qu'on monte un petit resto bio draineur mais avec des trucs délicieux, tu vois le truc ! Un resto où on s'empiffre mais on maigrit ! Pas mal, non ? On travaille ensemble sur des recettes, on fait la cuisine collés serrés ! Et il a muté, tu sais ! Ça doit être un phénomène, je sais pas, de tripoter toutes ces victuailles, non ? Ça existe, le sexe culinaire ? Il est tout le temps excité, mais par moi ! Tu te rends compte ! Et il m'a demandé de grossir, c'est le comble, non ? C'est génial, on se culbute dans la cuisine, ça sent bon, c'est le pied ! Comme quand on avait vingt ans. Ça peut être que la cuisine, parce qu'il a pas été augmenté, il a pas eu de promotion dans son travail, enfin, bref, il a aucune autre raison de me traiter aussi gentiment. C'est la bouffe !

– Oui sans doute, dit Rowina, un peu assommée et retrouvant le sourire. Il m'a appelée tout à l'heure, ton mari, j'ai cru que c'était un flic...

– Un flic ? Pourquoi ? Ah, à cause de cette nuit ! glousse Marguerite. Mais au fait, je voulais vous demander, on l'a fait ou on l'a pas fait ? »

Jeanne et Rowina se regardent. Elles n'ont pas le temps de répondre, Marguerite s'effondre dans les bras de Rowina, pleurant et riant en même temps.

« Merci, Rowina... Pour tout ça... Il faut essayer... Il faut toujours essayer de modifier un peu sa vie, si elle vous rend malheureuse. La vie, c'est pas fait pour être mal, puisque c'est la vie, hein ? N'est-ce pas ? Yue me l'a appris, ça, avec la posture. Maintenant j'arrive à tenir l'arbre pendant une heure, tu te rends compte ? Tout le secret est là, dans nous. C'est nous qui décidons, il suffit de grandir et de pas vieillir...

– De vieillir en grandissant, comme l'arbre, rectifie Rowina.

– Oui, c'est ça, reprend Marguerite en séchant ses larmes. De s'enraciner et de s'élever... Oui... Allez, il faut que je file, je déjeune avec mon Patrick en tête à tête aujourd'hui, avant qu'il vienne te voir dans l'après-midi, je ne veux pas être en retard. Il nous a réservé une petite chambre d'hôtel. On va tester une nouvelle recette... sur un lit, direct, une expérience, pour voir si ça change le goût d'être allongé en mangeant. On le fait en cachette des enfants, quand même ! On a pris une baby-sitter. Tu crois que c'est mal, de faire ça ? Non ? Merci, je t'embrasse, Rowina, laisse-moi encore te serrer dans mes bras. À très vite pour un petit massage, j'emmènerai Patrick, ça pourrait lui plaire, tu m'apprendras à le masser ? C'est grâce à toi, tout ça.

– Non, dit Rowina, arrête, c'est grâce à nous... »

Marguerite lance un petit baiser volant aux deux femmes, en repartant, montée sur des talons qui lui donnent une démarche de pin-up. C'est une autre. « Et je vais me mettre au surf, ça a l'air très sympa aussi ! Il faudrait avoir plusieurs vies ! Allez, ciao, les filles ! » entonne Marguerite en s'éloignant. Rowina la regarde partir les larmes aux yeux de voir une Marguerite si heureuse.

Dans la journée, elles découvrent que toutes les cinq ont fait le même cauchemar, plus ou moins développé, et qu'elles sont incapables de savoir si elles ont véritablement commis l'acte ou pas.

Azra débarque. Panique. Elle est souriante. Rowina se fige de l'intérieur mais se montre très détendue et chaleureuse. Azra demande avec une voix très douce si Rowina va bien.

« Oui, bien sûr, répond Rowina. Et vous, Azra ?

– Oh, ça va, ça va, mais un massage me ferait bien plaisir, vous auriez une place ? »

Rowina n'hésite pas une seconde, malgré le cours de gym. Les femmes suivront Yue, que Rowina prévient de son absence. Azra s'installe sur la table, silencieuse.

Rowina la masse. Pendant une heure les deux femmes ne se disent rien. Azra lâche de temps en temps des sourires, des petits rires étouffés, des « merci », mais Rowina ne saura jamais à quoi ils se réfèrent. Elle ne saura jamais ce que pense Azra, qui n'a pas l'air heureuse ni malheureuse, et qui ne se livre pas comme ça. Elle repart avec des yeux pleins de reconnaissance.

« Je reviendrai vite. Vous me faites beaucoup de bien, Rowina. Tout ce que vous faites, c'est juste. Et vous connaissez bien le corps. Bravo ! Vous êtes verte, comme on dit chez nous. Vous avez une lumière qui ne faiblira jamais, dit-elle droit dans les yeux à Rowina.

– Merci, Azra, merci beaucoup. Et votre mari… il va comment ?

– Oh, mon mari… Il a disparu. C'est mieux comme ça. Il faisait peur à toute la famille.

– Ah ! »

Rowina blêmit mais sourit en même temps. Azra l'embrasse en la serrant fort dans ses bras et en lui chuchotant « Merci pour hier soir »… Rowina répond un discret « Mais… de rien, Azra », alors qu'elle a envie de hurler « Mais de quoi ? Hein, Azra, pitié, vous pouvez me dire de quoi vous me remerciez, s'il vous plaît, est-ce que vous savez ce qu'on a réellement fait de votre mari ? S'il vous plaît, Azra, aidez-moi ! »… Mais elle ne fait que serrer Azra et lui dire à bientôt.

Les cinq femmes se retrouvent le soir, vrai conseil de guerre, et se délivrent toutes ensemble en se persuadant que c'était un rêve. Elles décident de garder leur secret.

La question ne sera jamais élucidée. On verra. Peut-être l'ont-elles tellement désiré que leurs rêves conjugués sont devenus bien réels... Ou pas. Quelle est la réalité de toute façon ? Celle qu'on rêve ou celle qu'on vit ?

Elles continueront à se raconter leurs vies de songes, vécues pendant leurs nuits. Ne pas dramatiser, ça fait stocker !

Chacune dans son lit se transforme en super héroïne et kidnappe les mecs salauds. Le « gang de kamikazes » grandit dans leurs cerveaux et s'organise malgré elles, en rêve, dans une autre vie. Les cinq femmes reproduisent l'opération de kidnapping dans leurs fantasmes fous et se le racontent chaque fois. Sans vraiment savoir... ou par jeu ? Le mystère reste entier.

Ce rêve se délave petit à petit, parce qu'un autre rêve, plus excitant, prend toute la place. Rowina le projetait depuis longtemps. Il se dessine avec des contours bien précis. Une autre vie, possible, est là et grandit chaque jour. L'autre monde existe. Enfin.

L'été

Un matin, elle monte comme tous les jours dans son palais pour passer sa journée à prodiguer ses soins. Mais, ce matin-là, elle se rend compte que tout se passe très bien sans qu'elle doive intervenir. Les femmes ont toutes appris à masser, et chacune a développé son style, sa façon.

L'atelier de nouvelle vie est là. Ses quatre copines sont devenues épanouies comme des plantes exotiques et ont diffusé aux autres leur harmonie intérieure. Tout est chaud et réjouissant. Marguerite et son mari sont des cuistots hors pair, enrobés mais heureux. Jeanne a développé d'immenses serres, fait pousser des plantes et des fleurs partout où elle passe. Son mari et elle fabriquent des tisanes, héritières de celles de Rowina, et connaissent par cœur les vertus et les incidences de la végétation. Marguerite se lasse de la polygamie, son mari ne lui laissant plus le temps ni l'envie de l'être. Jacqueline fait des ateliers de théâtre auxquels son mari participe, ils montent des spectacles régulièrement avec l'aide de Yue, qui contribue en faisant des démonstrations de figures qu'il invente, un enchaînement de mouvements d'arts martiaux majestueux, sorte de danse avec l'espace, ralentie et envoûtante. Ghislaine participe au spectacle et peint en dansant. Toute trempée dans de la peinture, elle jaillit sur scène. Elle se colle sur le mur du fond, installé spécialement, en bois ou en tôle, et bouge son corps sur la surface qui se colore, empreinte de ses mouvements. La musique cogne, mélange de hip-hop et de classique, avec Simone qui chante par-dessus des airs d'opérette. Des jongleurs et des acrobates passent. Tous les artistes se mêlent...

Certains conjoints râlent encore un peu, mais quand ils voient leurs femmes transformées et requinquées, épanouies dans cet endroit qui leur devient plus familier, ils réfléchissent. Ils viennent. Observent. Repartent. Reviennent. Tout doucement, ils se mettent à fréquenter le palais, avec ces fêtes que Rowina multiplie, et apprivoisent eux aussi, à force de persistance de ce rayonnement profond et implacable qu'ont leurs femmes, au bonheur.

Celui de Rowina est là, devant ses yeux. Elle ressent un étrange mélange de grande joie et de mélancolie douce. Elle se rend compte à ce moment-là exactement qu'elle n'a pas de vie, autre que celle des autres. Elle redescend dans la cave. Va dans sa chambre. Remplit un sac d'habits, comme un automate. Elle prend l'essentiel. Ses gestes se font tout seuls.

Elle sort par une porte secrète et marche dans l'herbe en s'éloignant du palais. Elle fugue. Ça lui donne envie de pleurer. Elle respire pour bloquer les larmes. Faire barrage. Elle regarde les arbres, les champs autour, toute cette beauté environnante. En s'attardant sur un nuage qui a l'air de lui sourire, elle aperçoit Yue, tout seul, petit point noir dans son immense prairie verdoyante.

Yue la voit de loin et lui fait signe de le rejoindre. Rowina hésite. Regarde la route, puis le palais, puis Yue. Elle pleure, sans trop savoir pourquoi. Elle voudrait partir, faire un break, aller vers quelque chose d'autre, ailleurs. Son corps va vers la prairie, elle le suit. Son corps marche vers Yue, qu'elle regarde «posturer». Il fait des gestes qu'il appelle *«shi li»*, qui veut dire «essayer la force»... Il semble danser avec l'espace, il sépare, il réunit, avec ses bras, ses jambes ancrées dans le sol, comme un arbre, il fait partie intégrante de la nature.

Rowina le regarde, se rendant compte qu'elle ne l'a jamais vraiment observé, toujours occupée à prendre soin des autres. Yue bouge et transcende ses mouvements, il ondule, il combat, seul, centré, il décuple ses forces, les fait s'élever. C'est un arbre qui danse.

Elle s'approche timidement pour ne pas le déranger dans son exercice. Il l'invite à « tenir l'arbre » avec lui. Rowina pose son sac et s'exécute. Ils sont face à face. Il lui montre, rectifie sa posture. Rowina s'ancre dans le sol et suit Yue. Elle écoute, prend ce qu'il lui donne. Elle sent le sol pousser dans ses pieds, ses jambes, sorte de force infinie et secrète, mais si violente si on apprend à la recevoir et à la diffuser partout en soi. Yue lui donne exactement ce dont elle a besoin à cet instant précis.

Elle le regarde, gênée. Il rit, comme s'il avait deviné. Elle rit aussi. Elle s'enracine et devient elle aussi un arbre, en tenant un autre arbre. Comme Yue, devant elle. En secret, elle triche un peu et s'imagine, par bribes de seconde, tenir Yue dans ses bras. Il le perçoit et corrige les gestes de Rowina. Il comprend sans doute, car quand il la touche, en repositionnant son dos, ses bras, son visage, ses mains à lui semblent emplies d'une intention si douce qu'elle trouble Rowina. Ce trouble la réchauffe tout entière et, doucement, elle s'envole. Yue vole avec elle. Ils surplombent le palais et continuent leur voyage. Les pieds ancrés dans la terre, et la tête dans les étoiles.

Certains ont dit que Rowina et Yue, sûrement bien fatigués, avaient pris quelques jours de repos. D'autres racontent qu'ils ont vu passer au-dessus de leurs têtes deux arbres immenses, l'un noir et l'autre blanc, qui se tenaient par les branches, sans doute pour mieux voler ensemble.

Billie

1

Je m'appelle Billie et je bois dans un bar. J'aime tanguer. Le whisky, c'est bien pour ça. La musique aussi. Mes parents m'ont appelée comme ça parce que... ils voulaient un garçon ! Bingo. Très original. Raté, je suis une pisseuse. Le seul avantage de mon prénom, c'est Billie Holiday, mais je suis blanche, et je ne chante pas, donc en dehors du prénom, aucun point commun avec elle. Si, peut-être un, le blues. Le blues qui me mange.

Je me sens un peu morte, même si on ne dit pas ces choses-là, et il n'y a que le blues qui me donne l'impression d'être plutôt vivante. Ma vie n'a pas de sens, je n'en ai pas, en réalité, de vie. C'est pas parce qu'on se réveille tous les matins qu'on a une vie.

Mon mari me trompe comme tous les maris, c'est tant mieux, il me fiche la paix, et mes deux enfants ne sont jamais là, ils ont leurs vies, eux. Mon travail ne m'intéresse plus. Mes amis ne me comprennent plus. Ils me disent que je suis en pleine dépression, mais quand je les vois, je me dis que la dépression, c'est eux.

Billie est fatiguée mais belle, elle écoute de loin l'orchestre de jazz et fixe le saxophoniste qui souffle dans son instrument comme un animal hurlerait la mort de tous les arbres d'une forêt décimée. C'est magnifique et désespéré. «C'est qui, lui ?» au barman. «C'est un nouveau, Billie, il vient d'arriver, c'est son premier soir.»

Billie se détourne du bar, direction la scène sur son tabouret glissant qui la laisse se dévisser de l'autre côté, son verre à la main. Elle ne bouge plus, les yeux rivés sur le «nouveau». Elle écoute envoûtée, se décolle de la chaise haute, perchée sur deux talons un peu trop aiguilles, se rapproche, de plus en plus près. Elle se met à sourire, comme illuminée, elle se campe devant lui, les gens assis face à la scène la regardent un peu gênés, elle fixe le saxophoniste, sourit encore, puis elle se met à danser un peu, elle est belle et libre. Ses talons aimantés au sol la collent, figée, debout, son verre à la main, pendant tout le reste du concert, comme un mannequin en plastique mou, déliant quelques mouvements imperceptibles, dernière flamme d'un feu.

Le set se termine, les musiciens posent leurs instruments. Le saxophoniste sourit à Billie gentiment, un peu déconcerté. Elle lui sourit aussi mais n'arrive pas à lui dire grand-chose. De toute façon il ne parle pas bien français. «C'est génial de ne pas pouvoir se parler totalement bien, dit Billie, on dit tellement de conneries.»

Billie sourit. Elle lui fait des signes d'admiration. Il rigole.

«Je parle quand même.

– Non, non, c'est pas la peine», dit Billie.

Ils boivent un verre, deux, plusieurs, ensemble.

Le saxophoniste doit reprendre le dernier set. Billie reste jusqu'au bout, elle ne bouge plus. Elle est à sa place. Elle sent qu'elle est exactement là où elle doit être à ce moment-là. Ces choses infimes et irrationnelles sont difficiles à expliquer... «Tu comprends, toi, hein? Tu vois bien que ce type est génial, tu vois bien qu'il y a rien de mieux que d'être ici là maintenant, hein, Jacques?»

Le barman, Jacques: «Ouais, ouais... Il joue pas mal...»

Ils se revoient parce qu'elle revient tous les soirs.

«Ça vous ennuie?

– Quoi?

– Que je sois là tous les soirs à vous manger des yeux.

– Tant que c'est que les yeux...

– Ça peut être dangereux.

– Vous êtes une habituée?

– Oui, on peut dire ça... Enfin non, je m'habitue pas à grand-chose, mais à votre sax, oui...

– Merci.

– Oh, de rien. Ça me redonne envie de vivre quand je vous entends.

– Merci. Vous voulez un autre verre?

– Oui, merci.

– Ça me redonne envie de jouer quand je vous entends.

– Vous vous foutez de moi ? Hein ? Vous vous foutez de ma gueule, grossier personnage.

– Non, non, pas du tout, j'étais en train de laisser tomber la musique pour faire de la restauration. On m'a proposé ce job, je pouvais pas refuser, ça me faisait un peu de fric. Alors je joue encore. Et je tombe sur vous.

– Ah... Vous êtes complètement dérangé de vouloir abandonner. Comment on peut laisser tomber un truc pour lequel on est si doué, c'est pas possible. Vous pouvez pas faire ça, vous avez pas le droit. Vous savez que si on méprise un don, un truc qu'on a dans les veines qui vous est offert par des forces mystérieuses et divines, ça peut aller très mal.

– Ah ? On est puni ? Un jour ou l'autre ?

– Exactement. On est puni.

– Très intéressant... On en reparle tout à l'heure. Il va falloir que j'y retourne. Je laisse mon verre là, ça vous dérange pas ? Vous attendez pas un type qui va me casser la gueule ?

– Non, non. Personne va vous casser la gueule, sauf si vous abandonnez la musique. Je garde votre verre, en bonne copine de bal. Vous avez pas un sac ? Non je rigole... »

Le type joue. Billie le regarde et ne bouge plus ses yeux. Le sax et l'homme ne font qu'un, il ferme les yeux en jouant et Billie aussi.

Elle se laisse aller par le flot, par la vague de chauds vents aux grains de douceur, soufflés par la bouche du joueur. Elle est dans le désert et n'entend que ce souffle musical qui vient de la nuit des temps.

2

Le lendemain, elle revient.

« La même tête, à la même table, dans le même bar, y a que mes fringues qui ont changé, ça vous dérange pas ?

– Non. Ça fait plaisir. Je peux vous poser une question indiscrète ?

– Quarante-six ans.

– Non ! Non, c'est pas ça. Ça marche à cent à l'heure dans votre tête. C'est pas ça.

– Ah bon ! C'est quoi, alors, la question ?

– Comment ça se fait qu'une femme aussi belle que vous vienne seule tous les soirs dans un endroit pareil ?

– Merci.

– Alors ?

– C'est parce qu'elle a envie de venir seule dans un endroit pareil.

– OK.

– C'est gentil ce que vous m'avez dit. Vous buvez comme hier ? J'ai déjà commandé...

– Vous êtes venue tard ce soir, on a presque fini, il reste plus qu'un set.

– Je sais, j'ai hésité, et puis j'ai des trucs dans la journée... Forcément... Des trucs de boulot, de vie, tout ça... Tout le monde peut pas être musicien.

– -ne.

– ... ?

– Musicienne. Vous êtes pas un homme. Santé. À votre retour ! Vous habitez dans le coin ?

– Quelquefois j'aimerais bien.

– Quoi ?

– Être un homme.

– Ah...

– C'est plus peinard.

– Boh... Donc vous habitez pas loin ?

– Non... Enfin... Pas tout près quand même.

– Et... Vous faites quoi dans la vie ?

– On n'est pas obligé de parler.

– Ah. Pardon... C'est juste comme ça...

– C'est vrai que j'ai un avantage sur vous, je sais ce que vous faites.

– Non, pas tout...

– Je parlais du sax.

– Oui... Donc vous voulez pas me dire...

– Je suis peintre... tresse... Peintresse... Je suis pas un homme... Vous terminez à quelle heure ?

– Une heure en général. Et je traîne pas. C'est magnifique...

– On vous attend ?

– Pas en ce moment.

– Ah... Mais plus tard... On vous attendra.

– Oui.

– Et ce soir on vous attend pas ? Qu'est-ce qui est magnifique ?

– De peindre.

– Oui, mais je veux abandonner.

– Ha ha... Non, ce soir, on ne m'attend pas.

– Si, moi je vais vous attendre, ha ha. J'ai rien de mieux à faire. Si vous voulez pas que je vous attende, vous me le direz le moment venu. Vous me direz "Désolé de vous avoir fait attendre mais je m'en vais, je suis fatigué", OK ? Et vous partirez, tranquillement. Pas de problème. Moi ça m'aura fait plaisir de vous attendre, même pour rien. D'accord ?

– D'accord. Vous organisez toujours tout comme ça ?

– C'est devenu une manie. Pour le coup, là, je désorganise un peu, non ?

– Moi aussi ça me fait plaisir... que vous m'attendiez.

– Génial... Allez-y, je garde votre verre... Jouez bien... en attendant que vous abandonniez...

Le saxophone recommence son envoûtement sur Billie, qui ferme les yeux longtemps en sirotant son verre. Deux serpents à sonnettes face à face, le saxophone rugissant, Billie engloutie.

Le désert revient, le vent souffle des profondeurs de la Terre, les sables mouvants prennent des couleurs suspectes, c'est incroyable la musique, c'est ça, ces vibrations, cette énergie-là que je veux, que je sens, que je reçois, il n'y a qu'elle, il n'y a que lui... Il faut que je lui dise... que je vais revenir demain et après-demain...

Il faut qu'il me dise… ce qu'il a à me dire… J'ai la trouille, c'est trop beau.

Ça y est, c'est fini. Pourquoi la musique s'arrête toujours à un moment ? Pourquoi personne n'a composé un morceau infini, qui commencerait quand on naît et se terminerait quand on meurt…

Je le vois, il range son instrument, il salue les autres musiciens et en invite un à se joindre à nous. Il va falloir parler. J'avais envie qu'il n'y ait que nous deux. L'homme qui est avec nous est le pianiste du groupe. Il prend un verre. Il est charmant. Je ne dis pas grand-chose. J'ai l'impression de déranger, ils ne parlent que de musique.

« J'ai rencontré une femme peintre qui passe ses soirées ici et qui m'interdit d'arrêter de jouer, dit le saxophoniste à l'intrus.

– De jouer à quoi ?

– Au saxophone.

– C'est pas vrai, dis-je.

– Je te présente Billie, Billie, je vous présente Roy. Et moi, vous savez comment je m'appelle ?

– Non ! lançai-je.

– Yohan.

– Salut, Yohan, dis-je. Salut, Roy. Je vais y aller, je me lève tôt demain.

– Non… Non, attends deux secondes, je prends mon sax et on file, moi aussi il faut que je me lève, demain, c'était juste pour te présenter mon pianiste préféré. Voilà. Bon, ciao, Roy, à demain.

– Salut, Yo. Rentre bien, rentrez bien ! »

Petit sourire complice adressé à Yohan sur la bouche de Roy. Ça énerve Billie mais elle ne dit rien.

Ils marchent des heures dans les rues désertes. Quatre heures du matin. Il a plu. Tout est métallique et l'or soufré des lampadaires rend le paysage lunaire et hors du monde.

« Je peux prendre votre bras ? Ton bras. C'est les talons aiguilles, c'est de la saloperie, ces trucs... D'habitude je les enlève mais là je peux pas, je suis accompagnée...

– Allez-y, accroche-toi à moi, je sais pas comment vous faites pour marcher, baragouine Yohan.

– Avec des trucs comme ça ! Oh ! là, là ! mais comment vous faites, vous, les femmes, pour marcher avec des trucs aussi hauts ! Bla bla bla...

– Vous êtes marrante quand vous vous foutez de moi, ça me plaît.

– Je vous ai menti. Je suis pas peintre. Je suis rien, je suis une petite-bourgeoise un peu morte qui s'ennuie et qui est passée à côté de sa vie. »

Elle s'est arrêtée et se campe face à lui en se cramponnant à son bras pour enlever ses chaussures alors qu'il ne fait pas chaud. Elle lui met une pompe dans chaque main. Elle le regarde et, un peu allumée, marche devant lui en le narguant, comme un gamin, puis danse, tourne autour, comme pour faire elle sait pas trop quoi...

« Et je m'appelle Maurice ! En fait, je suis un mec ! Ha ha ha ha ! »

Elle prend une voix très grave et imite un type en retroussant les manches de sa robe et en mettant le jupon en espèce de culotte-short nouée autour de la taille. Elle lui pique sa casquette.

« Ouais, mon gars, je m'appelle Maurice et je suis videur dans les boîtes de nuit.

– Ça tombe bien, je suis pédé.

– Ah, ouais ! Eh ben ouais ça tombe super bien, dis donc, petit pédé ! »

Il se marre. Elle le toise. Elle est ivre. Elle le regarde avec des questions dans les yeux le temps d'un flash, d'un air de dire « C'est vrai, cette connerie, t'es homo ? » mais ne dit rien, ne fait que le penser deux secondes.

Elle se met à courir loin devant lui et elle monte sur le parapet du pont qu'ils traversent. Elle lui fait peur, il lui court après avec ses talons aiguilles, son sax, elle se met à chanter faux du vague Billie Holiday.

« Arrête, tu vas tomber, on va se retrouver chez les flics, j'ai pas envie, dit-il.

– J'aime mieux être chez les flics coincée avec toi que pas chez les flics pas coincée avec toi.

– Je te ramène.

– Je t'ai menti, j'habite à côté du bar. Je voulais qu'on marche.

– On va chez moi. »

Silence.

« Non, dit-elle. Je m'appelle pas Maurice. C'est vrai que t'es homo ?

– Ouais.

– Allez, ciao. Donne-moi mes chaussures.

– Tu peux pas rentrer comme ça !

– Laisse-moi, merde !

– Ho ! Hé... »

Il la plaque contre le parapet du pont. Elle se met à pleurer.

« Je suis con, je pleure toujours pour n'importe quoi.

– C'est pas n'importe quoi », dit Yohan.

Il l'embrasse. Ça dure le temps d'une tempête de sable dans le désert, soufflée par les notes d'un saxophone surdimensionné qui serait posé là comme un vaisseau, prêt à les emmener, eux, les rescapés du monde, vestiges d'un grand film de fiction où il y aurait eu une guerre entre tous les instruments de musique. Ruine de saxophone qui avait encore des notes à dire...

Les lèvres se décollent. Ils se regardent. Elle va parler, il l'en empêche et l'entraîne vers un parking. Elle trotte à côté de lui, il a des grandes jambes. Ils entrent dans le parking et vont jusqu'en haut. Il joue du sax en haut du parking dans sa voiture. Ça résonne, ça hurle dans la petite bagnole, c'est génial et c'est tout. Tout est là. Elle ouvre les fenêtres, il est quatre ou cinq heures du mat. Le son s'échappe en fumée des ouvertures de la petite voiture en haut du toit du monde qui surplombe tout, Billie sort et danse au son du sax de l'homme qu'elle aime maintenant, déjà, puis elle s'approche de lui comme un serpent à sonnettes, le fameux apparu dans le bar, puis elle enlève l'embout du sax de la bouche de Yohan et l'embrasse sur la bouche, dans un silence plein de vibrations saxuelles, puis elle remet l'embout dans la bouche de l'homme qu'elle aime déjà, beaucoup, et s'éloigne à nouveau et danse, puis recommence.

Le rituel fait se lever l'aube, puis le jour. Ils s'embrassent longtemps dans la voiture. Il la ramène. Silence. Ils se regardent en se souriant, elle sort, pieds nus, les chaussures dans les mains.

3

Elle revient au bar le lendemain en garçon manqué. Le barman lui lance que ça lui va bien. Yohan n'est pas comme les autres soirs. Il voit Billie, lui sourit, mais il y a un nuage qui passe dans ses yeux.

Un homme entre dans le bar. C'est un bel homme qui immédiatement dérange Billie. Elle comprend que c'est lui, l'homme de Yohan. Elle ne dit rien et l'observe. Yohan joue. Moins bien. Pense Billie. Le set est fini. Yohan rejoint son copain. Ils se parlent, boivent. Yohan a l'air de chercher. Billie le fixe. Il lui fait signe de venir les rejoindre. Billie obéit et va s'asseoir avec eux. Il fait une drôle de tête, Yohan. Il a l'air mi-effrayé, mi-sur le cul, mi-toutes sortes de sentiments qu'elle se soit habillée comme ça.

Elle prend un air détaché, détendu, elle a bu. Dialogue à trois, surréaliste et mal à l'aise, il y a quelque chose qui ne passe pas. Puis, avec l'alcool, Billie se détend encore et encore, et ils vont en boîte tous les trois. Jeux de séduction de Billie envers Yohan et son copain, comme pour provoquer elle ne sait pas quoi, foutre le bordel, une espèce de tourbillon bizarre dont on ne sait pas le fond ni l'issue.

Billie s'amuse avec des homos qui dansent sur de la musique qui lui plaît, qui enivre aussi, qui excite. Puis elle s'en va discrètement. Elle marche dans les rues, avec son déguisement qu'elle trouve nul. Elle, presque en homme, ça change beaucoup de choses quand même, personne ne l'ennuie, sauf deux trois homos. Elle se marre toute seule. Demande des trucs, du feu, un renseignement, non, vraiment, personne ne l'emmerde, c'est génial d'être presque un homme à talons plats, la nuit, dans les rues de la ville.

4

Quelques jours passent. Plus de Billie au bar. Elle manque à Yohan. Il la demande. Il lui manque aussi. Ça bouffe le ventre. C'est une overdose de manque, un truc pareil. C'est quoi, l'histoire ? Elle ne veut plus rester chez elle. Elle se fait une valise, en laissant une lettre d'amour à ses enfants, elle part en voyage une semaine, leur écrit-elle. C'est impromptu mais important, et elle leur laisse de l'argent, convaincue qu'ils n'ont pas besoin d'elle, vraiment, qu'ils se démerderont bien, ils sont grands. Rien au mari. Qui s'en fout de toute façon.

Elle se prend un hôtel à côté du bar. Exactement à un endroit où elle peut observer ce qui se passe, grâce à un néon bien placé, qui éclaire l'entrée et l'intérieur.

Elle sent Yohan. C'est une déchirure dans le ventre, elle doit être complètement frappée, elle a l'impression qu'il joue pour elle, là-bas de l'autre côté de la rue. Le copain de Yohan est là. Elle le voit entrer, de sa chambre. Elle est planquée, assise sur un fauteuil devant une fenêtre, cachée. Elle regarde les entrées, les sorties de Yohan et de son mec. Elle tourne comme un lion en cage. Elle veut le séduire. Elle va le séduire. Vraiment.

Elle se coupe les cheveux, du blond elle passe au brun, se colle une moustache grand art, comme une vraie, s'achète un costume d'homme, des lunettes de vue genre belle monture noire et masculine, se fait beau et part à l'attaque.

Elle décide de s'appeler «Mo». Billie-Mo est au bar. Elle écoute Yohan qui joue comme tous les soirs, elle boit pour s'arracher le trac qu'elle sent dans son ventre. Elle boit un peu beaucoup. Elle se lève et demande si elle peut chanter, accompagnée par l'orchestre. Yohan dit «Oui, bien sûr», il ne la reconnaît pas. Rien. Elle voit bien qu'il n'a pas vu que c'était elle. Elle part à l'attaque et demande si elle peut chanter avec eux, faire un bœuf. Les musiciens acceptent. Elle demande un standard de jazz connu, *«All of Me»*, et le prend avec une voix très grave et un tempo lent.

Mo chante, incroyable, ça marche, tout se fait naturellement, c'est différent et possible, d'un seul coup. Dans le corps d'un étranger, tout est plus facile, sa voix descend dans les plus belles basses, sans difficulté, plombée, rocailleuse, Billie s'éclate à être Mo, en plus, c'est beau, blues sombre et triste, pas la peine de se forcer.

Tout le monde applaudit. Yohan est sur le cul. Il lui propose d'en chanter une deuxième. Billie, pas folle, refuse. En échange d'un verre, à boire ensemble, après le set.

Le copain de Yohan, toujours présent, se rend compte que quelque chose se passe avec ce mec qui vient de chanter. Billie-Mo le sent et s'invente une femme, le copain est rassuré. L'atmosphère se détend et tout le monde termine dans une boîte gay. Mo danse sans s'arrêter, comme une furie, comme une nouvelle peau qui porterait Billie ailleurs, comme une nouvelle vie, un joker, une liberté inattendue. Elle aguiche secrètement Yohan, tout en rassurant Nico, elle est détestable et hypocrite, joueuse et inconsciente. Implacable dans sa volonté de séduire l'homme qu'elle aime.

5

Billie-Mo vient tous les soirs, exactement à la même heure, et rejoint tous les soirs Nico. Elle-il chante de temps en temps à la fin des sets, vers une heure du mat, l'heure des bœufs. Ils ne sont pas très bavards tous les deux, mais Billie-Mo a totalement rassuré Nico sur ses intentions. Il n'est pas gay, mais il adore le jazz et le jeu de Yohan.

« Ma femme et moi, dit Billie-Mo, on s'est rencontrés sur du Chet Baker et on adore son talent immense et sa fragilité. Sa force incroyable si douce. Non ?

– Si, si... Moi, je m'y connais pas trop en jazz, dit Nico, je suis avocat.

– Ah... Dans quelle spécialité ?

– Le droit des affaires.

– Ah. »

C'est horrible de ne pas du tout s'intéresser à ce que dit quelqu'un, c'est vraiment criminel de ne rien écouter, absolument rien, et de penser tout entière à autre chose. Ça devrait être interdit. Il pourrait y avoir des détecteurs de ce genre de tromperie, ça transparaîtrait, et la personne coupable serait démasquée immédiatement et enfermée.

Billie-Mo se renseigne sur le droit des affaires, dans sa petite chambre, dans son coin, et peut tenir des conversations avec Nico, qui s'ouvre de plus en plus à elle-lui. Billie-Mo s'arrange toujours pour avoir exactement l'oreille gauche pour Nico, qui lui parle de son travail, et la droite pour le sax de Yohan. Son oreille gauche n'entend pas bien de toute façon.

La nuit, Billie, dans sa petite chambre d'hôtel, se rend compte de ce qu'elle est en train de faire. Elle regarde la rue vide, vers trois ou quatre heures du matin, et elle voit sa vie. Sa vie de femme qu'elle est en train de quitter, de mère, d'épouse, pour pouvoir aimer cet homme. Elle est prise dans un tourbillon irréversible et en même temps elle panique. Complètement isolée, n'osant parler de son aventure à personne.

Billie, dans sa chambre, perfectionne ses tenues, son maquillage, sa fausse moustache, c'est tout un rituel. Elle se bande les seins, s'habille en tenue « chic décontracté » aux allures d'androgyne, se coiffe à la garçon, les cheveux bruns gominés, en arrière, et alterne casquette, bonnet, chapeau, elle ressemble vraiment à un mec. Elle est un mec. Un mec qui sort. Un mec qui va au bar. Un mec qui boit et qui est amoureux du saxophoniste. Un mec qui casserait bien la gueule à Nico avec ses histoires de droit des affaires qui le gavent.

Un petit matin clair. Presque l'aube, Billie-Mo a un sérieux coup de blues et pense à ses enfants. On ne peut quand même pas faire tout ce qu'on veut quand on a des enfants... Il y a une limite. Une belle limite. La limite de la vie. Du possible.

Billie appelle chez elle, de sa petite chambre d'hôtel, à une heure où elle sait que seuls ses enfants sont là. Sa fille lui répond un peu affolée et triste de l'absence de sa mère qui dure trop longtemps. Elle a besoin d'elle, de sa présence. Billie écoute sa fille qui pleure, dans son corps d'homme qu'elle observe devant le miroir. Elle se sent minable. Billie rassure sa fille, trouve les mots, puis parle à son fils, et donne rendez-vous à ses deux enfants dans une brasserie pour leur expliquer ce qui se passe, mais leur demande de ne rien dire à leur père. C'est un secret qu'elle ne peut partager qu'avec eux. Ils donnent leur promesse.

6

Une brasserie quelconque, c'est le soir. Billie attend ses enfants, assise à une table. Elle est en robe, mais son visage est différent, plus masculin. Elle sirote son whisky.

Ses enfants apparaissent. Ils regardent autour d'eux mais ne la voient pas. Elle leur fait signe et, la regardant de loin en fronçant les sourcils, ils s'approchent.

« Oh ! là, là ! qu'est-ce que t'as fait à tes cheveux, m'man ! C'est quoi, cette coupe ? dit Paul, seize ans.

– Chtt, ça va, Paul, on s'en fout. Salut, maman. »

La fille de Billie, Maude, serre fort sa mère dans ses bras. Paul grignote un bout de pain, il a faim.

« Salut, mes amours, comment ça va ? dit Billie, qui a déjà les larmes aux yeux... Ça va ? » Elle répète ça comme les gens qui ne savent pas par où commencer, les gens trop inquiets.

« Ça va, m'man, j'ai faim, dit Paul. Pourquoi t'as coupé tes cheveux et qu'ils sont foncés, moi j'aimais mieux avant.

– Mais arrête avec ça, Paulo, ça va, on s'en fout des cheveux de maman, elle fait ce qu'elle veut, c'est ses cheveux ! »

Maude a dix-huit ans mais en paraît au moins vingt-cinq, elle est belle et plantureuse, mais sans maquillage, brute comme une fleur sauvage, avec une longue tignasse et une volupté pleine d'amour et de gentillesse. Elle rayonne, elle brille, elle est si heureuse de voir sa mère. Paul est plus en retrait, mais sous sa timidité il dégage une vraie sensibilité. Il regarde sa mère avec un sourire délicat et tendre.

« Qu'est-ce que tu nous manques, dit Maude, avec bienveillance, en prenant les mains de Billie, mais je dis pas ça pour que tu culpabilises, maman. Ça te va bien comme ça, en brune... T'es belle. Ça va ?

– Oui, oui, ça va... C'est une période un peu spéciale... Qu'est-ce que vous voulez manger, vous allez manger quelque chose ? Hein ?

– Ah ouais, ça serait cool, dit Paul.

– Heu... Je sais pas, comme toi... Qu'est-ce que tu veux manger, toi ? demande Maude à sa mère.

– Oh, je vais pas manger... ou alors une salade... Mais prends quelque chose de mieux qu'une salade, toi... Il y a du poisson, de la viande...

– T'inquiète, maman. Je vais prendre un steak.

– Et moi un peu de tout, putain, j'ai faim, il y a pas des hamburgers, ici ?

– Je sais pas, on va demander... et moi ça sera bien une salade... s'il vous plaît ! »

Billie regarde ses enfants.

« Ça va, maman ? T'es toute bizarre, dit Maude. T'es pas malade au moins ?

– Non. Bien sûr que non, dit Billie, je vous l'aurais dit tout de suite. »

Ils commandent. Ils s'observent, se donnent des nouvelles, le lycée, les études, leur père qui n'est pas souvent là mais c'est pas grave, ils se débrouillent, et tout va bien, mamie vient souvent et s'occupe de leur faire à manger quand c'est un peu trop le bordel. Tout le monde est inquiet quand même et se demande ce qui se passe avec Billie.

Les deux enfants mangent goulûment ce qu'il y a dans leurs assiettes. Billie se sent minuscule, décalée, mal, dans un monde qui ne va pas avec tout ça, avec ses enfants, elle se sent tellement à côté de tout en général, et là en particulier... Elle ne mange pas... Elle n'a pas faim.

« Je suis amoureuse, dit-elle.

– C'est génial ! réagit tout de suite Maude.

– Ben ouais, c'est cool ! On voyait bien qu'avec papa, franchement, c'était pas le pied... Si c'est ça la nouvelle, c'est pas une nouvelle...

– Oui. Mais c'est compliqué.

– C'est toujours compliqué, maman, on le sait, quand même, on est grands.

– Mais là, c'est encore plus compliqué...

– Ah. C'est un mec qui est en taule ? Il est recherché par la police ?

– Non.

– Il... Heu... Il a tué des gens... C'est un psychopathe ?

– Non... »

Billie a souri.

« Il... Heu... Il est malade ? demande Maude avec ses doux yeux en amande.

– Non, ma chérie. Non, non, il est pas malade.

– Il est marié, il est pas libre quoi. Un truc comme ça ?

– Heu... Un peu ça... Mais en pire... Il est homo.

– Ben... Il est homo... Ben c'est impossible, alors... C'est une blague.

– Non. C'est pas une blague. Il aime les hommes. Et je suis amoureuse de lui. Je suis amoureuse d'un homme qui aime les hommes.

– Mais...

– C'est nul, je sais, c'est incompréhensible, c'est débile, mais c'est comme ça et je vous demande pardon. Mais ça va s'arrêter puisque c'est impossible, je vous promets que ça va s'arrêter, et de toute façon ça n'a jamais vraiment commencé parce que c'est contre la nature de cet homme-là de pouvoir aimer quelqu'un comme moi, juste parce que je suis une femme.

– Oh, ben merde alors... Mais comment t'as pu tomber amoureuse d'un mec comme ça, puisque tu es une femme ?

– Parce qu'on est bien ensemble, parce qu'on s'aime, et que je le savais pas quand je l'ai rencontré, dit-elle en pleurant et en souriant. C'est pas écrit sur son front... Enfin, je l'ai pas su tout de suite... Mais j'ai pas voulu laisser tomber quand je l'ai su. J'ai voulu faire l'homme...

– Oh, la vache ! Tu l'aimes comme ça ! C'est pour ça, tes cheveux...

– Ben oui », dit Billie.

Elle pleure depuis tout à l'heure et sa fille essuie ses larmes et lui passe sa serviette. Les enfants se regardent. Regardent leur mère.

« C'est chouette que tu nous l'aies dit, maman, murmure Maude, les yeux embués. C'est vraiment gentil. Qu'est-ce qu'on peut faire pour toi ?

– Oh... Mes chéris... »

Billie ne peut plus s'arrêter de pleurer.

« Vous pouvez... être patients, et comme vous êtes là, si gentils, et comprendre, et ne pas m'en vouloir, et ça va passer... Tout passe... C'est une folie... mais je voulais vous le dire.

– Oh ! là, là ! c'est costaud, quand même ! Moi, je trouve ça cool, c'est original au moins ! Je m'attendais à un truc bien pire. Je sais pas, moi, que t'allais nous dire que t'étais avec une meuf.

– Ben t'es con ou quoi, Paul, on s'en foutrait si maman était amoureuse d'une meuf, ça changerait quoi, franchement ? T'es marrant, toi !

– Oh, hé, cool, ça changerait pour moi, voilà. Mais bon, je dis rien, je peux rien dire avec toi, tu me prends tout le temps la tête.

– Oh, non, pitié, mes chéris, je veux pas que vous vous engueuliez à cause de moi.

– Mais non, m'man, t'inquiète. Elle doit avoir ses ragnasses en ce moment.

– Oh, ça va, arrête ! Non, je les ai pas... Ouf... En tout cas... moi, je pensais que peut-être tu serais malade ou je sais pas quoi... C'est beau cette histoire d'amour, c'est cool, maman. Il faut que t'en profites et surtout que tu fasses ce que t'as à faire, hein ? Maman... nous, tout va bien. Un petit texto de temps en temps et c'est cool. Comme ça on sait que t'es bien.

– Et votre père ? Comment il va ?

– Ben bien, dit Paul. Il est avec une lesbienne.

– Mais t'es con ou quoi ! L'écoute pas, maman, il est débile.

– Mais laisse-le ! C'est très marrant, ta blague, mon amour... Si, si... Que ça me fait du bien de vous voir ! Vous me manquez.

– Toi aussi, tu nous manques, maman. »

7

Billie, sur son lit d'hôtel, repense à ce moment génial passé avec ses enfants. Ils se sont promis de se revoir la semaine prochaine. Clandestins. Billie reprend son travail. Elle essaie de reprendre la vie tout simplement, et de ne plus rester enfermée. Ses collaborateurs la trouvent étrange et très changée, mais elle leur dit que c'est juste une nouvelle coupe de cheveux et qu'elle aime changer du tout au tout. Ça doit être ses quarante-six ans... Une « mutation » !

Billie-Mo passe une journée qui lui plaît. Les gens sont différents avec elle, elle trouve ça incroyable et en même temps invraisemblable. Elle a plus d'autorité, les cheveux courts bruns ont l'air plus convaincants quand on doit donner des ordres et se faire écouter. C'est fou l'impact idiot de l'apparence.

Comme animée par une énergie liée à sa journée, à la douceur de ses enfants, elle ressent en elle sa décision irrévocable et va au bar en homme. Il prend un whisky. Billie-Mo chante plusieurs chansons, et dédie *«My Funny Valentine»* à Yohan, qu'il-elle chante vraiment bien. Yohan et Billie poursuivent dans un autre endroit. Ils marchent ensemble et empruntent le même chemin que quand elle était Billie, la nuit de leur première balade.

«Tu me plais, lui dit Yohan. Mais j'ai déjà un mec.»

Billie-Mo regarde Yohan derrière ses lunettes.

«Pas grave, répond Billie-Mo.

– Tu me rappelles une femme que j'aime beaucoup, dit Yohan, c'est bizarre.

– Ah?» répond Billie-Mo, en faisant la grosse voix.

Et Billie s'approche de Yohan pour l'embrasser. Yohan se laisse faire. Puis Yohan se dégage et regarde Billie dans les yeux. Il enlève ses lunettes.

«C'est toi? demande Yohan.

– Quoi, moi?

– Elle.

– On s'en fout de qui je suis, non?

– Non... C'est toi...

– C'est moi, Mo.»

Yohan ne dit rien et embrasse Billie-Mo.

8

Billie revient au bar, toujours en homme. Yohan aime le retrouver et ne pose plus de questions. Il laisse flotter le mystère. Ils sortent de plus en plus souvent ensemble. Nico n'est pas là en ce moment. Ils terminent dans les bras l'un de l'autre tous les soirs, au même endroit, près du pont où Billie avait couru quand ils se sont rencontrés. Billie sent que Yohan est séduit et embarqué dans leur histoire, plus rien ne les sépare, ils sont ensemble. Ils sont tellement bien ensemble, toujours, n'importe où. Billie embrasse Yohan. Elle enlève ses lunettes, doucement, et décolle sa moustache.

« C'est moi.

– ...

– Je t'ai eu... mais je t'aime, surtout, je t'aime...

– Putain... Je le savais... Pourquoi t'as fait ça, c'est dégueulasse ! Pourquoi tu m'as menti ?

– Comment ça, c'est dégueulasse ? Mais ça va pas ? C'est moi, je t'aime, c'est tout, que je sois un homme ou une femme, on peut pas être loin l'un de l'autre, c'est comme ça.

– Mais non ! Mais non, putain, ça me dégoûte. T'es tarée d'avoir fait un truc pareil ? Changer de sexe !

– J'ai pas changé de sexe ! Je me suis déguisée en homme pour pouvoir t'approcher et t'aimer, c'est ça, le crime ?

– Mais t'es folle ! À quoi ça rime ? C'est nul. Si tu te déguises, c'est pas toi, tu comprends pas ça ? Si tu te travestis, c'est pas toi, c'est quelqu'un d'autre ! »

Yohan parle fort dans la rue, à reculons, en regardant Billie avec dégoût.

C'est comme s'il la répudiait, comme s'il la piétinait, lui crachait dessus avec son mépris, son incompréhension, sa susceptibilité de mâle blessé d'avoir été grugé. «Petit con de pédé», pensait Billie rageusement et silencieusement. «Petit con de pédé!» Elle le criait finalement.

9

Mo retourne au bar. Acharnée. Pas question de lâcher prise. Yohan est seul, sans son copain Nico. Yohan en veut à Billie mais ne dit rien. Il joue. Billie-Mo chante. Il-elle se fait allumer par une femme, ça ne l'amuse pas, elle l'envoie péter sans délicatesse. Par des hommes aussi. Mais ce n'est pas le soir pour l'approcher, elle manque de mettre une baffe au type mais Yohan l'en empêche. Elle part. Elle va marcher. Comme les mecs qui veulent se calmer en faisant des kilomètres à pied pour pas casser la gueule à quelqu'un.

Au bout d'une heure, elle rentre dans sa chambre d'hôtel. Elle n'arrive pas à dormir. Vers deux heures, on tape à la porte. C'est Yohan.

«Je veux bien essayer. Mais je suis pas sûr d'y arriver. Je suis bien avec toi, mais y a Nico. Je sais pas pourquoi il veut plus trop qu'on se voie. Il a l'air bizarre, je comprends pas. Il faudrait déjà que je règle ça.»

Billie coupe la parole à Yohan avec un baiser qu'elle ne relâche pas. Ils se serrent. Ils s'aiment. Yohan lui caresse le visage. Ils se serrent comme deux corps qui se veulent depuis longtemps. Ils se désirent.

«Je sais pas si j'y arriverai.

– Je m'en fous, dit Billie dans leur baiser interminable.

– Peut-être que je pourrai pas te...

– Je m'en fous, je te dis», susurre Billie en pressant ses lèvres sur celles de Yohan pour qu'il arrête de parler.

10

Yohan et Billie vivent une des plus belles histoires d'amour, parce qu'au fond d'eux ils savent que c'est impossible de se dire «pour toujours», et même de l'imaginer. Chaque jour est à construire, chaque jour est incertain. Ils prennent ce qu'il y a à prendre, c'est d'une évidence désarmante. Ils sont tellement heureux ensemble qu'ils vivent ce bonheur, tout simplement, avec une tendresse et une complicité immenses. Ils ne voient personne parce qu'il faudrait avoir des conversations du monde, justement, et qu'ils ne veulent pas. Ils veulent leurs conversations à eux. Ils se font des baisers qui durent une éternité, ils se touchent, se serrent, se caressent un peu, mais il y a une sorte de mur de pudeur, et de tout ce qui est si difficile à décrire pour Yohan, qui n'arrive pas à oublier que Billie est une femme.

Mais il est bien avec elle, il n'est bien qu'avec elle. On dirait un frère et une sœur qui ne pourraient pas s'aimer d'amour charnel non plus. On dirait deux prisonniers de leur état d'homme qui aime les hommes, et de femme qui aime les hommes. Billie est heureuse parce qu'elle vit avec l'homme qu'elle aime. Elle le chérit. Ils s'amusent à être, selon les jours, selon les endroits, un couple homosexuel quand Billie se déguise en homme, mais Yohan préfère quand elle est comme elle est, sans maquillage. Comme beaucoup d'hommes.

Un jour, Yohan ne rentre pas après avoir joué. Billie ne ressent aucune jalousie, aucune inquiétude. Quand Yohan arrive le matin, elle ne dit rien.

« Pardon, dit Yohan.

– Non, me dis pas pardon. Je m'en fous.

– Tu t'en fous maintenant, mais plus tard, si ça se reproduit, tu t'en foutras pas.

– Je m'en foutrai plus tard et toujours. Je te prends comme tu es.

– Moi, je te prends pas comme tu es. Je te prends même pas du tout, c'est nul.

– On s'en fout, ça a pas d'importance.

– Si. Ça en aura au bout d'un moment.

– Mais non ! On va pas recommencer avec ça ! Qu'est-ce qu'il y a ? Tu veux me dire quelque chose... Dis-le-moi. T'es pas heureux ?

– Je sais pas. »

Billie reçoit un choc. Elle ne s'attendait pas à ça. Elle était persuadée que l'harmonie était telle, que l'amour était si fort entre eux que rien d'autre ne pouvait interférer, rien des conventions. Elle s'était trompée.

« J'ai essayé. Et je t'aime. Mais j'y arrive pas, dit Yohan. Y a trop de trucs qui me manquent et j'ai honte, et je peux pas vivre comme ça. En te donnant de moi une moitié et pas l'autre.

– On se donne pas qu'une moitié. On se donne tout, tu le sais très bien. C'est le sexe qui fait chier. C'est le sexe qui va pas. Uniquement le sexe.

– Non. »

Yohan sort de l'appart.

« C'est pas ma faute si je suis pas un homme, merde ! crie Billie en larmes. C'est quand même pas une histoire de sexe qui va nous séparer ! »

11

Yohan a déménagé. Il ne rentre plus du tout. Même pas au petit matin. C'est comme une petite mort pour Billie, qui s'enferme dans une vraie dépression. Elle ne sort plus du tout, ne mange plus, ne donne plus de nouvelles à personne. Elle sombre et ne veut plus vivre.

Sa fille Maude et son fils Paul frappent à la porte et, après l'avoir défoncée, trouvent leur mère par terre, inanimée. Ils l'emmènent à l'hôpital. Ils restent là, près d'elle. Ils la font renaître. Ils ne disent rien à personne, comme promis, surtout pas à leur père.

Un jour, ils croisent un homme qui sort de la chambre d'un malade, en sanglotant et en se cachant. Il s'assoit sur une chaise, dans le couloir vide. Il est tard. Il faut partir de l'hôpital.

« Monsieur... Il faut pas rester là. L'hôpital accepte plus les visites. »

Maude parle doucement.

« Ouais, dit Paul, ils vont vous virer. On peut faire quelque chose pour vous ?

– Non. Merci », dit l'homme.

Maude et Paul s'assoient à côté de lui. Un de chaque côté. Maude le prend par l'épaule.

« Monsieur, vous pouvez nous parler si ça vous fait du bien.

– Mon copain a le sida.

– Merde, lâche Paul.

– Oui, merde, comme tu dis.

– Comment on peut vous aider ? Vous voulez qu'on vous raccompagne chez vous, monsieur ?

– Non, il faut que j'aille jouer. »

Billie, dans sa chambre, entend les voix de ses enfants. Elle retire sa perfusion et se lève faiblement. Elle marche avec son espèce de chemise de nuit trop grande pour son corps qui a bien maigri. Des racines de cheveux blonds sont apparues dans ses cheveux bruns qui ont poussé. Elle fait quelques pas et sort dans le couloir. Elle voit ses enfants qui entourent Yohan, ils sont assis. C'est l'homme qu'elle aime, avec ses enfants qu'elle aime, ils sont là. Elle tombe par terre.

Quand elle se réveille, elle sourit. Au-dessus de sa tête, elle voit ses enfants et Yohan qui la regardent, qui ont l'air de l'aimer aussi. Elle est heureuse. Elle les écoute, ne peut pas trop parler encore mais prend tous leurs mots et les boit, les mange. Yohan lui prend la main et pleure, quand ils sont seuls tous les deux. Billie le console et le réconforte. Yohan donne à manger à Billie, qui reprend des forces. Ils sont ensemble, à nouveau. Yohan s'endort, épuisé.

«Mais pourquoi tu es là ? Comment tu as su ? Pour moi... demande Billie au petit matin.

– Je n'ai pas su. C'est Nico. Il a le sida. Il est dans une chambre, là, juste à côté de la tienne.»

Billie regarde Yohan.

«Je suis désolé, Billie, je ne savais pas pour toi.

– Arrête ! On s'en fout de moi. Désolé de quoi ? Et il en est où ?

– Il a pas voulu se soigner. Il en est... mal... Au bout... Presque...

– Non ! Il faut qu'il se soigne. Il est où ? Dans quelle chambre ?»

Billie se lève.

«Mais ça sert à rien.

– Viens, on va aller le voir.

– Je crois qu'il dort.

– On s'en fout, on va le réveiller. T'as ton sax?

– Oui, mais on n'a pas le droit, Billie.

– On s'en fout. Il est quelle heure ?

– Six heures du mat, c'est un peu tôt.

– Viens ! Allez, viens, on essaie.

– T'es chiante.»

Ils traversent le couloir de l'hôpital et entrent doucement dans la chambre de Nico, très amaigri, qui dort.

Yohan sort son saxophone et joue tout doucement. Billie s'assoit à côté de Nico et lui prend la main délicatement pour ne pas le réveiller, et se met à chanter avec Yohan, qui joue. Nico ouvre les yeux. Il sourit. Yohan lui dépose un baiser sur la bouche, Billie aussi. Nico retient Billie par la manche et attire son visage près de sa bouche pour lui parler seul à seule. Il lui chuchote dans l'oreille.

«Je te le confie. Quand je serai plus là, tu veilleras sur lui ? Tu promets ?

– Oui, chuchote Billie, sans pleurer. Oui, bien sûr, je te le promets.

– Il t'aime. Tu l'aimes, toi ?

– Oui, Nico. Oui.

– Garde-le. Protège-le. Même si tu seras jamais son mec, tu seras sa sœur, sa maîtresse, son épouse, sa mère, sa secrète, ça fait pas mal déjà, non ?

– Si.

– Tu me promets ?

– Je te promets.

– Laisse-le de temps en temps faire ses escapades, on s'en fout.

– Je suis d'accord. On s'en fout.

– Il t'aime. Il peut pas vivre sans toi. Il est con. Tu lui diras ?

– Quoi ? Qu'il est con ?

– Oui, dis-lui ça, oui. Mais aussi qu'il faut que vous viviez. Pour moi, vous voudrez bien faire ça ? Si je sais que vous allez bien vivre, je vais mieux mourir.

– Arrête.

– Chtt... C'est moi qui parle... Hé... Billie... Chante... Tu veux bien chanter... s'il te plaît ? Une chanson d'amour. »

Billie et Yohan jouent *« The Man I Love »*, de Gershwin, connu grâce à Billie Holiday. Mais là, dans cette chambre d'hôpital, au petit matin, c'est une version spéciale pour Nico qui va mourir, interprétée par Yohan et Billie qui vont vivre. Pour Nico.

JOURNAL

Nous sommes le samedi 26 septembre. Je me suis réveillée en pleurant comme si j'avais fait un cauchemar. Je pensais à un sentiment qui commence à m'étouffer, ce sentiment que je ne peux pas t'exprimer parce que je ne m'en sens pas le droit, et qui pourtant ne s'en va pas. Au contraire, il reste accroché comme une moule à son rocher. Il revient sans cesse comme une vague qui m'engouffre, il grandit tout doucement mais implacablement, il tourne autour de mon cœur comme un fauve, il lui donne des petits coups de patte.

J'ai décidé d'écrire un journal secret, pour pouvoir te parler, t'écrire des choses que je ne peux pas te dire. T'écrire des choses que je ne sais pas écrire non plus, mais que je vais tenter de t'exprimer, pour laisser une empreinte de ce moment de ma vie auquel je ne m'attendais pas. Parce que je me dis qu'il est beau, ce moment.

Du haut de mon siège de caissière de magasin qui est plutôt petit, je me sens ridicule, à me prendre pour une héroïne de roman d'amour, mais quelque chose me dit que j'ai le droit de vivre secrètement ce que je ressens, même si ça ne se fait pas, même si ça ne se dit pas.

Mon journal, mon ami de tous les jours, mon confident me redonne le sourire et le goût de vivre, que je n'avais plus depuis longtemps. Il m'aide, ce journal, c'est mon ami secret, que je te confierai peut-être un jour.

Lundi

La semaine dernière, je t'avais déjà écrit, à toi, l'homme qui fait battre mon cœur.

Liam. J'adore ton prénom. Je ne sais pas d'où il vient. Je te vois comme un ancien héros du désert.

Je t'ai écrit pour libérer mon ventre qui me faisait mal, le libérer de cet étau. Il va falloir que je continue pour que cette poussée d'amour aille quelque part, aille au moins dans des mots écrits, plutôt que dans toi.

Hier, quand tu m'as téléphoné parce que je te l'avais demandé par texto, pour te parler, je voulais tout te dire, tout te confesser, tout t'avouer, pour en rire, pour désacraliser, pour dédramatiser et percer le ballon déjà trop gonflé que je porte... Cette «grosseur»... Je ne sais pas pourquoi, mais je n'ai pas osé. Je suis toujours là, avec ma grosseur.

J'ai mon journal, mon nouvel ami que je me suis créé.

Cette tristesse que j'ai ressentie l'autre matin en sortant d'un mauvais sommeil, c'est celle de ne pas pouvoir me réjouir d'un si merveilleux sentiment. Sentiment interdit. Interdit officiellement. Je crois, je sens que je suis amoureuse, troublée, c'est tellement bon, tellement précieux. J'ai l'impression qu'une plante pousse dans mon ventre. Une plante d'amour. Elle pousse, je ne peux pas l'empêcher de grandir, avec ses bourgeons qui se multiplient de jour en jour.

Mais je ne pourrai pas vivre cet amour, nous ne pourrons pas, je le sais, le sens et veux absolument m'en empêcher. Pour toi, pour le magasin, pour ta femme. Pour ma fille. Pour la peur que cela me fait. Pour ne pas entendre que toi tu ne ressens rien. Ou pour l'entendre. Je ne sais pas. Pour ne pas te gêner, pour ne rien abîmer, pour prendre soin de notre relation... Mais toutes ces réserves me serrent le cœur de plus en plus.

Liam a commencé par venir me voir un jour avant de commencer le service, sur le parking, alors que je sortais de ma voiture pour aller à ma caisse. Juste avant de commencer le travail, pour me dire qu'il avait du mal à être là, avec moi dans ses rayons, à certains moments de la journée parce que, selon mon souvenir, il me trouvait si « magnifique » dans ma façon d'être avec les gens, ma présence, mon charme, ma douceur... Ça l'empêchait de bien travailler. Et que maintenant qu'il me le disait tout irait mieux, qu'il serait libéré et que cette chose partirait. Mais que ce n'était pas une déclaration d'amour !

J'ai cru qu'il se moquait de moi. Il était si mignon, mais si inattendu, si pur, si touchant, comme un petit garçon qui m'aurait fait passer un mot d'amour à l'école, mais en ajoutant juste après : « Attention, ce n'est pas un mot d'amour ! » Ça m'a fait beaucoup d'effet évidemment.

Je ne sais pas si c'est le fait de lui plaire, ou le fait qu'il m'ait dit tout ça, avec toute l'émotion et la sensibilité qu'il affichait, mais en tout cas ça a déclenché quelque chose, comme une sorte d'arrosage de la plante d'amour.

Je crois que je vis exactement la même chose, à cela près que ce n'est pas seulement l'homme que je trouve magnifique, là en face de moi au magasin, mais tout, sa grâce, sa sensualité, sa rage contenue, la douceur, les gestes, chaque geste, le parfum, les mains, le corps. Cette chose, cette attirance, me paralyse de plus en plus pour travailler moi aussi, et que ce qu'il m'a dit est une déclaration d'amour !

Je sens mon cœur verrouillé comme jamais. J'ai une boule dans le ventre, quelque chose comme deux mains qui veulent rester collées l'une à l'autre, encastrées l'une dans l'autre, alors qu'on veut les séparer. Elles résistent. Mon cœur ne fait pas confiance aux mots, et je sens qu'il a peur de laisser formuler quelque chose qui trahirait ce qui se passe vraiment. Comme si ce qu'il vivait était d'un autre temps, d'un autre monde. Que se passe-t-il dans moi, dans ma tête, dans mon corps ?

J'ai été mariée vingt ans, mon mari est parti, j'ai été très malheureuse pendant un temps, puis ce temps est passé, grâce à ma fille, qui m'a poussée à me remuer, à me faire renaître, et ma vie est simple, mais j'ai appris qu'il y a tant de femmes et d'hommes plus malheureux que moi que je me suis promis de me réveiller tous les matins heureuse et combattante, quoi qu'il arrive, et de m'accrocher un sourire, surtout quand il pleut, après m'être lavé les dents, pendant mon maquillage, avant d'aller au magasin.

J'ai fait attention à chaque réveil. J'ai fait pousser la vie dans moi plutôt que la morosité, pour ma fille, pour lui donner un exemple pour plus tard.

J'ai assisté à tant d'anniversaires de collègues ou d'amies effondrées parce qu'elles avaient quarante ans, le jour même de leur anniversaire, que j'ai décidé de me construire une jeunesse, une espérance, et de rebrousser le temps.

Peut-être que ce phénomène, ce truc de me dire tous les jours « Je veux faire ma vie belle, j'ai de la chance, je suis heureuse », en dehors de ma fille, qui a été un véritable « coach », comme on dit, est survenu quand, un jour, au magasin, une petite épicerie sans prétention, une femme est venue déposer son dossier de demande d'embauche. Elle était en fauteuil roulant.

Liam l'a accueillie avec tant de douceur et de respect que c'est peut-être là que, pour la première fois, j'ai eu un coup au cœur et me suis mise à le regarder différemment, ainsi que la vie, en voyant cette femme dans son fauteuil roulant, très jolie et très souriante, pleine de vie et d'énergie, qui d'ailleurs est aujourd'hui une collègue et amie. Emma.

Je crois qu'elle m'a ouvert les yeux sur beaucoup de choses. Je souhaite à tout le monde de rencontrer des êtres qui souffrent, pour se rendre compte à quel point ils sont rayonnants et riches à l'intérieur de choses que nous, qui souffrons moins, avons perdues. Ils ont en eux des trésors de résistance, des forces dont seuls eux ont les secrets.

Tout est compliqué pour Emma, le moindre transport, le moindre déplacement, le moindre geste, qui, pour nous qui sommes « valides », est simple et devenu commun. Donc, pour mon amie, tout événement simple que nous ne voyons même plus comme une joie – un repas, parler, boire un petit verre chez elle, lui faire la cuisine et rigoler, être ensemble tout simplement –, cela représente pour elle un événement, c'est une vraie fête, précieuse comme une naissance, un mariage, un anniversaire. Nous fêtons donc beaucoup de mariages ou de naissances avec Emma.

Mardi

J'écris de mon lit. Ma fille dort là ce soir. Nous avons passé une belle soirée. Elle est amoureuse. Pendant qu'on parlait du jeune homme qu'elle aime, je me suis partagée en deux. Une moitié de moi était si heureuse pour elle, et l'autre si triste de ne pas pouvoir partager avec elle mon trouble de femme amoureuse comme elle. Peut-être le ferai-je un jour, un soir de courage.

Le cœur est un drôle d'engin. Une sorte d'univers à lui tout seul qui parfois prend le pouvoir et anéantit tout sur son passage. Un bulldozer de l'amour qui peut devenir monstrueux et implacable, aussi terrassant qu'une bombe.

C'est étrange comme mon cœur peut me torturer. Est-ce parce que je le laisse faire ? L'ai-je mal élevé ? Est-ce normal qu'il se comporte comme un enfant gâté et qu'il n'en fasse qu'à sa tête ? Est-ce parce qu'au fond de moi j'aime qu'il me torture ? Est-ce que finalement je n'adore pas tout simplement cette torture ?

Cette espèce de flot de sentiments qui me prend et m'envahit, me serre à la gorge et au ventre comme une marée montante.

Je me vois aujourd'hui, mardi, tout ensevelie, la tête sous l'eau, endormie, comme anesthésiée, flottant dans un coma étrange de désir, de douceur envahissante, d'apaisement terrifiant, et en même temps de peur, de honte, de culpabilité. Cela a commencé dès notre première rencontre. Quand je suis venue porter ma candidature. Le magasin cherchait une vendeuse. Cet homme, Liam, est bleu. Tout assorti à sa blouse, qui grâce à ses yeux de la même couleur paraît être un beau costume. Tout de lui est bleu, d'ailleurs. Bleu comme ses yeux, qui sont une mer calme et ensoleillée contenant la violence d'un ouragan prêt à surgir. Et tout dévaster.

Liam... J'aime te voir quand tu arrives au magasin, avec ta veste en cuir et ton sac en bandoulière, avec tes yeux doux comme de petites boules d'étoiles bleues. Tes yeux bleus comme une crème de mer, comme deux petits lacs paisibles et profonds. Ta figure ronde et douce. Ta belle gueule caramel que j'aime tant caresser, dans ma tête.

Samedi soir, 2 h 09 du matin

Je viens de rentrer à la maison, plus tard que d'habitude. Je lui ai dit mon amour. Juste quand il fermait le magasin et que je faisais ma caisse. Je traînais, je traînais... On se regardait. On avait l'air de deux idiots. Il voyait que je traînais, je voyais que lui aussi. Je n'osais pas croire que nos sentiments soient partagés.

Enfin non, pas exactement. Je ne lui ai pas dit exactement mon amour, car je ne connais pas encore l'amour que je lui porte, mais j'avais un tel poids sur le cœur, un tel poids de désir, de tension, de quelque chose qui vibre, d'un bien-être exceptionnel, qu'il fallait que je le partage avec lui. Que je lui donne ce qui lui appartenait. Que je lui confie cette chose. Ce trouble que je sentais depuis quelque temps déjà et que je lui cachais, ce mélange de désir, de pudeur, de bien-être terrible, de tout un tas de choses indescriptibles et si présentes, si imposantes.

Je lui ai parlé à l'intérieur du magasin vide. Les lumières des rayons étaient encore allumées, pour certaines. J'avais la sensation que nous étions dans un vaisseau spatial. Il fallait que je lui parle. Je lui ai avoué mon trouble, pour le désacraliser, pour le banaliser, je m'en suis excusée, et lui ai dit que cela me torturait et me rendait triste, et il m'a demandé pourquoi. Et il m'a dit qu'il ne fallait pas que je sois triste, qu'il ressentait la même chose. Qu'il me l'avait dit. Qu'il – je n'ose pas y croire – pensait à moi, aussi. Vraiment.

Je lui ai avoué que mes sentiments me torturaient et que je ne voulais pas l'accabler en les lui confiant, mais les rendre communs, au contraire. Il m'a fait comprendre que ça ne le dérangeait pas que je les laisse vivre. Que je les sente, que je les lui dise… Je lui ai parlé de ses yeux, de sa charge, du bonheur que j'avais à être avec lui, de tout ce qui avait éveillé les sentiments qui me dépassaient maintenant et finalement m'étouffaient. Je lui ai dit que j'avais envie de rentrer à vélo avec lui un soir, que ça me ferait plaisir qu'on glisse ensemble dans la nuit, tranquillement. Il m'a répondu « Oui, demain ? » Quel bonheur ! Je vais faire du vélo demain avec Liam.

Avant de rentrer, j'ai beaucoup marché. J'ai dû faire des kilomètres à pied. Ça m'a évité de prendre un somnifère.

Jeudi 8 octobre

Que c'est bon d'aimer et de se sentir aimée ! Ne serait-ce que le temps d'un soir, d'un moment dans le débarras du magasin. Le débarras devient notre nid, nos abris.

Nous nous sommes fait une petite cachette sous une étagère de marchandises, avec un tissu que j'ai apporté, un tapis qu'il a apporté, et parfois nous allons là juste pour nous serrer dans les bras. Nous nous sommes embrassés. Vite.

Là, dans notre cachette, nous sommes en dehors du monde, dans notre bulle, mais comme une petite chambre de bonne volée, où nous nous retrouvons. Je sens notre amour grandir. Comme l'enfant que nous n'aurons jamais. Je pense encore à cette fleur que je vois maintenant pousser entre des dalles de béton. La fameuse plante qui se fait de la place toute seule, sans tenir compte de l'environnement. Voilà une des images que j'ai de ce que nous vivons.

Ce soir je suis apaisée, je me sens heureuse. Chaque instant vécu près de toi est en écho... Quoi qu'il se passe, j'ai ton écho, ta résonance, ton existence qui révèlent ce que je ressens, ce que je vis, ce que je raconte. Tu révèles dans son exigence, dans sa vérité, les traits de ce que je désire, de ce dont je rêve. J'aime tant être avec toi et me perdre dans nos discussions. Je me sens être une femme. Une jeune fille, une jeune amoureuse. Je suis devenue une héroïne de roman d'amour. Je vois tes yeux. J'aime tes yeux. Je me perds dans tes yeux. J'adore tes yeux, Liam.

Tu es gentil avec moi. Tu es si bienveillant. Je te désire. Je t'aime. Voilà. Et je n'ai aucune culpabilité à t'aimer tant. Mon cœur gambade. Le temps passe à l'envers. Je rajeunis.

Je voudrais t'écrire encore. Je vais m'endormir sur les pages du livre que tu m'as offert. Et dans tes bras.

Lundi 12 octobre

Tu es un secret et un trésor qui me marqueront pour toujours. Toi. Liam.

Je sais que tout est impossible entre nous, et pourtant tant de choses sont possibles, se rendent possibles toutes seules, comme si, portées par une force profonde, poussait une sorte de réalité d'obstacles transformés en…

Peut-être que nous vivons dans une irréalité, dans un songe, dans un rêve que nous rendons de chair et de vérités quand nous nous voyons. Je ressens quelque chose de si étrange à ta rencontre, à ton contact, comme si nous étions sur un fil. Ou désincarnés.

Aujourd'hui, je ne te verrai pas, c'est ton jour de congé, celui que tu passeras dans ta famille, avec ta femme, mais je ne suis pas triste comme hier. Il m'a suffi de t'entendre me dire que tu ne me quittais pas et que tu avais hâte qu'on se retrouve. Je suis heureuse et je m'accroche à ce bonheur.

Mardi

C'est le matin, juste avant de te retrouver. En me maquillant, je me suis regardée dans la glace. Mal regardée. Mauvaises pensées qui m'ont traversée. Il a gelé sur la fleur qui pousse dans mon ventre. Quelqu'un l'a piétinée pendant la nuit. Moi peut-être.

Parfois je me dis que je te lasse. Je dois te lasser. Je vais te lasser. Je peux supposer que je ne suis pas suffisante. Que je ne suis pas assez quelque chose.

Je suis apaisée quand on se serre. Totalement. Quand on se voit. Quand on se parle. Quand on se mange.

J'ai imaginé aujourd'hui, mon cher amour, pour mon anniversaire, une histoire qui pourrait avoir l'apparence d'un cauchemar et pourtant que je trouve belle. C'est l'histoire de deux êtres, un homme et une femme, qui ne peuvent vivre leur amour que parce que l'un d'eux est mort. C'est comme ça qu'ils communiquent le plus, qu'ils sont dans une véritable connexion. Par la mort de l'un d'eux. De la femme. Je délire. Pardon. Comme nous. Nous sommes morts avant de pouvoir être vivants. Pardon d'être si noire.

Jeudi 15 octobre

Je ne sais pas par où commencer.

Il est presque deux heures du matin et je viens de rentrer. Après notre dîner de ce soir, tu devais partir tôt pour les raisons que nous connaissons tous les deux, et tu sais, une copine m'a téléphoné et j'ai été la rejoindre, et nous avons dansé la salsa jusqu'à maintenant. C'est une copine de cours de danse de salsa que j'aime beaucoup, qui est si vivante. Et j'ai dansé dansé dansé, en t'imaginant là, dans mes bras. Je t'apprendrai.

Tu me plais. Tu me plais tant. Cette liberté que tu m'inspires. Cette liberté impossible. Chaque idée que tu souffles en moi est si forte qu'elle balaie celle d'avant. J'aime être avec toi. Je nous vois. Je ne t'ai pas dit ce soir à quel point je t'aimais. À quel point tu faisais vibrer tant de choses en moi. À quel point je te trouve beau parce que tu es tout le temps en devenir, tu es tout le temps en suspens. Tu n'es jamais arrêté. Je voudrais te le dire là tout de suite mais je ne peux pas, alors que ce ne sont pas des mots d'amour.

Oui, mon amour, j'ai aimé peu d'hommes et beaucoup mon mari, puis je me suis mise entre parenthèses, et tu m'en sors. Que je t'aime et que j'aime ta profondeur et ton intelligence. Que j'aime te parler parce que j'aime tant l'écho que mes mots ont dans toi, dans ta pensée, dans ton cœur, ton âme. S'ils vont dans ton âme ? Ça, je ne sais pas. Peut-être pas encore. Je suis ailleurs quand je suis avec toi. Chaque soir, quand je rentre chez moi et vais dans mon lit, je suis soulagée. Parce que tu es là. Oui, tu es là, à côté de moi. Je suis dénouée. Délivrée. De je ne sais pas quoi. Mais parfois j'ai un nœud dans le ventre quand je viens au magasin, et il s'en va quand je t'ai vu et que nous avons passé un moment ensemble.

Je crois bien que, oui, je t'aime. De tout mon cœur et de toutes les façons. Et tu voudrais que je me lasse, c'est toi qui m'as dit ça aujourd'hui. Alors que c'était ma mauvaise pensée d'hier. Ça m'a fait sourire et tu m'as demandé pourquoi. Mais comment feras-tu si je ne me lasse pas ? Comment feras-tu, comment ferons-nous ? Parce que je ne me lasserai pas.

J'aimerais tant, pardon de te le confesser, que tu sois l'homme, le dernier, l'homme avec un grand H, comme je te vois, oui, j'aimerais que tu sois celui que j'ai aimé avant de partir, de m'en aller pour de bon. Et je dis ça sans aucun drame. Je dis ça parce que je t'aime.

J'ai peur... Quelquefois.

Samedi 17 octobre

Nous avons dîné au restaurant ce soir. Comme souvent maintenant. Tu te libères pour moi, tu prends des risques pour moi. Tu mens pour moi. Tu me touches tant. Tu me fais peur. La fleur est devenue un arbuste qui de temps en temps donne de très belles fleurs. Comme aujourd'hui. Mais que je sens menacées, en permanence.

J'ai le sentiment que ce bonheur que tu me donnes de plus en plus fréquemment sera un jour interrompu si brutalement. Et nos rendez-vous sont devenus un vrai rituel. Je les adore, je m'y habitue. Je sais que je vais te retrouver, que je vais être près de toi, avec toi, pas loin en tout cas, dans tes yeux parfois.

Pourquoi es-tu si gentil avec moi ? si doux ? J'ai forcément peur que ça s'arrête, donc j'en parle avec retenue, je n'ose pas trop en parler, même au papier sur lequel j'écris.

Je suis heureuse ce soir. J'aime tes yeux, ta façon, ton intelligence, j'aime le mouvement de tes yeux, de tes paupières, de tout ton visage quand il s'anime, quand il est passionné, quand il gamberge, je te trouve beau... chargé, fragile, vrai, et tant d'autres choses. Tu m'apprends, tu me parles de livres que je ne connaissais pas, tu me donnes des clés, tu m'ouvres à des univers inconnus qui me transportent. Tu me plais... Je t'aime.

Tu es vibrant et fais vibrer tout en moi. Tu me fais renaître d'une hibernation involontaire. Je suis bien avec toi, tu donnes une résonance à tout ce que je vis qui est celle-là, l'unique.

C'est bon d'être heureux... C'est un sentiment rare. Contre lequel je pourrais me défendre... Mais je ne m'en défends pas.

Mais pourquoi les gens attendent de nous tant de choses, pourquoi ils nous regardent, nous épient ? Pourquoi il faut être responsable d'eux ? Dans le magasin, j'ai la sensation qu'on nous guette. Je voudrais pouvoir t'embrasser devant tout le monde, parfois, comme j'en ai envie, comme ça me chante, entre deux clients. Ou me lever de ma caisse et te plaquer dans le coin du fond, entre le rayon des soupes et celui des pâtes, et t'embrasser. Ou te hurler un bon gros « JE T'AIME !!!!!! » depuis ma caisse. Tu imagines, te crier un énorme « J'AI ENVIE DE TOI, MON AMOUR !!! » tonitruant, entre deux encaissements...

Pourquoi on ne fait jamais exactement ce qu'on veut ? Pourquoi on se laisse embrigader dans des vies qui ne sont pas les nôtres ? On doit se tromper de vie, à un moment. Par peur, non ?

Lundi

Tu étais magnifique aujourd'hui au magasin. Tu dois partir bientôt, les vacances approchent. Je déteste les vacances depuis que je te connais. Ton départ va être terrible. Je t'aime... Je vais rêver. Tes yeux me rassurent sur le sens de la vie.

Dimanche

Que mon corps manque du tien quand il se déshabille ! Quel abîme de ne pas être par toi mise à nu ! Mais il faut se raisonner et réaliser ! Mon corps manque de tes mains quand il n'est pas le tien. Même si nous voulons rêver.

Mercredi 21 octobre

Nous avons commencé depuis deux jours, avec ton remplaçant. Je le déteste. Mais je m'en cache, ne t'inquiète pas, mon amour. Rien n'est plus pareil. C'est une période très bizarre. Indescriptible. Où tout flotte. Moi qui n'ai aucun recul, et je m'en veux, j'ai du mal à trouver mes repères.

Pourquoi est-ce que je suis tellement impatiente de tout, tellement en prise avec les choses ? C'est si fatigant parfois... En ce moment, par exemple. Je suis triste ce soir. L'arbuste se fane. Il n'y a pas assez de soleil sur ses feuilles. Je me suis ennuyée de toi toute la soirée.

J'ai appelé mon amie Emma. Elle n'avait pas trop le moral. Elle voulait me le cacher, mais je l'ai senti. Du coup, j'ai dû lui envoyer du soleil, pour son arbuste à elle. Son arbre de vie. Je lui ai raconté des anecdotes de ma journée qui ne sont pas très intéressantes mais qui l'étaient pour elle qui ne peut pas sortir.

Ne pas être avec toi après une journée de travail me semble maintenant une absurdité.

J'ai pris de bien mauvaises habitudes. J'ai une sensation de quelque chose qui s'en va. Pourquoi ? D'une période qui de toute façon s'arrête. Notre fin fait partie de l'histoire. C'est horrible. Insupportable. Ça m'arrache le cœur. Je ne veux pas que cette période s'arrête. Je me pose mille questions. Je me dis qu'il y a des milliards d'autres filles, bien plus jolies, et je suis jalouse, là tout de suite, de toutes celles, de toutes les filles qui pourraient t'approcher pendant ces trois semaines qui vont venir. Et je sais qu'il y en aura.

Je deviens idiote. J'ai l'impression de rétrécir. Tout est noir.

Mardi

Tu es revenu. Je ne me sens plus la même. Pourquoi ? Je me sens de plus en plus obsédée par une idée de fin de quelque chose. Je deviens jalouse. L'arbuste a refleuri, mais les ronces l'envahissent.

J'ai vu tes yeux aujourd'hui, éblouis par une fille qui faisait ses courses, qui, je le savais, allait te plaire quand elle est entrée dans le magasin. Je t'ai épié pour la première fois. C'est nul, j'ai envie de disparaître. Je ne sais pas pourquoi je suis faite comme ça. Je n'ai aucune énergie et le feu qui me brûle quand tu es là me manque trop.

Mais peut-être n'as-tu plus de feu, toi. Pour moi. Peut-être es-tu déjà ailleurs. Peut-être faut-il que tu sois ailleurs pour pouvoir être bien, pour construire autre chose, vraiment, pour qu'on ne se voie plus.

Et si je démissionnais ?

Je me sens trop amoureuse. Idiote. Je me sens démunie. Sans défense.

Mercredi

Je suis arrivée en retard, j'ai très mal dormi. Je n'y arrive plus, je n'ose plus te téléphoner. Je nous sens coincés, foutus. Tout ça n'a pas de sens.

J'ai fait deux erreurs à la caisse, le patron en a vu une et je me suis fait engueuler, je lui ai répondu en lui hurlant dessus, il m'a dit ne m'avoir jamais vue comme ça, qu'il me virerait si ça se reproduisait. Je déteste vivre quand tu n'es pas là.

Je deviens complètement folle. Il faut que je fasse un break et que j'aille t'oublier un peu quelque part.

Jeudi

Tu es venu me chercher ce soir. Tu m'as fait une surprise, mon amour, c'est magnifique. C'est merveilleux. Je n'y crois pas. Quand je t'ai vu entrer dans le magasin, j'ai cru que je rêvais. Tu étais si doux ce soir, si compréhensif.

Si tu savais les horreurs que je pense parfois... J'espère que tu me les pardonnes, sans même les connaître.

Je suis si heureuse quand enfin, à la fin de ma journée, je peux profiter de toi, un peu comme ce soir. Vivre ce trésor, cet amour que je sens en moi, que je partage avec toi. Même si ta vie est aussi ailleurs. Je suis si malheureuse et sans ressort quand je ne peux pas vivre tout ça. Je me sens amputée. Empêchée... Diminuée.

Pardonne-moi. J'ai l'impression de ne plus respirer. Je veux me perdre dans le sommeil et dans mes rêves. Où j'espère te retrouver. Et je vais te retrouver. À tout de suite, mon cher âme our… Finalement, toutes les histoires d'amour sont les mêmes.

Lundi

Vite vite écrire pour capturer un peu ces papillons, ces oiseaux qui volent dans moi. Tu m'as envoyé une carte de tes vacances en Espagne, à Barcelone. Ces expressions de toi qui s'agitent dans tout mon cœur et tout mon corps. Mon amour. Je te sens là à côté de moi. Dans moi. Mais pourquoi y a-t-il tant de vacances ? Je hais les vacances.

Je t'embrasse quand je te parle et je te parle quand je t'embrasse. C'est joli, non ? Oui. Je pensais en quittant le magasin, en enlevant ma blouse, que ça pouvait être une belle chanson. J'ai tellement de pensées depuis tout à l'heure. Je suis tellement heureuse de t'avoir un peu exprimé l'amour que j'ai pour toi sur mon cahier. C'est un cadeau que tu me fais de recevoir cet amour, ces sentiments innombrables, infinis. Je suis bien avec toi. Avec ta façon d'être, avec ton intelligence.

Je chasse mes peurs. J'essaie d'être aussi intelligente que toi. J'aime notre franchise. Nous cherchons. Nous cherchons un chemin parallèle. Je te regarde comme si je te buvais, comme si je me nourrissais. Oh, oui, je vais penser à toi demain, mais je pense à toi sans cesse, c'est comme ça.

Il y a vraiment un infini que je sens avec toi. Un infini quand nous sommes ensemble. L'arbuste s'est transformé en arbre. Un arbre déjà bien grand. Très solide. Personne ne peut le piétiner. Même pas moi. Il me dépasse.

Ce que tu dégages, ce que tu dis, ce que tu es, tes yeux, tes baisers, tes caresses, c'est parfait, c'est l'harmonie que je veux. Tu me nourris profondément. Tu me fais renaître. Vraiment. Tu fais résonner des rêves que j'ai depuis bien longtemps. Tu es un rêve. Mais combien de fois t'ai-je déjà aimé avant, avant avant avant, pour t'aimer autant aujourd'hui ? Pour être si complète, si apaisée quand tu es là, près de moi. Même absent. Pourquoi m'apaises-tu autant ? Je voudrais te montrer mon arbre.

Jeudi

Tu es revenu. Je suis heureuse. Le monde a changé…

Mon cher amour. Ça m'a fait tant de bien de te parler de tout ça. Les mots sortent de mon cœur directement avec tant de facilité quand je suis avec toi, tout près, et que je te parle, que je me confie à toi. Parce que tu les lis, tu les prends, tu les reconnais, tu les comprends. Tu devines mon arbre. Tu vois ses feuilles qui s'agitent, comme les bras qui font coucou de loin. Tu m'accueilles avec une telle élégance, une telle grâce. Une sensualité qui me touche, une sensibilité qui…

Quand je suis avec toi sur notre petit lit dans notre petite « cabane » du magasin, je vole dans ton désert. Je nage dans tes mers. Je suis entre deux mondes. Je remercie le ciel de nous avoir fait nous rencontrer. Je t'aime de tout mon cœur. Je suis heureuse, j'ai envie de danser. Je pense à Emma. Je voudrais le lui dire.

Mon cœur bat fort. Je ne sais pas comment je vais dormir. Il faut que je parle à ma fille de tout ce bonheur qui me remplit.

Dire que toute la journée j'étais persuadée que tu n'avais plus envie qu'on se voie vraiment, que ton désir faiblissait, s'éteignait...

Que je suis bien quand je suis dans tes bras ! Oui, je voudrais confier à ma fille que sa mère est heureuse, qu'en fait aujourd'hui j'avais eu un chagrin d'amour parce que je croyais te perdre. Je ne sais pas pourquoi, comme ces derniers jours, pendant ton absence, j'ai l'impression d'être une crêpe qu'on a retournée. Je saute et resaute dans la poêle, mais toujours du même côté. Du côté du bonheur de t'aimer.

Il est une heure, je vais écrire encore mon journal. Pour toi. En te gardant avec moi. Je te le ferai lire peut-être très bientôt... Bonne nuit, mon âme our...

Samedi

Changement d'heure.

Liam, mon amour, il s'est passé quelque chose de très triste. Ma fille a lu tout ce que je t'avais écrit et je l'ai retrouvée en pleurs. Elle m'a injuriée en me criant qu'elle ne comprenait pas ce que je faisais. Je l'ai traitée comme j'aurais traité n'importe quelle femme puisque je me suis sentie trahie qu'elle fouille dans mes affaires. Et qu'elle lise quelque chose d'intime qui ne lui était pas adressé, et dont je voulais lui parler. Je me sens trompée par ma fille. On s'est engueulées très violemment, jamais je n'avais parlé à ma fille comme ça, jamais je ne l'avais entendue comme ça. Ce n'est pas possible que ma propre fille ne me comprenne pas à ce point. Mais pourquoi me juge-t-elle aussi durement ? Elle me déteste d'avoir une aventure avec un homme marié, elle me dit que c'est nul et sans intérêt, elle m'a interdit de te revoir. Oui, mon amour. Elle m'interdit de te revoir. Sinon, c'est elle qui ne me reverra plus jamais. Mais comment est-ce possible ? De quel droit ? D'où peut venir toute cette haine de cette jeune femme, qui est la chair de ma chair, qui devrait être ma première amie, envers et contre tout. Je ne sais pas ce qui va se passer.

Te quitter... Je ne pourrai pas. Te remplacer dans mon cœur serait me remplacer dans mon propre cœur. Tu m'emmènes là où je suis, tu m'entraînes dans des aventures intérieures qui me font découvrir des paysages connus, reconnus.

Je suis chez moi dans tes yeux.

Ne plus revoir tes yeux. Sais-tu à quel point je profite, j'abuse de tes yeux ? Ce sont mes ailes, mon vent, mon souffle, je me pose dessus comme un oiseau qui plane. Et je me laisse porter. J'ai envie de te serrer et de rester serrée contre toi.

Pourquoi la vie devient-elle soudain si agressive et si sombre ? Je ne peux pas dormir.

Ma fille est sortie. Demain sera un dimanche qui tombe bien. Juste pour réfléchir un peu. Juste un jour. Pour comprendre.

Je t'aime de tout mon cœur et de tant de façons. Je voudrais flotter dans tes bras. Je flotte dans tes bras. Je vis et respire. Je suis heureuse de t'aimer malgré tous les interdits.

Ma fille a coupé une branche de l'arbre, mais ça ne l'empêchera pas de continuer à pousser. Elle en a arraché plusieurs. Branches.

Lundi

Quelle tristesse de ne pas t'avoir vu au magasin aujourd'hui ! Aucune nouvelle de toi. Je ne comprends pas ce qui se passe, je suis inquiète, pardonne-moi.

Il faut que je t'oublie. C'est peut-être ce que veut me dire ce silence.

Vendredi

Quelle horrible semaine, mais quelle merveilleuse journée, tu es revenu !

Je sens que tu ne vas pas bien... Tu dois me cacher quelque chose. Je ne peux pas te forcer à me parler.

Je t'aime. Je m'endors avec un petit cachet et toi. Un vent fort pousse l'arbre et veut le faire tomber.

Samedi

Je suis sûre que tu me caches quelque chose, tu n'es plus comme avant. Ce n'est pas grave...

Merci de m'avoir raccompagnée. Nous avons dû nous cacher de ma fille... Mon amour... tu ne sais encore rien de ce qui est arrivé entre nous, puisque tu n'as pas encore lu mon journal, que je vais te donner. Qu'il faut que je te donne...

Nous nous sommes cachés de ma fille comme des voleurs, toi aussi, tu avais l'air paniqué qu'elle nous voie. C'est absurde. Qu'allons-nous devenir ?

La nuit a été encore étrange, pleine de cauchemars bizarres, très agités... Tout à l'heure, demain matin, si je peux, si tu es là, je me reposerai dans tes bras dans notre cabane, au magasin. Et je vais tout faire pour arrêter de penser. Ou je vais essayer de penser différemment. Tes yeux m'y aideront, si tu me les donnes un peu. Tu es dans mon cœur et tu le remplis.

J'ai un peu relu ce que je t'ai écrit et je vais tout te donner demain. Il faut que tu saches.

Lundi

Pourquoi ai-je fait ça ? Pourquoi ai-je été au magasin alors que je n'y travaillais pas aujourd'hui ? Pour te voir, juste pour te voir et te donner mon journal.

Tu n'étais pas là, m'a dit le patron, tu étais sorti pour ta pause-déjeuner, au café, avec quelqu'un, m'a-t-il dit d'un air narquois. Et pourquoi ai-je été au café où tu déjeunais ? Et je t'ai vu... avec ma fille qui pleurait. J'ai eu un coup au cœur si violent, avec mon journal dans les mains, que j'avais envie de vomir, un nœud, un bloc de béton qui m'a paralysée sur place. Tu m'as vue par la vitre, tu es sorti du café, et j'ai compris ce que tu me cachais, mon amour : ma fille te plaît, elle te plaît, oui, c'est ça, elle t'aime, elle aussi ? Mais depuis quand ? Et je pleurais comme une idiote, je ne pouvais pas parler, alors tu m'as calmée, mais j'avais la tête qui tournait, et ma fille est sortie du café, oui, je crois, je ne me souviens plus bien, et elle m'a giflée, et tu m'as ramenée au magasin et le patron était parti, alors tu m'as allongée dans notre cachette et je ne sais plus après...

Je me retrouve là dans mon lit, personne n'est là, il y a un petit mot de toi, je n'ose pas l'ouvrir, j'ai trop peur de ce qu'il peut contenir, non, je ne l'ouvrirai jamais.

J'ai tout compris, je te comprends, mon amour, je t'aime et ne veux que ton bonheur, et celui de ma fille, je comprends qu'elle t'aime. Je ne peux plus écrire, mes doigts glissent à cause de mes larmes.

Il n'y a plus d'arbre. Il n'y a plus rien. Mais le désert aussi peut être beau. Il suffit de savoir le regarder.

Samedi

J'ai pris ma semaine. C'est très bien comme ça. Je te chasse de mes pensées.

Ma fille ne fait que rentrer et sortir de l'appartement. Je l'ai perdue. Elle doit te voir souvent. On ne se parle plus. Je ne comprends pas pourquoi. Au fond de moi, je ne comprends rien. Pourtant, je lui fais sentir que son bonheur d'être amoureuse me fait plaisir, mais elle ne me laisse même pas le temps de m'exprimer.

Je vais dormir. Et lire Maupassant, qui est le seul à me vider la tête, malgré le fait que je te voie partout dans ses héros et ses histoires d'amour.

Je ne sais pas quel jour on est. Un mois plus tard, sans doute.

J'ai rêvé cette nuit d'un arbre immense. Ça devait être le mien qui revenait. Un grand chêne très large, très haut, puissant. J'étais allongée par terre, sur un matelas recouvert d'un drap blanc. Ma fille était petite, à côté de moi. Nous regardions l'arbre. Soudain, il est sorti de la terre, assez doucement, il s'est déraciné en s'arrachant seul du sol et en s'élevant vers le ciel, et il s'est envolé. Mais vraiment lentement. Il volait devant nous et avait l'air heureux. Ce n'était pas un cauchemar mais tout le contraire.

Je me réveille dans un autre lit. Je dois me pincer tous les matins pour réaliser ce que je suis en train de vivre. Je n'ai plus besoin d'écrire.

Tu es là. Tu es là-bas sur le sable. Je vois ton corps dans l'eau, par la fenêtre de notre chambre. Il fait beau. En Bretagne. Nous sommes là seuls tous les deux. Tu es venu me chercher une nuit, tu m'as dit de faire ma valise, je n'ai pas hésité. Tu m'as dit que ma fille allait très bien, qu'elle avait tout fait pour nous séparer l'un de l'autre, mais que ça n'avait pas marché. Il y a des choses impossibles, d'autres possibles. Comme celle de partir avec toi. Je ne devais poser aucune question, juste monter dans la voiture.

Je ne sais toujours pas si je rêve ou si ce que je vis est vrai. C'est la paix, l'harmonie, le bonheur, c'est parfait. Je vis, là à côté de toi, tout est évident. Nous avons toute la vie, toute la vie en un mois que nous nous sommes donné pour rendre possible l'impossible. Qui sait ?

Je me lève encore un peu endormie. Je sens le bois sous mes pieds, c'est doux. Je sors sur une petite terrasse comme pour me frotter le corps au soleil et mieux voir. Savoir si je rêve ou pas. Je balade mes yeux et je vois, juste à côté de la maison, de nous, toi, dans l'eau, dont je ne vois que la tête et un bout d'épaule, moi cotonneuse debout dehors, un arbre. Je plisse les yeux.

C'est notre arbre. Celui de mon rêve. Exactement semblable à celui de ma nuit. À la feuille près. Il n'a pas l'air de vouloir s'envoler. Pas pour l'instant en tout cas. De toute façon, il n'y a pas de vent. Le temps a l'air de s'être arrêté. Enfin. Et l'arbre a plutôt la tête de quelqu'un qui voudrait nous protéger.

En caressant ses feuilles, je sens une fissure dans mon ventre. Je pense à ma fille. Elle est loin. Je l'ai perdue. Je me sens avortée. Je ne suis plus une mère, je ne suis qu'une femme. Je suis une femme. Ma fille reviendra et je serai à nouveau une mère. Puisque l'arbre me la ramènera. Ses feuilles me le chuchotent. Entre feuilles on se comprend.

La femme rouge

Une femme finit de s'habiller. Elle s'appelle Viata. Elle soigne son maquillage très sophistiqué. Ses yeux déjà sombres sont noircis d'un trait si pur et bien défini qu'il semble faire partie de sa paupière, son teint déjà clair est blanchi et lisse, sans aucune imperfection, et, dernière touche, elle rougit sa bouche déjà parfaitement dessinée d'un bâton de maquillage. Tout cela s'est fait comme un soldat se préparerait à aller au combat. Ses gestes saccadés en rupture étrange avec d'autres très lents ou étrangement doux, pour que tout soit parfait, ses mouvements très déterminés font de sa succession d'activités une sorte de ballet singulier.

Elle est prête. Sa taille est sanglée dans un tailleur moulant rouge très chic et hurlant de couleur dans le gris ambiant. Elle claque la porte de son appartement et appelle l'ascenseur, mais descend l'escalier, en enlevant ses chaussures pour aller plus vite. Elle marmonne des choses toute seule de sa bouche assortie à son tailleur. Elle porte un sac de voyage dans la main droite et se tient à la rampe de la gauche.

Viata marche vite dans la rue. Le rouge de sa silhouette fend le bitume comme une traînée de sang. Elle foule et taille les pavés. Le bitume, elle le martèle de ses talons aiguilles. Elle se tord les pieds, enlève ses chaussures de rage, les remet de mal aux pieds, les enlève, court, tombe, se relève.

Elle court comme si elle était seule dans le crépuscule gris alors que les gens se mélangent par nuées d'hirondelles cloportes, se mouvant lentement dans leurs travées permises, s'arrêtant aux feux rouges, passant au vert, s'agglutinant devant les vitrines comme des ombres mutantes et désespérées, dans la grande ville.

Viata vole au ras du sol comme une hirondelle dont on menace les petits et le nid, rien ne pourra l'arrêter. Elle bouscule violemment les corps ou objets qui gênent son passage. Elle saute les obstacles de toute nature, si besoin évite, fiche des coups de pied, tape, une vraie voiture de pompiers, en femme.

Puis elle arrive. Haletante. Bouche entrouverte soufflant comme un animal en fuite, le ventre vibrant, les yeux rouges de rage. Devant la bâtisse. Un grand mur avec des interphones alignés sur la porte principale, en bas, comme dans tous les bâtiments. Une très grande façade, grise comme le bitume, aux immenses surfaces vitrées, teinte jade, encadrées par du métal.

Viata regarde le building interminable, elle paraît si minuscule devant le mur froid ! Elle hurle : «Je sais que t'es là-dedans ! C'est pas la peine de te cacher ! Tu peux te verrouiller, ça m'empêchera pas de te casser la gueule ! Je sais que t'es là... Je le sais... »

Viata sonne à une case des interphones, personne ne répond. Viata tambourine, sonne et tape les cases, les unes après les autres. C'est le silence.

« Mais oui, c'est ça, c'est toujours comme ça, personne dans ces putains de bâtiments ! Ils sont tous couchés, tu m'étonnes ! Même pas un gardien. Tout le monde se couche, tout le monde se couche tout le temps ! Mais vous avez rien d'autre à faire que de vous coucher la nuit ? Allô ! Allô ! Laissez-moi entrer, j'ai quelqu'un à voir ! »

Viata tambourine sans succès, elle tape sur tous les boutons en même temps. Elle essaie de forcer la porte d'entrée aux allures mécaniquement et informatiquement inaccessibles. Elle donne des coups de pied dans cette porte hostile et glaciale, elle se déséquilibre et tombe. Elle se relève et recommence. Petit bout de femme vociférant devant une façade iceberg immuable.

« Tu m'auras pas comme ça ! Je ne te laisserai pas me quitter comme ça, t'entends ? Tu m'entends, oui, tu m'entends ? Je sais que tu m'entends, je sens que tu m'entends, j'entends que tu m'entends ! Tu vas m'écouter maintenant, y en a marre ! Y en a marre de ces histoires d'amour à la con ! Y en a marre de croire à un truc qui n'existe pas, alors c'est ça ? Ça existait pas pour que tu me fasses ça, pour que tu m'abandonnes comme ça, putain ! Comment on peut prétendre aimer quelqu'un qu'on lâche comme une merde, pire qu'une merde ! »

Elle essaie encore de défoncer la porte avec ses chaussures, avec ses pieds nus, mais elle se fait mal. Viata reprend son souffle. La façade toujours muette ne donne aucun signe de vie.

Viata se met à rigoler. Elle rigole dans sa rage, ça sonne pareil, on dirait la même chose. Comme un manège qui part en vrille, elle est prise par le vertige de ses rires qui entraînent d'autres rires plus forts et encore plus forts, des sons, des cris comme des mouettes en concert, tout ça dans cette drôle de Viata.

Secouée par les spasmes de son fou rire fou larmes, elle regarde son sac de voyage, et va vers lui comme si soudain elle décidait quelque chose d'important. Elle ouvre le sac et en sort une grosse et lourde hache. Elle la brandit devant la façade, de long en large et en travers, elle menace, elle a l'air d'une folle. Elle respire fort. Puis elle attrape de ses deux mains le manche et le fait tournoyer au-dessus de sa tête en hurlant, et le balance sur la porte, qui se fissure. Viata, emportée par le poids de la hache, est tombée.

Elle voit la fissure sur la porte et sourit. Puis recommence à rire. « Ha ha ha ha, ça y est, j'ai fait la brèche, je suis presque là, je vais t'attraper et on va discuter les yeux dans les yeux, ça y est, je vais entrer dans ta cachette, espèce de dégueulasse ! »

Viata se relève et reprend la hache pour la cogner à nouveau et à plusieurs reprises dans la porte, qui cède sous les coups et se brise en morceaux de verre. Viata hurle de joie : « Haaaaaaaaaaaa ! Haaa haaa haaaaaaa ! »

Elle traverse par le trou qu'elle a fait, se blesse un peu les doigts, un mollet, et disparaît de l'autre côté de la grande façade.

Les verres opaques et verdâtres laissent paraître sa silhouette qui se dessine flottante et agitée au travers des matières de glace. Apparition rouge fantomatique qui remue comme une boule de feu déteinte, de droite et de gauche, criant de joie. «Je vais te trouver, j'ai tout mon temps ! J'ai tout mon temps, moi ! Je me fous d'avoir à passer le reste de ma vie à comprendre ce que tu m'as fait, je me fous de tout, je veux juste comprendre, je veux comprendre, pourquoi, comment, je veux que tu m'expliques, je veux qu'on parle, c'est tout. Et je veux te casser la gueule aussi. Ah oui, ça, je vais t'en mettre une, et hmmm que ça sera bon, mais c'est le plus facile, ça ira vite ! Ouais, je commencerai par te foutre un pain sur la gueule, et après on causera... Ohé, tu te caches où ? Oh oh oh ! Fantômas ? Murtuv ! Tu veux pas me donner un petit indice pour que je trouve ta cachette un peu plus vite que si j'ouvre tout ? Hein ? Qu'est-ce que t'en dis ? Rien ! C'est pas pour moi, c'est pour tes copains autour, je vais les embêter si tu me dis pas où t'es ! C'est pas sympa pour eux... Bon...»

Viata, toujours à l'intérieur du bâtiment éventré, brandit un coup très violent avec sa hache, sur les côtés, dans le restant de la façade de l'immeuble qui s'effondre en miettes de verre. Elle détruit tout ce qui est à son niveau de femme d'un mètre soixante-dix. Tout le verre est brisé par terre.

Derrière ce trou, cette drôle de caverne posthistorique, il y a du bois... Comme un mur de bois... Des tonneaux. Non. Les surfaces sont plutôt carrées et plates. Des boîtes en bois, des portes. Non, il n'y a pas de poignées. Plutôt des placards. Non, rien ne peut les ouvrir. Elles sont serrées, rangées les unes à côté des autres, ces sortes de commodes sans poignées apparentes. Des cercueils. Ce sont des cercueils.

Viata, souriante, s'avance vers toute cette menuiserie laquée, cirée, si bien ordonnée, interdite, armée de sa hache dans la main gauche. Elle se met à tapoter de la main droite, sur ce mur de cercueils, comme si elle s'amusait à deviner lequel sera celui qu'elle cherche... Elle chantonne. Elle toque les boîtes et chacune fait un son différent, ça la fait marrer... Elle se fait un petit concert de percussions. En chantant.

«Joli joli petit bruit, je sais je sais que t'es là, tu te tu te tu te caches, parce que parce que t'es qu'un lâche, boum boum boum boum badaboum, ça claque sous mes doigts, ça cracra sous mon poids, je t'aurai malgré toi, et tu m'expliqueras, la la la li la la... Tra la la la la la... Tu veux jouer à cache-cache, moi, ça me dérange pas, moi, je te lâcherai pas...

«Hé! Je brûle, non? Ouais, je brûle! Hein, t'as la trouille, hein, hein, tu les as menues, tu frimes plus là à faire le kador, et baaam, allez tous vous faire foutre, je vous laisse tous dans la merde, je vous mets ma merde, je vous donne ma...»

Viata entend un bruit de bois qui crisse. « Hou, là, là, mais ça gigote là-dedans ! Ça a de la conversation... T'as intérêt à me dire où tu te planques, sinon j'ouvre tout ! Je vais me gêner... Je fais toutes les boîtes et je vérifie. Ouais, exactement ! Parfaitement, j'ouvre tout le bazar et on va rigoler... » Pas un bruit. « OK, allez, on y va, on ouvre toutes les boîtes à camembert ! *Yeah !* »

La petite femme en rouge, pieds nus dans ses bas, grimpe là-haut sur les cercueils et commence à les faire valdinguer comme des boîtes à sardines. Rien à foutre de la mort, Viata. Les containers en bois, tombeaux désarticulés, se fracassent en bas sur le carrelage clinique de cet endroit étrange, mi-cimetière, mi-gratte-ciel futuriste. Un garage à morts.

Viata, furie en rouge, est là-haut et pousse les caisses, dont quelques formes humaines sans vie apparaissent parfois après le fracas de leur contenant. Elle hurle en héros surhumain Hulk rouge, du haut de sa montagne de morts emboîtés dedans et les uns contre les autres.

« Si tu crois que ça me fait peur, mais je m'en tape, moi, de toutes vos cérémonies à deux balles, je m'en tape que vous soyez en conserve ou pas, ou sous terre ou dans des palaces de la mort comme ce trou du cul du monde qui transpire l'oubli, t'avais qu'à pas faire tes conneries, t'as qu'à te montrer, puisque t'es capable d'avoir atterri là, t'es bien capable de sortir de ta boîte et de te montrer, c'est une question de courage, mon vieux ! »

Silence.

« Bon... On va employer les grands moyens, les gars ! » Viata récupère sa hache, retourne à son gros sac, en sort un Ghetto-Blaster, qu'elle met en marche. Elle monte le son très fort. « Autant faire ça bien ! Allez, on se fait un son et lumière ! » Elle ouvre les cercueils à la hache. Les uns après les autres. Pour ceux qui ne sont pas fêlés ou déjà éventrés. Elle les referme comme de vieilles carcasses, après avoir vérifié l'identité du corps à l'intérieur.

« Mais tu vas m'emmerder jusqu'au bout, hein ? Tu te caches même là, t'es même pas foutu de montrer ta binette, tu pourrais me filer un coup de main, quand même, tu sais très bien que je vais te choper, hein ! Murtuv ! »

Les boîtes sont presque toutes ouvertes, c'est un carnage irréel, le saccage de la mort, l'outrance inimaginable, le blasphème abominable. « Putain, mais t'es où ? Montre-toi, merde, arrête de me faire tourner en bourrique, y en a ras le bol du ballet des poupées molles ! T'as pas de couilles ou quoi ? Bonsoir, monsieur, bonsoir, madame, désolée de vous avoir dérangés, c'est pas après vous que j'en ai. Je cherche mon mari. Vous avez pas vu mon mari ? Il s'appelle Murtuv, il a les cheveux longs, il est très fort, enfin, plus maintenant, mais il avait des muscles qui pourraient défier le temps et la terminaison de la vie, si tant est qu'elle se termine. Madame... Monsieur... Je vous laisse vous reposer, veuillez vraiment m'excuser pour le dérangement, mais vous comprenez, je l'appelle et il ne veut pas se montrer, et il faut absolument qu'on parle, c'est essentiel à ma vie à moi... »

Il reste deux cercueils. Viata s'arrête soudain de bouger et de parler, et fixe les deux boîtes. Elle se met à sourire et à pleurer en même temps et chante tout doucement, en s'approchant des deux boîtes qui sont basculées, l'une à gauche du monticule des cadavres de boîtes, l'autre à droite, loin.

Elle marche un peu vers l'une en la montrant du doigt, puis elle revient un peu vers l'autre en la montrant aussi du doigt. « Un deux trois, ce sera toi, mais comme la reine et le roi ne le veulent pas, ce ne sera pas toi ! » Son doigt s'est arrêté sur la boîte de gauche. « Je te tiens... Je te tiens, tu me tiens par la barbichette, le premier de nous deux qui rira aura une tapette ! »

Viata s'approche avec sa hache vers le cercueil désigné par le jeu. Elle brandit sur fond de Chopin endiablé l'instrument de massacre en lourd métal, et elle prend de fouet, sur le côté, la caisse dont le couvercle gicle à travers cette montagne de boîtes défaites et vautrées comme une décharge publique de la mort.

La boîte est ouverte, éventrée elle aussi. Viata reste en arrêt. Elle rit en regardant dedans. Debout, elle rit en hurlant à la mort, elle balance sa hache et se cogne le torse et les seins, maintenant comme une King Kong en tailleur rouge. « Je le savais ! Je savais que t'étais là !

Je t'ai trouvé ! Je t'ai... Hein, t'as vu que t'as pas gagné ! Hein, t'as vu que je t'ai eu ! Ho ho ho, c'est pas la peine de faire semblant de dormir ! »

Elle se penche vers la boîte ouverte et agrippe le corps à l'intérieur par les épaules, comme quand on veut réveiller un comateux éthylique. Une tête d'homme jaillit, molle, accrochée à un torse tout aussi inanimé. C'est Murtuv. Ses cheveux longs jaillissent, prolongeant comme un choc électrique les secousses violentes de Viata. Les yeux de Murtuv sont fermés. Son visage nacré tombant en avant se cache derrière une barbe de quelques jours.

Viata, dans un état second, redresse le visage de Murtuv en le tirant par les cheveux, et le maintenant d'une main, lui fiche une énorme claque de l'autre, puis une autre et une autre encore et encore... Elle frappe avec une force de Viking et des larmes de petite fille désespérée que son jouet soit cassé. La tête molle de Murtuv valse de droite à gauche.

Viata se reprend et se donne des allures de tueur à gages. « Hé ! Tu te remues un peu ? Hé, Murtuv ! Ho ! J'ai pas que ça à foutre, moi... Il faut que j'aille vivre un peu ! Ho ! Ducon ! »

L'homme ouvre les yeux, tout doucement, semblant sortir d'un sommeil trop long.

« Qu'est-ce que tu fais là ? Arrête, t'as rien à faire ici... Arrête de me taper comme ça. T'es malade ou quoi ?

– Ah, non ! Si y en a un qui est malade, c'est pas moi... Je suis venue te casser la gueule.

– Quoi ? Mais fiche-moi la paix. Je suis mort.

– Non, justement, t'es pas mort, et c'est moi qui vais te tuer. Et là, après, là, ouais, tu seras mort, pour de bon.

– T'es complètement folle... Fiche-moi la paix... Laisse-moi, ça va... Pas besoin d'être agressé comme ça... »

L'homme va pour se recoucher dans sa boîte. Viata l'en empêche en l'agrippant.

« Quoi ? Je t'agresse, moi ? Ah, elle est bonne ! Et toi, tu m'as fait quoi ? Une belle surprise ? Tu m'as pas agressée, toi ? Hé ! Si je te laisse, je peux pas vivre. T'es pas mort vraiment, là, et moi je peux pas vivre. C'est toi ou moi, tu comprends ? À cause de ta connerie... Maintenant il faut que je te tue, sinon moi je meurs et moi je veux pas mourir, c'est clair ?

– Mais qu'est-ce que tu racontes ?

– Pourquoi tu m'as trahie, pourquoi t'as fait ça ?

– Tu le sais très bien... Je suis mort, je te dis, fous-moi la paix, Viata, s'il te plaît !

– Non, t'es pas mort, puisque tu me hantes, t'es pas encore mort ! Il y a pas que toi qui décides de ta mort, je te signale...

– Ben si, justement, je décide et je fais ce que je veux de ma vie, donc de ma mort aussi.

– Mais non ! C'est pas parce que tu te donnes la mort, que tu t'offres la mort, que tu es mort ! Ah, c'est pas pareil ! Que t'es de mauvaise foi !

– Hé, tu vas pas recommencer avec ça !

– Mais si ! T'es de mauvaise foi, c'est dingue, et même mort tu recommences !

– Arrête de crier !

– OK, OK... Je parle doucement... Voilà, comme ça, ça va... là ? Tu peux pas décider de ta mort comme ça... En me la foutant sur le dos...

– Tu m'as quitté... Tu m'aimais plus... Je t'avais dit que je pouvais pas vivre sans toi... Je peux pas vivre sans toi... Mais je peux être mort sans toi, voilà. Alors maintenant fous-moi la paix...

– Eh ben non, ça marche pas comme ça ! T'as juste commencé un truc irréversible, maintenant il faut le terminer... En te fichant en l'air, ça a pas arrangé quoi que ce soit, il me semble, si ? T'es peinard là, t'es tranquille ?

– Arrête de crier, je te dis !

– Est-ce que t'es peinard ?

– Si tu cries, je te parle pas !

– Je fais ce que je veux et c'est pas un mort qui va me dire de faire comme ci ou comme ça !

– Eh ben t'es devenue drôlement violente. Je te reconnais plus...

– Ah, c'est marrant, ça, ben moi non plus je me reconnais plus ! Ah comme il est marrant, le mort, il me reconnaît plus, je suis devenue violente, ah ouais, et ce que t'as fait, toi, c'est du pain bénit, peut-être, c'est des graines pour les oiseaux ! Et c'est moi qui suis violente... Mais comment veux-tu que je sois ? Hein ? Morte moi aussi ? Hein, c'est ça ? T'as voulu me tuer moi aussi, juste un petit peu, un petit morceau, allez hop ! Eh ben non, raté, tu m'as pas eue ! Tu vois, moi je suis vivante ! »

Elle se met à sauter, comme montée sur ressort. L'homme assis dans sa boîte la regarde.

« Je vois, oui... Tu m'as trahi, tu m'as jeté comme une merde, tu m'aimais plus, je le savais, tu voulais plus de moi, tu te souviens, quand même... Oui, tu te souviens ! T'as pas le droit de venir m'emmerder comme ça là où je suis. C'est toi la meurtrière dès le départ, c'est toi qui as rien compris de tout ce que j'avais à te donner, je le sentais que tu voulais plus de moi, au boulot, eh oui, je le sentais, je te voyais rire avec les employés de la société, à travers les vitres des bureaux, je t'ai observée pendant des heures, et ils te regardaient tous, ils rêvaient que d'une chose, c'était de te reluquer, ils auraient bien aimé que je ne sois pas là, moi, et toi aussi je suis sûre que quelquefois tu aurais bien aimé ça, tu ne m'aimais plus, je le savais !

– Alléluia !!!!!!! Bon, t'as fini ton laïus ? »

Viata se détourne de Murtuv et s'adresse aux boîtes dévastées par terre et partout dans le grand espace froid : « Vous avez entendu, mesdames et messieurs les jurés ? M. Murtuv a parlé ! Pour sa défense ! Il a bien parlé... Bravo ! »

Viata applaudit comme une furie

« Bon... Murtuv, on va pas y passer des heures, je veux te quitter, maintenant. Voilà... Tu m'entends, là ? Là, maintenant, je ne t'aime plus, je ne peux plus t'aimer de toute façon, hein, on est d'accord ? Toi non plus... Là, maintenant, on peut plus rien faire... Donc là, tout de suite, je viens te dire au revoir. Enfin, adieu.

– T'as quelqu'un, c'est ça ? marmonne Murtuv. Ouais, c'est ça, t'as déjà quelqu'un.

– Mais c'est pas vrai ! Non ! Et je te réponds, en plus ! Non, j'ai personne, et même si j'avais quelqu'un, si j'avais eu quelqu'un, ça m'aurait aidée, oui... J'aurais dû te dire "Oui", tiens ! Bon... Donc... je te quitte, Murtuv... Et il faut que tu l'acceptes. »

Murtuv se lève hors de son cercueil et attrape violemment Viata par les cheveux, puis il la plaque contre lui, elle ne peut plus bouger. Elle se débat. Les forces de Murtuv faiblissent, il lâche prise. Elle cogne sur son torse, lui donne des claques, tape partout sur le corps de l'homme, qui petit à petit s'affaisse sur lui-même, comme s'il se vidait.

« Murtuv ! Murtuv ! Mais réponds ! » Murtuv s'est vautré, inconscient sur le bord du cercueil, son torse est en équilibre sur l'arête d'un des côtés. Viata lui tapote le visage doucement pour le réveiller.

« Tu te fous de moi, hein ? Murtuv ? T'es pas mort, encore ? Non... Non, t'es pas mort... Juste un petit coup de barre... Ça va passer... Moi aussi j'ai un coup de barre... J'en peux plus. Dis-moi qu'on fait un cauchemar... Dis-moi que c'est pas vrai, ce qu'on est en train de vivre... Pourquoi t'as fait ça ? »

Elle pleure. D'un seul coup, sans prévenir, les larmes sortent comme des torrents. Elle sanglote.

Il revient à lui. Ils se regardent. Il a l'air différent, dans une sorte d'état cotonneux. Il lui sourit. Il pleure aussi.

«J'ai fait le con... J'ai toujours été con... Je te l'avais dit... Pardonne-moi. Je sais que tu vas t'en sortir... Tu t'en sors déjà, hein ? Comment tu vas ?

– Moi ? Ça va... Très bien... Enfin... Oui, ça va... Qu'est-ce que c'est que cette question ? Il faut que ça aille, c'est tout.

– Ah, ben tu vois, j'ai bien fait de foutre le camp.

– Mais arrête, je t'en supplie ! Je vais très bien parce que je n'ai pas le choix !

– Arrête de crier.

– Je ne crie pas, je parle avec passion ! Et tu me dis que des conneries... Tu devrais deviner comment ça va... le sentir ! On ne s'est même pas vraiment quittés.

– Si. Tu m'avais quitté depuis longtemps.

– C'est pas vrai ! Je t'ai jamais dit que je t'aimais plus.

– Je le savais...

– Non... Tu sais rien... Tu m'as laissée en plan comme une petite barque qu'on laisse flotter dans l'océan en coupant la corde qui la rattache au navire. J'ai rien compris, Murtuv...

– Tu as été la première femme que j'ai aimée, je voulais que tu sois la dernière, tu dois essayer de comprendre. Tu dois comprendre que je t'aimais, que je voulais qu'on soit collés sans arrêt, que je voulais ça, tu comprends, moi, je voulais être dans toi tout le temps...

– J'y suis pas arrivée... à ça... J'ai pas compris que tu voulais ça... Ça tue, de vivre comme ça...

– Ça m'a tué de pas vivre comme ça...

– Tu me dis que je t'ai tué, là, dit Viata.

– Non.

– Si... Dis-moi la vérité. Dis-moi si tu penses que je t'ai tué...

– Je ne pense pas que tu m'aies tué, répond Murtuv. C'est moi qui me suis tué... Je n'ai besoin de personne pour ça... Je l'ai fait tout seul, comme un grand... »

Viata ne peut plus s'arrêter de pleurer...

« Tu penses que je t'ai tué. Tu viens de me le dire.

– Non... Il y a tellement de choses que tu ne sais pas, et que tu ne sauras jamais parce que je ne peux pas les dire, elles ne remontent pas à la surface.

– Il faut que je vive, Murtuv... Tu comprends ? Il faut que je vive, moi... Je peux pas rester là avec toi... Je peux pas mourir, moi.

– Pourquoi ? C'est pas si terrible ! Ça repose...

– Arrête de dire des trucs pareils. Il faut que je vive, Murtuv. Il faut que je vive... Aide-moi à revivre !

– Sans moi... T'as pas besoin de moi... Je le savais...

– Mais non ! crie Viata. Pas sans toi ! Je voulais juste faire en sorte qu'on vive autrement qu'en se bouffant ! On se bouffait... On mangeait la vie de l'autre, tu avais aucune confiance en moi, on s'enfermait dans un tissu de toile d'araignée, on était plus libres ensemble, je voulais qu'on aille plus loin que de se dévorer et rapetisser, moi... Je voulais qu'on prenne un peu de recul, juste un peu d'air, pour peut-être se retrouver mieux, tu peux pas comprendre ça ?

– Non.

– Mais pourquoi ? Et tu fous tout en l'air ! Tu assassines tout ! Tu laisses rien... Rien...

– Non non non non... C'est toi.

– Moi quoi ?

– Toi qui es partie... Parce que tu ne m'aimais plus...

– Mais tu peux arrêter d'être borné deux minutes !

– Tu acceptais plus ce que j'étais, comment j'étais, tu ne me supportais plus, tu ne me désirais plus, tu me rejetais doucement, mais tu me chassais volontairement de toi, de nous...

– Noooon !

– C'est pas la peine de hurler... Ça te rend pas plus vivante.

– Je m'en fous ! JE M'EN FOUS ! JE HURLE SI JE VEUX !

– Arrête, je t'en supplie ! Arrête, Viata ! Ça sert plus à rien maintenant. »

Viata se met à tourner sur elle-même en se déchirant les cordes vocales, tête projetée vers le ciel comme si une fusée allait jaillir de sa bouche pour aller toucher le bout du bout de la galaxie. Elle hurle comme si elle désirait au fond d'elle que ça la tue... Elle tourne sur elle-même et prolonge le cri continu et horrible qui se transforme en animal qu'on égorge, en enfant qu'on torture, en oiseau blessé à mort. Lui, toujours assis dans son cercueil, la regarde et met sa tête dans ses mains.

« Mais je voulais pas ça, moi. Je voulais foutre la paix à tout le monde...

– HHHHAAAAAAAAAAAA ! Noooon, pitié, ne dis pas un truc pareil, tu ne vas pas oser dire ça ? FOUTRE LA PAIX À TOUT LE MONDE ? Mais tu ne fous la paix à personne, au contraire ! Tu nous laisses une bombe dans chacun de nous, une bombe qu'on doit garder... pour le restant de nos jours.

– Je voulais pas ça.

– C'est ça... »

En hurlant ça, elle prend la hache et la brandit très haut, en regardant la tête de Murtuv. Elle se fige. Sa bouche entrouverte par les flots, les relents de passion, les mots d'amour, de haine et de désespoir qui sortent depuis tout à l'heure, bave de tristesse et de rage, salive pleurante, sortent comme une cascade molle, du rouge à lèvres qui commence à s'étaler un peu autour de la bouche trop agitée.

Viata reste figée, menaçante, les bras en l'air tenant toujours la hache qui pèse lourd. Ses membres tremblent. Elle le fixe. On dirait un monstre. Une poupée diabolique. Ses yeux mordent ceux de Murtuv. Ils les transpercent. Il détourne les siens.

« Tu es folle... Tu es vraiment folle... Tu es forte... Tu es vraiment forte...

– Non... J'en peux plus d'être forte... »

Elle se laisse retomber en s'effondrant avec sa hache.

« J'ai une question à te poser.

– Je t'écoute. »

Viata s'assoit au pied du cercueil. Elle regarde par terre.

« Tu m'as enlevé un morceau de moi, je veux que tu le recolles. Et que tu me le rendes... Ce que tu m'as pris...

– Je t'ai rien pris du tout. Pars ! S'il te plaît, maintenant. Pars et laisse-moi dormir...

– Non...

– Va-t'en... s'il te plaît, va-t'en... Laisse-moi en paix...

– Je suis sûre que t'es pas en paix... Dis-moi la vérité, t'es en paix ?

– Je dors tranquille dans ma boîte, oui, je suis en paix.

– Et tu te réveilles jamais ?

– Si... Ça arrive. Mais ça va passer...

– Non ça va pas passer ! Tu seras jamais en paix ! Et de toute façon, si je te tue pas, je reviendrai toujours te réveiller... Tu peux compter sur moi...

– Tu vas pas revenir... Tu auras autre chose à faire... »

Viata reste là silencieuse et immobile. Seules les larmes descendent et sillonnent son visage sans marque d'aucune sorte. On pourrait penser que ce sont les premières gouttes de tristesse profondes sur cette peau de porcelaine. Elle pleure sans bouger un cil, sans un froncement de sourcils, sans aucun petit pli, aussi minuscule soit-il.

Elle est assise par terre, les jambes repliées sur le côté droit, s'appuyant sur sa main gauche, ses cheveux noirs tombent sur le rouge de sa veste, très doux mouvement presque invisible de chaque vague de soie noire voguant sur le tissu rouge comme si une infime brise passait, mais non, c'est son corps qui tremble doucement. Elle pleure, comme une statue pourtant.

« J'ai besoin que tu me dises "oui", sinon, je traînerai toujours ton corps sur moi, là, tu comprends, sur mes épaules, dans mon ventre, il y aura toujours un moment, une nuit où tu me réveilleras avec tes souvenirs, je ne veux plus, et les doutes, je ne peux pas, pas comme ça, je ne peux pas me permettre ce luxe, d'être triste et hantée, tu comprends ? Si c'est vraiment moi qui t'ai tué, alors tue-moi ! Mais si ce n'est pas moi, alors je dois te tuer pour vivre… Je ne peux pas vivre ta mort.

– Tu aurais pu être un peu plus triste, quand même. Et vouloir mourir aussi… »

Viata fiche une claque à Murtuv. Il la lui rend. Ils se battent. Il sort de son cercueil en titubant et essaie de la frapper, mais elle l'esquive. Jeu macabre. En cherchant à se flanquer des coups l'un à l'autre, ils perdent l'équilibre sur la montagne cabossée et se cassent la figure tous les deux. En bas.

Elle tombe sur un coin de cercueil. Mauvaise chute. Elle est inerte. Affalé pas loin, sur le dos, il a les yeux ouverts. « Viata… Viata… T'es pas morte, quand même ? » Il se met à rire. Il regarde dans la direction de Viata. « Je t'ai toujours adorée. À ma façon… Ma façon… Dont tu as voulu au début… Mais dont tu n'as plus voulu après… Viata… Réponds-moi, mon amour… Viata… »

Elle bondit d'un seul mouvement, comme si les fils de sa marionnette avaient tous été redressés en même temps. Elle le regarde. « Tu vois que tu me poursuis ! Tu t'es tué pour rester avec moi à jamais ! Je ne veux pas de ça... T'as pas le droit ! »

Il sourit, toujours allongé.

« Je me suis tout le temps tué pour toi mais tu le voyais pas à l'œil nu... Tu es très belle... Tu as l'air en pleine forme... J'ai mal à la tête, Viata, et je vois du rouge partout, c'est toi, partout ? Tu danses ? Qu'est-ce que tu fais ? Qui t'a acheté ce tailleur ? Un nouvel amant ? Tu m'as aimé, toi ? »

Viata saute de cercueil en cercueil, comme si elle s'amusait sur des rochers de bord de mer. Elle fait des bonds de jaguar, ses bas filés, pieds nus sur les bois vernis, sur cet amas de boîtes à morts.

« OUIIIIIIIIIII, JE T'AI AIMÉÉÉÉÉÉ ! Tu le sais très bien !

– Et là... maintenant ?

– Tu crois que l'amour ça part comme ça, *pschitt*, comme une pendule qui s'arrête ? Eh ben non ! L'amour, c'est là, et c'est comme ça, et ça reste... Ça se transforme peut-être, ça prend d'autres têtes, d'autres parfums... Mais c'est là ! Évidemment, pauvre crétin...

– Allez, viens dans mes bras... Avant la fin... Je vais te laisser tranquille, t'inquiète pas... »

Murtuv tend les bras vers Viata. Elle le scrute...

« C'est vrai ? Tu vas nous laisser tranquilles ?

– Oui... Mais viens cinq minutes dans mes bras.

– J'ai pas envie. Je veux pas m'allonger, je pourrai pas me relever, dit-elle.

– Allez... Tu risques rien...

– Non... T'es plus là. Je veux pas m'allonger dans tes bras qui existent plus...»

Elle a marmonné ça en s'allongeant dans les bras de Murtuv, qui sourit doucement.

«Repose-toi, mon amour, mon cœur... Avant de monter la côte... C'est le meilleur moment de la journée... quand tu es comme ça, blottie.

– Arrête, Murtuv. Arrête...»

Viata pleure aussi doucement qu'elle peut parce qu'elle s'en veut, mais ses larmes touchent le torse de Murtuv. Il lui caresse les cheveux.

Viata ferme les yeux sur les larmes qui continuent.

«Je te demande pardon... si je t'ai tué, Murtuv. Je te demande vraiment pardon si je t'ai même donné cette idée-là, d'en finir, je te demande pardon si je suis responsable, mais tu comprends, je sais même pas ce que c'est que la mort, je vois pas comment ça peut être, tu comprends, Murtuv, j'espère que tu vas te reposer tranquillement, il fallait bien qu'on se voie avant, non, pour que tu te reposes vraiment, et que je puisse revivre, tu crois pas ? Tu comprends, Murtuv, y a que la vie qui me parle, le reste, j'y comprends rien... Je comprendrai jamais ce que t'as fait, et même là, maintenant, t'arrives pas à me le dire... Il fallait bien qu'on se sépare tous les deux, mais juste un peu, je voulais pas ça, pourquoi avoir fait ça ? Je sais, j'ai une drôle d'idée de l'amour, mais c'est mon idée et j'ai le droit de l'avoir, non ?»

Viata a parlé quelques heures à Murtuv, au creux de son épaule, les yeux fermés. Elle a parlé longtemps. Murtuv ne répondait plus. Elle s'est endormie.

Il y a deux corps allongés. Dans un cimetière quelque part, dans la nuit. Celui de Murtuv, parti dans l'au-delà, délivré par Viata, resté dans l'au-d'ici.

Murtuv était le petit nom que Viata donnait à l'homme qu'elle aimait, quand il était encore vivant, parce qu'elle trouvait qu'il avait toujours un masque de cire, l'air sévère et dur, comme une momie. *Murtuv*, ça veut dire « mort » en bulgare. Et Murtuv, de son vivant, trouvait que la femme qu'il aimait avait en elle la vie, qu'elle riait tout le temps, et était persuadé qu'elle pouvait très bien se débrouiller sans lui. Il l'enviait pour ça et la surnommait *Viata*, qui signifie « vie » en roumain.

Viata se réveillera et poursuivra son chemin. Sans Murtuv. Parce que la mort s'arrête, et que la vie continue.

Amour impossible

Cher monsieur,

Je vous ai rencontré il y a peu.

Une première fois, c'était il y a quelques mois. La seconde fois, provoquée par moi, il y a quelques jours.

La première fois fut déjà dérangeante puisque, étant au côté de l'homme que j'aimais, vous m'avez plu. Vous m'avez emportée dans des rêves impossibles mais réels. Vous m'avez séduite.

Entière et invivable, j'ai tout de suite brandi un sabre, fait rouler un rideau de fer devant cette attirance, par amour pour l'homme qui m'accompagnait et que j'apprenais à aimer. Je me rappelle vous avoir entendu dire que nous étions très beaux tous les deux.

Je peux vous avouer aujourd'hui que, derrière notre dite beauté, se cachaient quelques secrets moins jolis comme l'ont tous les êtres, et surtout ceux qui s'attachent l'un à l'autre. La possession dont je suis à la fois responsable moi-même, coupable, et parfois victime, est un drôle de travers. Il faut, quand elle apparaît, me semble-t-il, la garder toujours élégante et drôle, tant elle peut être ridicule parfois, mais jamais la retrousser pour en subir les rugosités dangereuses et morbides.

Je suis très amoureuse de vous. Et j'ai une question à votre encontre : comment, si vous partagez ce sentiment, ce souffle puissant, cette chose qui tel un tourbillon de mer chaude et affolante vient nous faire tourner la tête, comment donc vivre ce qui nous attend ? Et surtout, mon cher amour, faut-il que nous le vivions ? Si nous le vivions, ne le tuerions-nous pas ?

J'ai tant envie de vous parler de ce que je ressens, et ce tableau qui ne me quitte pas et que vous m'avez offert, ces deux corps enlacés le disent si parfaitement. Votre tableau aimé et peint de vos mains m'accompagne pendant ce voyage que je fais vers ma mère. Je ne cesse de le regarder et d'écouter Chopin, qui nous a accompagnés lors de notre première rencontre intime. Première et dernière. Je le voudrais tant. Je regarde votre tableau qui tient dans mon sac à main, j'écoute Chopin, je vous écris. Pour être avec vous sans l'être.

Vous me piquez et m'agitez. Je sens la douce folie de vous aimer en restant loin de vous courir dans mes veines comme un doux poison que l'on m'aurait injecté. Elle court dans mes veines, cette folie, et cyclone dans mon cœur pour repartir ailleurs en cascade dans d'autres veines, jusqu'à mes entrailles et tout mon corps. C'est un serpent magique et bienfaisant, un serpent en matière de soleil qui réchaufferait toutes les glaces et transformerait la terre en eau de merveille où tous les êtres nageraient et flotteraient pour toujours, un océan de douceur infinie aux fonds marins délicatement arrangés par des habitants encore inconnus aujourd'hui et découverts enfin, des hommes-poissons protecteurs des secrets liquides au-delà des fonds et des limites ensablées de trésors humains, mais plus loin encore, plus au fond, un territoire nouveau, une cachette dévoilant une nouvelle vie, un nouveau possible. Au plus profond.

Cette folie est notre musique. La musique de l'amour que nous ne vivrons pas, il est trop pur, trop organique, nous nous tuerions, ne pensez-vous pas ? Nous l'abîmerions, pauvres êtres limités que nous sommes à tout emprisonner et tout encadrer.

Je voulais donc vous faire mes adieux amoureux, éternels au revoir comme éternels commencements, je vous porte dans mon cœur, et suis heureuse de cet amour interdit et possible par son absence et son impossible présent que nous nous imposerons.

Soyez heureux, soyons heureux, et qu'un jour fasse qu'à défaut de vous je recroise vos tableaux, dont, je crois, j'ai été amoureuse autant que de vos yeux. Je vous aime. Adieu.

L'ASCENSEUR

Tous les matins, quand je vais au boulot, il y a un homme dans mon ascenseur. Il est apparu il y a une semaine. Je dis « mon ascenseur » parce que je suis la seule à l'emprunter à cette heure matinale, cinq heures et demie.

Il est charmant. Pas mon ascenseur, l'homme qui est dedans. Le vieil « Otis » 275 kilos maximum devient un joli petit sas de plaisir, avant de franchir la porte de l'immeuble et de s'adapter au monde. Quelle belle surprise il me réserve, ce monsieur-là, sans le savoir, à être debout, tout près de moi, bien obligé, vu la taille de la boîte à descendre et monter. Il sent très bon, réveille mes narines et tout mon corps d'une volute bien agréable, promenade dans un jardin au printemps regorgeant de lilas. Cet homme me fait un bien fou sans le savoir.

Au début, je croyais qu'il repartait de quelque appartement du dessus, imaginant tout un tas de choses nocturnes interdites ou secrètes, quelque maîtresse qu'il venait de quitter, quelque poker abandonné, quelque beuverie, n'importe quoi. Le mystère du petit matin. Puis, je me suis rendu compte qu'il était là, tous les jours à cette même heure, tout frais et pimpant.

Au bout du deuxième jour, nous nous le sommes souhaité, le bonjour, timidement.

Puis le troisième fut un soupçon plus décontracté.

Et demain je ne sais pas comment il sera, étant tous les jours différent.

Je me suis renseignée et j'ai appris qu'il venait d'emménager à l'étage au-dessus avec sa famille, sa femme et deux enfants, de quatorze et dix-huit ans. Je me suis présentée à lui pendant notre «trajet», lui ai gentiment dit que j'étais sa voisine du dessous et que si sa femme ou lui avaient besoin de quoi que ce soit, nous étions là, mon compagnon et moi. Je lui souhaitai la bienvenue ainsi qu'à toute sa famille. J'ai ajouté que, de notre côté, nous avions trois enfants, d'à peu près les mêmes âges.

Au fur et à mesure des jours qui passaient, je me suis aperçue que j'attendais ce moment de l'ascenseur. Je m'en suis rendu compte quand, un matin, au lieu de mettre mes chaussons de Davy Crockett en mouton retourné, plats et anti-sexe, comme je le fais toujours pour le métro avant de changer de chaussures au travail, j'ai mis directement mes jolies chaussures et me suis maquillée plus que d'habitude. Non seulement ça, mais j'ai enfilé une jupe. Bref, je me suis faite belle pour cet homme que je croise pendant trente secondes, le temps de descendre trois étages en ascenseur.

Un autre matin, j'ai ajouté du parfum, sournoisement, en prenant soin de faire en sorte qu'il se « marie » bien avec le sien. Il faut que les fleurs s'accordent mais ne se tuent pas. Je crois que ce petit matin-là les parfums se sont très bien mélangés, il y avait deux jardins en été, les fleurs regorgeaient de soleil, exhalaient leurs senteurs et se mêlaient parfaitement. J'adore les senteurs, les odeurs, j'y suis très sensible. Je me sens un peu ridicule. Je veux arrêter le processus et donner une réalité à cet homme qui n'existe que pendant quelques secondes. Il a bien une vie avant, et après. Je veux savoir.

Je décide de rencontrer son épouse et prétexte un manque de sel ou un problème de fuite d'eau, je ne sais plus, pour aller la voir. Je sonne au quatrième. Une très belle femme m'ouvre. Mon cœur bat, je la regarde. Elle est souriante, charmante, fine et gracieuse avec de grands yeux verts et de longs cheveux qui ont une couleur indéfinissable, entre le doré et le fauve, ondulés. Je balbutie, j'invente que je manque de lait pour le lendemain et d'huile d'olive, je ne sais pas comment je vais faire parce que je reçois chez moi ce soir, et comme il est tard, aucune épicerie ne sera ouverte... Je mens, bêtement. Je dis n'importe quoi en bafouillant.

Elle insiste pour que j'entre, me propose un apéritif, j'accepte. Et nous parlons comme si nous

nous connaissions depuis toujours. Naturellement, cette femme devient dans la seconde mon amie, nous sommes liées, nous avons les mêmes goûts, elle est drôle, elle est illustratrice, fait des gravures et se spécialise plutôt dans les livres d'histoire. Elle rayonne.

Je lui raconte que j'écris des romans et que le matin je travaille très tôt en ce moment, dans le métro, parce que mon prochain roman se passe dans les souterrains urbains…

« Oh ! là, là ! dit la femme, ça ne doit pas être marrant d'aller tous les jours s'enfermer dans le métro.

– Ça grouille, c'est incroyable, il y a une vie là-dessous qui est très violente et j'aime beaucoup y aller, il y a toujours quelque chose de surprenant à observer, et ça me nourrit.

– Ah oui ? Sûrement… Moi, je ne prends jamais le métro, je marche. Ou l'autobus.

– Moi aussi je marche…

– Ah bon… Il faudra qu'on marche ensemble, si vous voulez… Ah oui bien sûr ! Que je suis bête, c'est vous que mon mari croise tous les matins dans l'ascenseur ? Il m'a dit qu'il y avait régulièrement une femme à cinq heures et demie du matin, c'est vous ?

– Oui, lui dis-je avec un petit sourire, en me sentant secrètement coupable, comme prise en faute.

– Ah oui, mais bien sûr, il m'a dit que vous étiez charmante ! Je m'en suis inquiétée et je lui ai fait une scène. Non, je plaisante ! Nous sommes mariés depuis vingt-cinq ans.

– Ah… C'est formidable… C'est beau…

– Oui… Peut-être… Oui, sûrement… Oui, oui. C'est vrai, il y a quelque chose de beau… difficile à définir… mais qui existe… Non, ne vous inquiétez pas, je ne lui ferai pas de scène ! Nous avons dépassé, au bout d'un certain temps, ce genre de chose, heureusement. C'est fou comme on est fait, n'est-ce pas ? Quand je pense à certains êtres qui ne vivent que dans les doutes minables et permanents de l'autre, qui nous mangent l'esprit, finalement, et nous empêchent de vivre, non ? On a d'autres préoccupations, au bout d'un certain temps de vie commune, non ? D'autres urgences…

– Si, si… Sûrement… Vous n'êtes pas du tout jalouse ?

– Non. Pourquoi ? Ça a l'air de vous surprendre ! Mais alors absolument pas ! Ça me fait un peu peur d'ailleurs parfois ! Je n'y pense pas, voilà !

– Moi, je suis horriblement jalouse.

– Ah bon ? Ah bon, racontez-moi, c'est passionnant… quelqu'un de jaloux ! Oh oui, racontez-moi, ça doit être palpitant.

– Oui, c'est le moins qu'on puisse dire. C'est invivable.

– Pour lui ?

– Pour moi surtout. Parce que je garde beaucoup de mes angoisses… Mais il les devine. C'est compliqué… Et je me dévore le ventre toute seule. C'est idiot… Mais je ne sais pas pourquoi on parle de tout ça ! C'est un peu bête… Je vous raconte ma vie !

– Mais non ! Je vous pose des questions… Vous êtes pressée ?

– Heu... Non... Je n'ai aucun besoin de lait, ni d'huile d'olive, c'était un prétexte pour vous rencontrer. Votre mari a l'air si gentil. Délicat. Il est très galant.

– Je suis tombée sur une perle d'homme. Il est presque trop parfait...

– Ah ?

– Au bout de tant d'années, on ne sait plus très bien qui est qui, vous savez... Oui, c'est une des choses étranges que je ressens. On ne sait plus ce qu'il reste de nous-même parce qu'on s'est fondu dans l'autre, non ? Ça ne vous fait pas ça ?

– Heu... Pas tout à fait... Je suis trop inquiète... Nous ne sommes pas mariés, nous vivons ensemble depuis dix ans.

– Ah oui, dix ans, c'est différent, sans doute ! Vous ne voulez pas rester grignoter quelque chose ? Vos enfants vous attendent ?

– Oh non, ils se débrouillent très bien sans moi, je vais juste leur envoyer un petit texto...

– Allez les prévenir si vous voulez, moi, je n'attends personne, mon mari ne rentre pas ce soir ! Ha ha ! il est avec sa maîtresse... Non ! Je plaisante ! Il est avec son père malade, il dort chez lui une fois par semaine...

– Ah... Je ne le croiserai pas demain matin ! lui dis-je en me forçant à sourire, parce que, comme une idiote, ça me contrariait.

– Je faisais des légumes, vous en prendrez quelques-uns ? Vous êtes une grosse mangeuse ?

– Non, non, surtout pas, je mange très peu, je n'ai pas faim... Mon mari à moi, enfin, mon homme, rentre tard ce soir... Il est prof et fait de la musique...

– Oh, c'est formidable, de la musique ! Vous avez beaucoup de chance, j'adorerais que mon mari fasse de la musique, mais non, il a trop de travail...

– Et que fait-il ?

– Il fabrique des parfums.

– Ah... Moi, j'aime beaucoup les parfums.

– Il faudra aller visiter sa fabrique, c'est très impressionnant. C'est une sorte d'autre monde. Et ça tourne la tête. Vous saviez que certains parfums vous mettent dans des états particuliers ? Et si on y est sensible, il faut faire attention. Vous pouvez attraper un très fort mal de tête, être dans un état second, ou vous sentir mal...

– Oui, oui, il paraît...

– Donc vous restez un peu... Tenez, prenez deux trois légumes, et un autre verre de vin... Je ne vous force pas ? Il faut m'arrêter, parfois je ne me rends pas compte, je peux être un peu envahissante avec mes envies de contact, et de parler, je suis trop extravertie... J'adore rencontrer des êtres bien vivants, ça m'inspire pour mes dessins, pour tout...

– Merci, merci... C'est très bon... Le vin aussi... »

Nous avons beaucoup parlé et un peu bu. J'ai failli lui dire, juste au moment de partir, sur le palier : « Je suis amoureuse de votre mari. » Je ne l'ai pas fait. Nous nous sommes embrassées et je suis descendue chez moi par l'escalier.

J'ai très mal dormi. Je n'ai pas arrêté de penser à cette femme, et à son mari bien sûr. Son élégance à elle me faisait encore plus tomber sous le charme de son élégance à lui. La façon dont cette gracieuse beauté m'avait accueillie, sa générosité, sa transparence, sa lumière m'avaient fait sombrer dans une sorte de contemplation de son homme. Je ressentais un tiraillement absurde mais très présent.

Mon homme rentrait tard. Nous avons fait l'amour, mais je n'étais pas vraiment dans ses bras, j'étais dans l'ascenseur, avec le mari de ma voisine. Ça devait être les effets du vin et de cette soirée tant inattendue.

Je me suis réveillée en retard le lendemain et n'étais pas à mon rendez-vous d'ascenseur à cinq heures et demie, puisque je savais qu'il n'y serait pas. J'ai passé ma journée à attendre le lendemain matin. Je réfléchissais à mon emballement soudain pour l'homme de l'ascenseur, qui avait accéléré en un quart de seconde, et je ne pouvais en comprendre la raison qu'à travers ce dîner improvisé que nous avions eu avec sa femme.

Le lendemain matin arriva. Je m'étais faite belle comme pour aller au bal. Il le vit sans doute et, alors que mon cœur battait comme une bombe à retardement, il me dit, plein de sourire : « On dirait que vous allez à une soirée ! » Je ris bêtement et inventai que j'avais un rendez-vous très important... C'est fou comme le temps n'existe plus dans certaines circonstances. Notre voyage de quelques secondes a duré des heures.

Soudain, notre ascenseur s'est élargi, les murs se sont écartés, comme dans les effets spéciaux de certains films, et la petite boîte s'est transformée en salle de bal, immense, ornée de lustres scintillants. Nous dansions la valse tous les deux. Nous étions les deux seuls corps dans le vaste espace, glissant sur le parquet brillant qui nous reflétait. Nos bras serraient pleinement de chaque main avide le dos de l'autre, et nous tournions. La musique mélangeait Debussy, Chopin, Sibelius, Mozart. Ils jouaient tous ensemble, à travers les quatre orchestres conjugués qui nous encadraient, présents pour nous, exclusivement.

J'eus tous les jours suivants des rendez-vous très importants, ou allais au bal. Je m'achetais des nouvelles tenues. Je me suis ruinée. Je ne savais pas ce qui arrivait, ce qui m'arrivait. Je vivais avec un homme que j'aimais depuis dix ans, et ce voisin me troublait. Était-ce parce que c'était la première fois que je prenais un ascenseur ? Était-ce cette petite boîte qui me rendait amoureuse tout bêtement, car je n'étais jamais montée dans un ascenseur de toute ma vie ? Était-ce la découverte de la vie dans un immeuble ? Je n'avais jamais habité un immeuble de ma vie... Était-ce l'interdit, le moment volé de l'aube ? Étaient-ce mes délires de romancière ? Était-ce une maladie de mon esprit due à trop d'inventions d'écriture...

Nous parlions de plus en plus. Il m'accompagnait d'abord jusqu'à la sortie de l'ascenseur, puis jusqu'à la porte de l'escalier, puis jusqu'à la traversée de la cour, puis jusqu'à la porte cochère, puis jusqu'en bas de la rue, puis jusqu'à la station de métro, puis jusqu'en bas de l'escalier de la station...

Un jour, il me demanda si j'avais cinq minutes pour boire un café avant de commencer ma journée. Nous étions foutus. Cuits.

Les jours suivants n'ont fait que trahir notre envie de prolonger notre petit moment ensemble, pour qu'il devienne moins petit, de moins en moins petit, de plus en plus long... Je ne savais pas comment nous allions nous tirer de cette situation qui devenait très embarrassante.

Un matin il me dit, alors que nous buvions notre café devenu quotidien :

« J'aime bien ces moments que nous volons.

– Moi aussi. »

Il m'intimidait beaucoup...

« Vous en parlez, chez vous ?

– Non, lui dis-je en me sentant bête.

– Moi non plus, me dit-il.

– Ça me dérange, j'ai rencontré votre femme, elle vous a dit, sans doute... Elle est vraiment merveilleuse...

– Oui... murmura-t-il.

– Je n'ai aucune envie de provoquer des drames... Je n'ai pas envie de faire de peine... Vous comprenez ?

– Oui. Bien sûr... Moi non plus... Nous sommes bien d'accord... Et en même temps... Nous sommes obligés de nous croiser dans l'ascenseur... Nous nous plaisons et nous avons envie de nous découvrir... N'est-ce pas ?

– Oui, chuchotai-je.

– Et nous sommes deux adultes... Qui avons vécu...

– Oui...

– Votre mari est aussi merveilleux que ma femme l'est, sûrement.

– Il est pas mal, oui... C'est un homme... super... vraiment...

– On doit avoir quelque chose à vivre ensemble... Sinon on ne serait pas là... C'est si simple... Il faut que j'y aille... À demain. »

On s'est embrassés sur la joue, pour la première fois, en se serrant le bras mutuellement et timidement, pour ajouter de la force à notre baiser. Comme pour se donner de l'entrain et du courage.

Je réfléchis toute la nuit et me dis que ce qui se passait était horrible... Pourtant, je l'avais voulu. Je dormais à côté de mon homme, que je devais moins aimer, sinon je n'aurais pas l'espace d'être autant attirée par un autre...

Mais pourquoi avoir glissé sur un terrain aussi dangereux, aussi facile et stupide ? Parce que j'avais envie d'aventure ? Seulement pour ça ? Mais mon homme ne m'en donnait pas assez, de l'aventure ? Non, peut-être pas assez, plus assez... On s'était encroûtés... sans doute. Mais j'étais responsable, moi aussi, et je n'avais qu'à lui en parler, et être entière, tout à lui, comme je l'étais depuis dix ans.

Pourquoi cette histoire naissante avec un type que je connaissais à peine et que je croisais ? Justement parce que je le connaissais à peine ? Je faisais quoi, une crise de postadolescente, ou de préquadragénaire qui voulait se rassurer ? Mais non, on ne se rassure pas avec un homme qui est là, sous son nez, dans un ascenseur, et puis pourquoi avaient-ils déménagé là, juste au-dessus ? Vraiment, quelle bêtise ! Et puis pourquoi je me prenais la tête avec ça, après tout, justement j'allais avoir quarante ans et peut-être que j'avais le droit de vivre une aventure secrète, peut-être était-ce une façon de me montrer que j'étais trop entière, trop idéaliste à vouloir croire aux histoires d'amour comme des entités absolues. Peut-être que des milliers de femmes et d'hommes vivaient ce que je vivais. Peut-être que c'était d'une banalité affligeante.

Ce qui m'inquiétait surtout, c'était la femme de l'homme que j'aimais déjà. La tromper, elle, était impossible. Mon homme à moi, qui dormait là, à côté de moi, je n'allais pas le tromper, je l'aimais, de toute façon, mais j'avais un besoin irrépressible de vivre quelque chose avec l'homme de l'ascenseur... Ce n'était pas trahir, c'était vivre une parenthèse parallèle, me disais-je. Mais tromper la femme de l'homme, non.

Je me suis levée. J'ai traversé le living, pris un petit verre de rouge, comme si je la rejoignais, et me suis assise au bureau de mon homme, pour écrire une lettre à la femme de mon nouvel amant encore platonique mais plus pour longtemps. Il fallait la faire maintenant, cette lettre, ne pas attendre une seconde de plus, puisque chaque micro-instant était une poussée de désir de plus pour l'homme de l'ascenseur.

« *Chère madame,*

Je voudrais vous appeler par votre prénom, mais je ne le connais pas, alors que nous avons passé ensemble une soirée qui m'a donné la sensation que nous étions de très proches amies et depuis longtemps... Ma lettre va sûrement vous choquer, mais je ne peux pas faire autrement que de vous l'écrire, et pardonnez-moi à l'avance des conséquences que mon geste pourrait avoir.

Je suis amoureuse de votre mari. Je pleure en vous l'avouant. Je suis si triste qu'une telle chose puisse arriver. C'est absurde. J'ai du mal à me comprendre et n'arrête pas de tourner et retourner la question dans ma tête, je ne dors plus, je n'arrive plus à bien travailler parce que je ne peux pas vous trahir et ne pas vous confier cette attirance féroce que j'ai pour lui.

Je vous l'avoue en toute confiance, parce que votre attitude envers moi, ces quelques mots que nous nous sommes échangés l'autre soir me donnent envie de vous dire simplement ce qui se passe. Vous avez l'air tellement confiante et détachée. Quelle chance vous avez... J'ai le cœur qui bat. Mes larmes ne s'arrêtent pas, c'est stupide et si enfantin. Je me sens si coupable et en même temps délivrée de vous avoir confié mon secret. Je vous envoie toute mon amitié chaleureuse et dévouée, pardonnez mon audace, j'ai très peur de votre réaction, et en même temps je me sens apaisée.

J'espère ne pas faire peser un poids sur vous et votre vie, et bien sûr sachez que si vous me le demandez, j'arrêterai tout contact, et de toute façon le fait de vous en avoir parlé dédramatisera tout ça... Nous savons à quel point les choses liées à la séduction ou à l'amour ne sont parfois attirantes que parce qu'elles sont interdites... Peut-être que cet ascenseur a des vertus mystérieuses.

Je vous embrasse le cœur battant, sans mauvais jeu de mots. C'est étrange, cette confiance que j'ai en vous pour vous livrer une pareille confidence. Pardonnez-moi encore. Anna. C'est mon prénom. »

Le lendemain, dimanche, je me suis réveillée vers dix heures, j'ai pris un petit déjeuner avec mon homme et mes enfants, l'œil torve, et au moment de les rejoindre alors que nous sortions dans le bois, j'ai monté quatre à quatre les marches pour aller glisser ma lettre sous la porte de mes nouveaux voisins. J'avais bien écrit « Madame Rampail, personnel et urgent ». Puis je suis descendue en ascenseur. J'étouffais dans la cage pourtant si magique à l'aube, qui là ne l'était pas, et je n'avais qu'une hâte, c'était d'en sortir.

J'ai couru rejoindre mes enfants, et Sergio... mon homme. Je faisais tout pour me récupérer, me recentrer, me recoudre de l'intérieur et de partout, me remettre dans mon sillon, dans notre sillon. Ma famille était là devant moi, à mon bras, je ne voulais pas de drame, je ne voulais pas quitter tout ça, je voulais juste vivre une « chose », je n'avais pas encore le mot pour l'identifier, qui me mènerait je ne sais où, mais je devais la vivre, sans qu'elle déséquilibre quoi que ce soit, sans faire de mal, ni de tremblement de terre. J'étais persuadée que c'était possible, que c'était pas un fantasme lié à mon travail d'aller toujours explorer les sentiments et laisser voler mes délires.

Nous marchions sous les arbres, il faisait doux. Je pensais à la femme. Ma voisine. Était-elle en train de lire ma lettre ? Que pensait-elle ? En parlerait-elle à son mari ? J'espérais que non, sans savoir pourquoi. Serait-elle choquée ? triste ? Se moquerait-elle de moi ? Serait-elle en colère ? Peut-être qu'ils partiraient, peut-être qu'elle ne m'adresserait plus jamais la parole... Peut-être que demain matin il ne serait pas dans l'ascenseur.

Nous sommes rentrés vers dix-huit heures. Mon cœur battait dans ma poitrine. Je montai plus vite que tout le monde, prétextant une course dans l'escalier avec mes enfants. Je déteste mentir à mes enfants, je hais ça, et je l'ai fait. En arrivant, je vis une tache blanche dépasser du paillasson, devant notre porte. Je me précipitai et lus « Pour ma voisine Anna, de la part de sa voisine Hélène. Personnel et urgent ».

« Qu'est-ce que c'est ? demanda Sergio.

– Je sais pas », répondis-je machinalement.

Deuxième mensonge de la journée...

« T'es sûre que c'est pour toi ?

– Ben oui... Ça doit être une invitation ou un truc dans le genre. Je t'avais dit que je l'avais rencontrée, tu sais, la voisine du dessus, la femme du couple qui vient d'arriver là, depuis pas longtemps ?

– Ah oui, oui, je vois très bien, je les ai croisés.

– Ah bon ? Ben tu me l'as pas dit.

– Ben non... Pourquoi je te l'aurais dit ? me dit Sergio, souriant comme un soleil et si gentil, si doux, si chouette.

Il ne comprenait pas, évidemment, j'étais de plus en plus nunuche avec mon mensonge à deux balles.

« Ben oui... Je suis con...

– Non, t'es pas con... Arrête de dire ça... On va faire un peu de musique avec les enfants. Tu nous rejoins ? »

Et Sergio disparut dans une pièce spécialement aménagée où tout le monde peut aller et chacun joue de son instrument, un vrai groupe de musiciens toutes générations, rituel du dimanche.

Je me suis précipitée sur ma lettre, en me cachant le plus loin possible de la salle de musique, par instinct de menteuse, pour cet instant que je veux garder secret.

« *Chère Anna,*

Quel joli prénom ! J'espère que vous aurez ma lettre aussi simplement que m'est parvenue la vôtre. Je l'ai entendue glisser sous la porte et je sentais qu'elle était pour moi. Plus drôle encore, j'étais persuadée qu'elle était de vous, et je n'ai absolument pas été étonnée du contenu.

Mais vous pardonner de quoi ? D'aimer un homme que j'aime ? De lui faire du bien, car j'en suis maintenant convaincue, et merci de tout mon cœur de vous être confiée à moi, je sentais qu'il allait bien, et qu'il était heureux ces derniers temps, et je me demandais bien pourquoi, car je ne suis pas très présente, je suis même très très absente, trop dévorée par mes dessins qui m'emmènent souvent très loin dans la nuit, dans le temps, sans que je m'en aperçoive, qui me déconnectent du monde et me font oublier la vie, la vie, la vraie, celle de tous les jours, la concrète, la matérielle. J'ai toujours eu du mal avec cette vie-là, et dernièrement c'était pire.

Je vous en prie, Anna, rendez mon mari heureux, donnez-lui tout ce que vous avez envie de lui donner, je n'en serai que moi-même plus heureuse, je vous le prête, je vous le donne, je suis bouleversée par votre lettre, nous avons vécu beaucoup de vies en une, mon mari et moi, et rien ne détruira notre complicité et notre amour, mais votre témoignage de confiance me donne tant de forces et de lumière...

Venez boire un verre quand vous voudrez. Je vous souhaite le meilleur. Bien sûr, gardons notre secret, je ne lui ai pas parlé de votre lettre, puisque je ne l'ai pas vu aujourd'hui, son père va de plus en plus mal. Il passe la journée près de lui, je ne l'aide pas assez d'ailleurs, mais j'ai une montagne de travail et ne sais comment je vais m'en sortir, mais c'est une autre histoire. Je veux rester sur le grand bonheur dont vous remplissez mon cœur avec cette magnifique marque d'amitié et de vérité qu'est votre lettre et vous le redis, Anna, soyez heureuse avec Samuel, et continuez de le rendre heureux. Je vous embrasse tendrement. Votre amie Hélène.

PS : Passez me voir quand vous le voulez, plutôt en fin d'après-midi vers dix-huit heures, nous serons seules et je vous ferai goûter mes petites découvertes de couleur rouge qu'ont les bons vins !»

J'ai pleuré. Beaucoup et longtemps. Cette lettre était une des plus belles choses qu'il m'ait été donné de recevoir d'une femme. Je ne les connais pas bien, et, étant jalouse moi-même, j'étais incrédule devant autant de compassion et, en même temps, ce qu'avait écrit Hélène me paraissait évident...

Je n'ai pas du tout dormi jusqu'à mon réveil. Je me trouvais dans un état difficile à décrire. Mélange d'un bonheur immense et débordant, une griserie, une impatience effrénée, et beaucoup d'angoisse... Je serais incapable d'écrire une telle lettre à une femme.

Je me suis habillée simplement, je voulais oublier les apparats, être naturelle, je voulais ça, à ce moment-là. J'avais des sensations d'enfance, d'arbre de Noël qu'on va aller voir pour ouvrir les cadeaux en pensant que le Père Noël est passé et en se demandant ce qu'il a choisi de nous offrir sur la liste qu'on lui a laissée ou envoyée par la poste.

Je m'étais promis de l'embrasser juste après qu'il a appuyé sur le bouton «rez-de-chaussée». C'est toujours lui qui appuyait sur le bouton, puisqu'il venait du quatrième, et je profiterais de ses mains prises par le bouton et son attaché-case pour l'embrasser. Peut-être était-ce trop précipité. Oui, plutôt attendre un peu, ne pas lui sauter dessus comme une goulue, mais retenir, oui, voilà, c'est ça, il faut toujours se retenir un peu, ne pas effrayer l'autre et le plaisir n'en serait que plus grand après. J'attendrai sans doute le passage de la porte cochère, et le café, notre café quotidien, mais bien sûr, l'embrasser quand nous serons face à face, d'un baiser discret, sur la bouche, pas trop long, mais juste sentir nos lèvres aimantées... juste ça... Je claquai doucement la porte de chez moi et attendis l'ascenseur qui devait arriver, avec mon amoureux dedans.

Ce matin-là, il avait quelques secondes de retard... Immédiatement, avec mon sens du drame galopant et mes inquiétudes systématiques sur tout, je me suis dit qu'il ne viendrait pas, qu'il savait tout, qu'il voulait m'éviter, et arrêter nos idioties, et, au moment où les chevaux d'angoisse faisaient une course frénétique dans ma tête, j'entendis la porte du dessus claquer assez fort et l'homme descendre très vite l'escalier. Je me sentis prise en faute, comme une petite idiote à l'attendre. Il vint vers moi et me serra dans ses bras.

Je restai suffoquée. Je ne bougeai pas, comme pour congeler le moment, pour l'étendre, comme j'arrive à le faire parfois. Certains instants sur lesquels il devrait instinctivement s'arrêter, le temps, par gentillesse, par intelligence. Il ne desserrait pas son étreinte et me chuchota dans l'oreille :

« Vous m'avez manqué.

– Vous aussi », lui chuchotai-je, le visage collé entre un morceau de sa veste et son col de chemise, grisée par les effluves soudain si proches de son parfum.

Je ne respirais plus, ne voulant surtout rien bouger, rien provoquer qui puisse le faire changer d'attitude... Il garda ses bras autour de moi pendant des siècles qui donnaient l'impression de secondes, mais je sais que ce sont des siècles... Il dégagea doucement son visage et me regarda. Il appuya sur le bouton de l'ascenseur, qui se mit à clignoter. Il me fit un baiser sur la joue. L'ascenseur arriva.

Nous entrâmes ensemble, comme dans un endroit magique, il appuya sur le bouton « rez-de-chaussée » et me regarda encore. On se fixait tous les deux, immobiles, on se souriait très bêtement, et mon corps allait se blottir dans le sien, sans que j'aie rien décidé. J'aurais aimé qu'on soit au centième étage. Notre voyage aurait été plus long, on serait descendus encore et encore, sous terre, pour aller jusqu'à son centre, et plus loin encore, et nous aurions disparu ensemble dans l'infini.

Malheureusement, l'ascenseur s'arrêta au rez-de-chaussée. Samuel sortit et me tint la porte. Il me prit par la main et m'entraîna derrière le local à poubelles où on met les vélos et il m'embrassa sur la bouche. Je ne savais plus si je rêvais ou si je vivais ce qui se passait. Exactement comme dans la situation inverse, où l'on ne sait pas si le rêve que nous faisons pendant que nous dormons n'est pas la réalité.

Je flottais sur ses lèvres. Nous nous aimions. À cet instant précis, nous étions scellés l'un à l'autre. Quelques secondes de tourbillon vaporeux où rien d'autre n'existe que cet échange charnel et pudique, la découverte d'une parcelle de l'autre, un petit espace de chair donnée, offerte, tendue et ravageuse. Ce baiser muet et si bavard, au vocabulaire mystérieux et tellement parlant, cette parcelle de l'univers de l'autre qui dit tout sans mot. Un rêve de baiser.

«Bonjour Anna, c'est Hélène, je voulais vous proposer de venir dîner à la maison avec votre compagnon demain soir. J'ai une petite pause dans mon travail, et Samuel et moi nous ferons une joie de vous préparer un bon petit repas. Vous revoir sera une grande joie et rencontrer votre homme aussi bien sûr.

Je vous embrasse et espère que vous êtes heureuse. Notre rencontre m'a bien inspirée, ainsi que notre échange de lettres, je vois mon mari heureux, ça me fait du bien. Dites-moi simplement si cela vous irait pour demain. Hélène.»

La lettre était sous le paillasson quand je suis rentrée de mon travail. J'étais très heureuse d'avoir des nouvelles d'Hélène, et en même temps cela me serra le cœur. Il faudrait que j'affronte un dîner accompagnée de l'homme que j'aime et avec lequel je vis, en présence de l'homme que je découvre amoureusement, que je croise dans l'ascenseur, dont j'avais reçu le baiser fracassant le matin même.

Encore une fois, les mots d'Hélène, sa façon de voir les choses, sa générosité et sa douceur enveloppaient mes craintes dans un joli tissu de velours mauve, apaisant, comme le parfum d'un champ de lavande doré par un coucher de soleil poudré d'un nuage rouge. Il fallait faire ce dîner. Oui, c'était une très bonne idée.

Quelque part, mon cœur bien agité voulait que nous soyons tous les quatre, sans que je puisse expliquer pourquoi, à ce moment-là. Il nous arrive sans doute d'organiser des événements sans le savoir, ou en le devinant au plus profond de nos âmes, mais notre sentiment est trop loin de la surface et de nos pensées permises ou automatiques, il n'est pas identifiable tout de suite, on ne le reconnaît qu'après.

Le lendemain matin, notre baiser se reproduisit et dura plus longtemps. Notre désir était fou, brut, puissant et je le sentais majestueux. Nous lui obéissions, il faisait de nous ce qu'il voulait, comme avec des marionnettes à fils. Nous nous mangions. Nous nous dévorions. Nous ne pouvions pas arrêter de nous aspirer et de nous donner l'un à l'autre, comme nous le pouvions, là, dans l'ascenseur d'abord, puis à la sortie de l'ascenseur, puis dans le local à poubelles, puis sous le porche. Nous nous tenions le visage en nous dévorant les lèvres comme si c'était un mirage de pouvoir se donner nos souffles encore et encore. Nous ne nous sommes rien dit. Nous ne nous parlions plus qu'avec nos caresses.

Quand nous nous quittâmes devant la bouche de métro, nous nous fîmes un dernier baiser juste en collant nos lèvres les unes aux autres, par discrétion pour tous les gens qui montaient et descendaient l'escalier. Nous ne bougions plus. Suspendus en l'air. J'étais sur la pointe des pieds et je me tenais à ses épaules. Cela dura une période impossible à identifier, peut-être cinq minutes, ou trente secondes. Puis nous partîmes chacun dans notre direction.

La journée fut belle, pleine de l'attente de la soirée et du dîner chez nos nouveaux voisins, de la rencontre entre mes deux hommes et la femme de l'un d'eux.

Mon homme, Sergio, rentra fatigué et sombre. Je me demandais pourquoi et n'osais pas trop lui parler, me sentant déjà coupable de cette soirée préparée, avec mon secret... Je mis une robe, en me poussant à ne pas culpabiliser, en m'imaginant que c'était la dernière fois que j'allais voir l'homme de l'ascenseur et qu'il fallait que j'en profite... Je me faisais tout un roman. Je ne savais pas du tout ce qui allait se passer.

L'heure de partir arriva très vite et, les enfants n'étant pas là, confiés à mes parents, nous montions, Sergio et moi, les marches vers l'échafaud de l'inconnu. Hélène ouvrit la porte et sa beauté me frappa. À tel point que j'en fus jalouse et me dis au fond de moi que j'étais un monstre. J'étais persuadée que Sergio la trouverait très belle, mais comme toujours, avec sa façon d'être si détaché apparemment de tout, il ne laisserait rien passer de ses impressions.

Nous bûmes un apéro et je ne disais pas grand-chose, intimidée, inquiète et observatrice. Je n'osais pas regarder Samuel, qui était magnifique. J'avais envie de pleurer. Qu'est-ce que nous faisions là ? Pourquoi ce dîner idiot ? Je ne voulais pas partager Samuel, je voulais notre ascenseur et notre vie cachée. J'en voulais subitement à Hélène d'être aussi compréhensive, aussi souriante, sans relâche. Mais comment font certaines femmes pour sourire comme ça sans cesse ? Est-ce que leur sourire est profond, véritable et total, ou est-ce une façon d'être, ou de paraître pour afficher que tout va toujours bien ? Mais tout ne va pas toujours bien.

Hélène parlait, parlait, en nous servant du vin, Samuel préparait le dîner, et Sergio et moi étions côte à côte sur leur canapé, assis comme des gens qu'on a rangés là, bien calés. Hélène était assise en face de Sergio, sur un fauteuil, et allait et venait entre la cuisine ouverte où était son mari, et nous.

Je me sentais très mal à l'aise. Je me suis mise à imaginer que tout ça était une manipulation du couple, qu'en fait Hélène m'avait menti, elle aimait son mari passionnément et ne voudrait certainement pas le partager, et qu'elle allait tout dire à Sergio sur ma liaison avec son mari. Ce dîner était un piège, un arrangement sordide.

« Il fallait que nous nous rencontrions, dit Hélène à Sergio. J'ai eu la chance de papoter un peu avec votre femme et nous avons eu une sorte de coup de foudre, elle vous a dit ?

– Heu, elle m'a parlé de votre belle soirée improvisée, dit Sergio, et... oui... il y a des êtres dont on se sent proche immédiatement sans les avoir connus avant.

– Oui ! C'est magnifique, dit Hélène en levant son verre. On a la sensation qu'ils savent déjà tout de vous. Trinquons aux belles rencontres !

– Oui, ajouta Sergio avant de boire. C'est ce qui nous est arrivé quand nous nous sommes rencontrés, Anna et moi. »

J'étais en train de boire et je faillis m'étrangler. Je me repris. « Oui, dis-je. C'est vrai. » J'avais mal au ventre. Mais quelle bêtise d'avoir accepté ce dîner ! J'étais obligée de parler, oui, un dîner, c'est fait pour parler, forcément, et je n'en avais aucune envie, j'étais obligée d'être dans une réalité qui ne m'intéresse pas du tout, je voulais mon rêve, je voulais notre bulle. Notre vie parallèle.

« Anna m'a dit que vous faisiez de la musique ?

– Oui, dit Sergio, nous en faisons avec nos enfants, dans une pièce spéciale de défoulement collectif.

– C'est formidable d'avoir cet échange avec ses enfants.

– Et vous ? Vous dessinez, m'a dit Anna.

– Oui.

– Et... on peut découvrir ce que vous faites ?

– Bien sûr ! Venez ! »

Hélène emmena Sergio, avec un regard complice qu'elle me lança dans le dos de mon homme. Tout s'emmêlait dans ma tête. J'avais en même temps un sentiment d'harmonie et de douceur, les choses se passaient bien, Hélène menait la valse avec une légèreté et une élégance remarquables, mais je voyais des choses laides, des questions ne pouvaient pas s'empêcher de m'envahir. Pourquoi lui avais-je confié mon secret ? Ce dîner était une escroquerie ignoble, et si elle voulait draguer mon mari, me le prendre, et si elle était calculatrice et machiavélique, et si...

« Anna, viens m'aider... s'il te plaît, trancha Samuel sans le savoir.

– Oui... bien sûr. »

Je m'approchai de Samuel. J'avais envie de le serrer dans mes bras, de prendre son dos qui me faisait face dans mes bras trop courts. Je me retenais, évidemment.

« Serre-moi.

– Je peux pas, là, tout de suite.

– Si. Deux secondes. »

J'étreignis son dos et m'en dégageai très vite, comme s'il brûlait.

– Qu'est-ce que tu veux que je fasse ? lui demandai-je.

– Éplucher les courgettes.

– D'accord. »

J'aurais bien épluché des kilos de courgettes, des tonnes, des camions entiers, des champs, toutes les courgettes du monde, jusqu'à la fin de mes jours... « Éplucheuse de courgettes », un vrai métier de passion, quand on le fait à côté de l'homme qu'on aime.

Je ne sais pas si c'est la musique qui flottait dans la pièce, mais j'eus le flash d'une évidence. J'étais heureuse. J'étais là où je devais être.

Sergio et Hélène regardaient le travail d'Hélène dans une pièce à côté et finalement je me demandais pourquoi je me torturais l'esprit avec des projections de mauvaises intentions qu'aurait pu avoir Hélène. Elle était magnifique tout simplement, et c'est moi, dans toute cette histoire, qui étais laide. C'est moi qui avais entamé une trahison, et qui, du coup, en voyais partout. J'étais à côté de l'homme que je désirais plus que tout, en train d'éplucher des courgettes, et je n'avais certainement pas à me plaindre de quoi que ce soit. Tout était parfait.

Nous allions nous asseoir à la table. Hélène me demanda de m'asseoir en face d'elle, invita Sergio à prendre la chaise qui était à ma gauche, et son mari s'assit à la droite de sa femme, en face de Serge. Je suis nulle en plan de table, nulle pour toutes ces réalités qui m'intéressent peu, ces codes de la bienséance, mais je me disais au fond de moi qu'Hélène voulait que je puisse regarder à ma guise Samuel, ayant mon homme à côté de moi. Puis j'arrêtais de réfléchir, j'avais mal à la tête et je voulais que toutes ces discussions, prospectives, éventualités sordides, cessent là-haut dans mon esprit fatigant.

Hélène donnait à la soirée un parfum de jeu. Elle faisait tout le temps des allusions à la chance que nous avions eue de nous rencontrer, elle encensait Sergio et sa musique, elle voulait écouter, elle riait, trouvait tout délicieux de la cuisine de son mari, me faisait des compliments sur un roman que j'avais écrit et qu'elle avait lu, sans me prévenir. C'était une femme parfaite, comme on en rencontre peu, et elle avait tout un tas de qualités, pensai-je, dont je n'avais pas le quart...

J'étais ailleurs. Je ne pouvais m'empêcher d'être dans l'ascenseur, dans une vie que je projetais, déjà entamée, déjà avec lui, avec Samuel. J'étais perdue, complètement perdue et n'arrivais à participer à aucune conversation.

Du coup, Hélène et Sergio parlaient beaucoup et Samuel et moi étions plutôt silencieux, et je pensais que notre relation secrète transpirait à travers nos visages, que l'amour sortait par chacun de nos pores, chacune de nos odeurs, chaque bribe de nos regards…

Samuel avait mal à la tête et prit de quoi se soulager. «Ça doit être ta journée, mon chéri…» Ce «mon chéri» me transperçait le cœur et en même temps je l'entendais comme un «mon chéri» automatique. «Oui, sûrement… On a fabriqué un nouveau parfum aujourd'hui, avec de l'ambre… et je pense qu'il est trop alcoolisé… C'est comme si je m'étais saoulé d'ambre…»

Sergio me regardait en tournant la tête vers sa droite, de temps en temps, avec un beau sourire plein de plénitude et de confiance, et j'avais l'impression d'être une vraie catin, une saloperie de femme qui ment.

«Ça va, mon amour ?» me dit-il. Ce «mon amour» me transperçait à nouveau et je pensais à Samuel et lui disais en télépathie «Ne t'inquiète pas, c'est toi mon amour», mais il devait s'en moquer, lui, que Sergio m'appelle comme ça, c'est moi qui étais beaucoup trop à cheval sur tout, aux aguets du moindre mot, de la moindre attitude, du moindre regard, complètement idiote et cucu la praline.

Nous buvions pas mal. Nous nous sommes détendus… Surtout moi… Les autres avaient l'air très détendus, finalement. Je me laissais bercer par les volutes de l'alcool et me prenais à rêver qu'Hélène était en réalité la femme de Sergio, et moi celle de Samuel. Et je rêvais que nous étions heureux tous les quatre. Je m'inventais une nouvelle vie. Je suis si farouchement bonne à ce genre d'exercice ! Puis la rêverie s'interrompait soudain à cause d'un regard, d'un geste, Samuel qui souriait à sa femme, ou Sergio qui me prenait la main.

Nous sommes rentrés tard. Par l'escalier. Nous nous sommes vite allongés, grisés par l'alcool. Je n'ai pas pu faire l'amour avec mon homme. Je prétextai un mal au cœur. Je lui fis des baisers tendres, lui demandai pardon, et je me tournai vers l'extérieur du lit en retenant mes larmes jusqu'à ce qu'il dorme.

« Ils sont beaux tous les deux, me dit Sergio.

– Oui...

– Elle a quelque chose de marrant, cette femme, non ?

– Oui... Oui, oui. Marrant comment ?

– Elle est belle, non ? »

Il me dit cela en me serrant dans ses bras par le dos, comme je l'avais fait à Samuel avant d'éplucher les courgettes.

« Oui, elle est très belle... Elle te plaît ?

– Oh non, ça va pas, non, mon amour, elle ne me plaît pas, mais je trouve qu'elle est belle.

– Oui...

– Et lui, il dégage un truc aussi, non ?

– Si, si...

– Il a une belle gueule, non ? Et son endroit, là, cette espèce de pièce incroyable, avec tous ses élixirs de parfum, son espèce de labo, et sa passion... C'est vraiment un beau couple, je trouve... Ça te donne pas des inspirations pour écrire ?

– Si… Si si, mon amour… Si, c'est vrai, c'est inspirant…

– Il faudrait qu'on les invite, non ?

– Si. Si, t'as raison, il faut qu'on les invite. Oui… Quand tu voudrais ?

– Je sais pas, moi… Samedi, comme ça on est peinards, on peut se faire une grasse mat dimanche…

– Oui… »

Sergio m'embrassa, on s'embrassa, puis il se mit de son côté et éteignit sa lampe. Il faisait noir.

« Bonne nuit, mon amour, me dit-il.

– Bonne nuit, mon amour », lui dis-je.

Et quand je sentis son doux ronronnement que j'aimais tant jusqu'à il y a quelques jours, je laissai toutes mes larmes jaillir. J'en avais contenu beaucoup, elles furent longues à couler.

Je savais que je voulais une autre vie. Mais je ne voulais pas briser la mienne, la nôtre. Juste une vie parallèle. Je pensais et repensais. Même si Hélène savait et acceptait. Et Sergio ? Sergio réagirait comment si je lui racontais ce que je vivais… Accepterait-il ? Sûrement pas, le connaissant.

Est-ce qu'Hélène lui plaisait ? Me mentait-il lui aussi peut-être un peu ?

J'allai dans la salle de bains et me mouchai, m'essuyai, j'avais une tête de déterrée et me sentais moche, très moche. Je me regardai dans la glace et soudain je réalisai en repensant à ma dernière conversation avec Sergio que je n'avais pas été jalouse. C'était horrible. C'était horrible ?

Je n'étais pas jalouse d'Hélène. Rien. Je la trouvais si belle moi aussi que je comprenais très bien que Sergio puisse ressentir une quelconque admiration pour elle.

J'allai dans mon bureau et écrivis quelques lignes sur Samuel. Puis je les déchirai et retournai me coucher pour essayer de sauver le peu d'heures de rattrapage de sommeil que j'avais pour tenter de ne pas avoir une tête de monstre le lendemain.

Le lendemain matin, j'avais une tête de monstre, entre le hamster et Frankenstein. Mon visage boursouflé que j'avais essayé de maquiller comme je pouvais attendait devant l'ascenseur. J'étais crevée, hagarde, et de mauvais poil. Samuel arriva.

« Qu'est-ce qui se passe ? me dit-il. Tu ne vas pas bien ?

– J'ai mal dormi. Il faut qu'on arrête, non ?

– Oui. Si tu veux, on arrête... Pourquoi ? Et qu'est-ce qu'on arrête ?

– Je sais pas... Nous. »

Et je me remis à pleurer comme une idiote... Je m'énerve quand je suis comme ça, une vraie fontaine sans fin, c'est ridicule. Plus je pleure plus je m'énerve et plus je m'énerve plus je pleure. C'est une sorte de circuit fermé avec autoallumage.

Samuel me prit dans ses bras.

« Comment ça se fait que tu t'intéresses à moi alors qu'Hélène est parfaite et si belle et si... lui geignis-je dans sa veste que je devais salir.

– Je ne sais pas... Parce que nous nous aimons d'une façon qui est la nôtre, qui est riche et pleine de tout ce qu'on a vécu depuis si longtemps, mais tu me plais et je suis troublé, j'aime nos moments, et je ne veux pas qu'ils s'arrêtent. »

Je pleurai encore. Il appela l'ascenseur, m'embrassa sur notre palier sombre, à cinq heures quarante, nous étions en retard. L'ascenseur arriva. Il me tint la porte pour que j'y pénètre. Nous nous sautâmes dessus pendant les trois étages et nous nous donnâmes notre baiser d'amour, aux larmes et à la morve.

J'adorais les baisers de Samuel, qui m'embrassait avec une tendresse et une fougue qui m'étouffaient presque, tant j'étais heureuse. Je me mouchai sous le porche et nous sortîmes. Il me prêta une paire de lunettes noires et nous descendîmes la rue ensemble. Je sentais nos cœurs agités.

« Je suis amoureux de toi, me dit-il sans me regarder.

– Moi aussi, lui dis-je sans le regarder. Sergio veut vous inviter ce samedi. Il vous aime beaucoup, il trouve que vous faites un très beau couple.

– Vous aussi vous faites un très beau couple, me dit Samuel, toujours sans me regarder.

– Et nous ? On fait un couple comment, nous ? demandai-je.

– Nous aussi on fait un très beau couple.

– Ah... Chouette ! »

On rigola comme deux gamins de quinze ans, je fis la poule coquette et lui le macho.

La semaine se passa sans heurt. J'avais décidé de vivre ce que j'avais à vivre. En écartant les peurs, toutes les peurs. Je voulais aimer Samuel et rien ne m'en empêcherait. Le mensonge faisait dorénavant partie de ma vie, mais je le décidais froidement et implacablement, pour ne pas faire mal à Sergio.

J'attendais samedi. Avec une impatience folle, je ne comprenais pas pourquoi. Le dîner se passa très bien. J'avais décidé d'être détendue et au moins aussi souriante qu'Hélène. Sergio fit visiter la pièce de musique à Hélène. Je serrai Samuel dans mes bras, le temps d'une seconde. J'épluchais des brocolis, des asperges et du fenouil, et lui s'occupait des courgettes… Je nous imaginais dans une maison ensemble, nous aimant naturellement et sans nous cacher.

« À quoi tu penses ? me dit-il.

– À des bêtises.

– J'aime bien tes bêtises…

– Non… je rêvais.

– À quoi ?

– Je peux pas te le dire. Pas tout de suite. »

Hélène et Sergio revinrent.

« C'est génial, cette pièce de musique ! Je voudrais apprendre un instrument, c'est mon rêve depuis toujours, lança Hélène.

– Oui, c'est vrai, je suis témoin, dit Samuel.

– Demandez à Sergio de vous aider ! dis-je en regardant Hélène puis Sergio.

– Oui… Bien sûr, si vous le voulez, on peut trouver quelques heures… »

« Pourquoi tu me jettes dans les bras d'Hélène ? me demanda Sergio quand nous étions dans notre lit, côte à côte.

– Je ne fais pas ça, lui répondis-je.

– Si… Tu me caches quelque chose…

– Non, mon amour… Non… Je ne te cache rien… Je pense beaucoup à mon prochain roman…

– Tu as commencé à l'écrire ?

– Oui, un peu…

– Tu me le feras un peu lire… quand tu seras prête ?

– Oui… mon amour… Promis… »

En descendant le lendemain matin avec Samuel à cinq heures et demie du matin, je lui demandai s'il pourrait vivre sans Hélène. Il me regarda droit dans les yeux et ne répondit pas.

« Pourquoi tu me demandes ça ? me dit-il.

– Parce que moi je crois que je ne pourrais pas vivre sans Sergio… Ou alors il faudrait qu'il ne soit pas loin… Tu comprends ?

– Oui, je comprends… Je crois que c'est la même chose pour moi. Je ne peux pas t'expliquer…

– Je comprends…

– Sergio se rend compte de quelque chose ?

– Un peu... Je lui ai dit que j'étais prise par mon nouveau roman.

– Hélène a l'air de deviner. Elle est différente. Mais elle a l'air bien...

– Ah... Tant mieux... » dis-je en réalisant que je mentais aussi à Samuel.

C'est con de mentir...

J'écrivis mon roman. Notre histoire. Prétextant à mon éditeur qu'il n'avait bien sûr rien d'autobiographique alors qu'il l'était totalement.

Mais j'avais un problème. Je ne trouvais pas la fin.

Quelques semaines passèrent... Nous dînions régulièrement ensemble tous les quatre. Notre complicité grandissait, Sergio et Hélène s'entendaient bien et avaient même une grande complicité. Nous nous voyions tous les matins avec Samuel, notre amour grandissait et nous nous donnions parfois des rendez-vous dans un hôtel pour faire l'amour. Nous étions devenus de beaux amants cachés et de sales menteurs... Parce que je n'avais pas eu le courage de tout dire à Hélène. Je me sentais sale mais incapable d'aller plus loin dans la confidence, par pur égoïsme, ayant la sensation qu'elle me volerait un peu de mon amour pour Samuel si je lui confiais tout de notre amour l'un pour l'autre.

Un jour, je vis une lettre sous mon paillasson. En un déclic je compris de qui elle était, et ce qu'elle contenait. Je montai les marches quatre à quatre comme une furie, chez Hélène. Je sonnai. Personne. J'attendis sur le palier. J'entendis des bruits, des chuchotements dans l'escalier. C'était Hélène et Sergio. J'en étais sûre. J'ouvris la lettre, assise sur les marches du haut, à l'étage d'Hélène et Samuel, le cœur déchaîné.

« Chère Hélène, l'irrémédiable chose est arrivée, je suis très amoureuse de votre homme et vous le confie avec douleur, car je me pose un milliard de questions alors que je vous avais invitée à ne pas vous en poser quant à mon mari. Je suis à la fois heureuse et très malheureuse de mentir à Samuel. Nous vivons avec Sergio des moments extraordinaires malgré sa culpabilité et la torture qu'il vit de vous cacher ce que nous vivons... »

Je pleurais tellement que je ne pouvais plus lire... Les petits cris d'amour s'arrêtaient, comme si les deux amants sentaient quelque chose... Puis j'entendis un grand silence. Notre porte juste au-dessous claqua. C'était Sergio, qui devait rentrer avec Hélène, la laissant remonter chez elle. Mon cœur battait très fort. Je voulais terminer la lettre, en devinant ce qu'elle contenait, avant de revoir Hélène...

Je sentis un léger grincement sous le tapis de feutre, elle montait l'escalier. Son beau visage apparut au tournant des marches, juste derrière la cage de l'ascenseur. Elle me regardait, je la regardais en pleurant.

« Je ne voulais pas vous faire toute cette peine, me dit-elle. Je ne pensais pas vous rendre triste. Pardonnez-moi.

– Mais je ne suis pas triste, lui dis-je. Je ne suis pas triste... Je n'arrive pas à y croire.»

Elle monta l'escalier vers moi. Je me levai.

«Vous nous avez entendus ?

– Un peu. Un tout petit peu.

– Pardon.

– Mais non», lui chuchotai-je.

Elle était maintenant sur son palier en face de moi. Elle me prit dans ses bras. «Ne pleurez pas... sinon je vais pleurer aussi.» Nous sommes restées un certain temps, dans les bras l'une de l'autre, nous échangeant en secret nos maris que nous aimions et nous donnions pourtant. Nous avons vécu comme ça pendant des années. Nous n'avons jamais su si nos maris se sont doutés de quoi que ce soit.

Un jour, Sergio et moi avons déménagé au même étage qu'eux, le quatrième. Hélène et moi avions notre secret et nous ne savions toujours pas si nos maris le devinaient sans se l'avouer, le soupçonnaient sans le croire, ou s'ils se l'étaient eux-mêmes confié, sans nous le dire...

Je pense que nous vécûmes à notre étage commun les plus belles années d'amour de nos vies à tous les quatre. Le mensonge s'était transformé en mystère savoureux et complice. Sans vraiment nous le dire ou en décider de cette façon, Hélène et moi nous étions échangé nos maris, tout en nous les offrant comme amants, sans rien briser. Nous vivions en grands adolescents qui cachent leurs aventures amoureuses à leurs enfants. Nous ne leur mentions pas, nous voulions les protéger, c'est tout, et ne rien fissurer. Peut-être devinaient-ils eux aussi que j'aimais encore leur père, mais différemment, comme j'aimais maintenant Samuel, différemment...

Peut-être qu'ils en parlent entre eux, en rigolant. Peut-être pas.

Ils ont l'air de beaucoup aimer Samuel et Hélène. La musique a aidé à l'harmonie de tout cela. J'en suis sûre. J'espère qu'ils sauront tout un jour. Pour avoir une idée du grand amour, celui qui est encore plus grand que tout, qui peut se transformer, celui qui peut se partager, se donner, par amour. Cercle pas vicieux, cercle harmonieux.

Le bonheur s'est étendu comme un feu gagne la forêt et l'engloutit. L'amour nous a tous engloutis gracieusement et ne nous embrase pas. Il nous embrasse.

Nos cinq enfants s'entendent incroyablement bien, c'en est presque frappant, on dirait qu'ils ont été élevés ensemble. Peut-être qu'un de mes fils vit une histoire d'amour avec une de leurs filles. Ça me plairait beaucoup.

Le bonheur existe, il peut s'imposer totalement, et quand il le fait, il n'y a plus de questions. Les problèmes n'ont plus de légitimité et disparaissent comme des larves mourantes avant même d'avoir totalement éclos. Une telle harmonie, un tel paradis de vie doit arriver une fois toutes les décennies.

C'est tombé sur nous cette fois-là. Merci. Merci ascenseur bien aimé. Il faudrait maintenant que je termine mon roman et que je mette le mot « fin ». Je ne peux pas, je ne veux pas que ça finisse.

La maîtresse

On me dit prostituée, je me dis maîtresse. Chaque homme qui vient à ma portée est celui que je décide d'aimer dans l'instant qui nous est donné.

Je suis une maîtresse. Je navigue comme un marin au gré de la vague. Je flotte ou je nage, je survole ou je coule, mais je survis toujours, c'est le *deal*. Je n'appartiens qu'à l'amour. L'amour impossible que je rends possible, avec toi qui m'invites, avec moi qui serai de passage dans ta vie, par tes yeux, qui, le temps d'une fraction de seconde, ont plongé dans les miens.

Tu es là et c'est toi que je vais aimer. Tu ne m'appartiens pas, tu n'appartiens qu'à toi, qu'à notre instant, tel que nous le voulons, qu'à nous, qu'à ce que nous désirons, à chaque seconde, et nous ferons avec tes obligations.

Je suis ta maîtresse, je ne suis rien. J'ai un jour dans ma vie voulu être une maîtresse plutôt qu'une épouse.

Quel est le meilleur rôle
Celui qui frôle ou celui qui a

Et qu'est-ce qu'on a à soi
Qu'est-ce qu'on a de l'autre
Une maîtresse, ça n'existe pas pendant Noël.
Ça n'existe pas pendant les week-ends
Ni pendant les grandes vacances

Je suis l'amante, la maîtresse
Sans tableau noir
Je suis l'amante religieuse
Qui a le sens du devoir
Devoir te rendre devoir t'attendre
Maîtresse sans tableau noir
Maîtresse sans tableau de chasse...
Je suis celle qu'on laisse
Celle qui ne dérange pas
Celle qu'on prend qu'on délaisse
Celle qu'on cache qu'on attache
Celle qu'on a parce qu'elle n'est rien
Qui t'attend qui fait du bien
Celle que tu crois si libre
Alors que c'est à toi qu'elle appartient
Je suis une maîtresse
Celle qui amuse qui caresse
Celle qui fait croire aux rêves sans fin
Puisqu'il n'y a pas de lendemain
Je suis ta maîtresse maladroite
Je suis celle qu'on cache
Qu'on regarde en biais
Qui ment parfois et qui se tait

LA MAÎTRESSE

Je suis une maîtresse
Femme relative
Clocharde chic qu'on esquive
Femme du hasard qu'on salue
C'est ma misère c'est le royaume
Qui s'offre à moi, c'est toi c'est moi

Je te vole une autre vie
Je te prends d'autres plaisirs
Je suis ta femme dans l'autre monde
Tu te dis heureux le plus heureux
Parce que tu nous as toutes les deux
Je suis une maîtresse
Qui prend le temps
Tant qu'il t'en reste
La faiseuse de prouesses
La preneuse de promesses
Que nous ne tiendrons pas

Je crois en toi tout en sachant
Je vis en toi en me cachant
Je suis en dilettante
Sans espoir sans attente
Et je me mets sur pause
Pas de débordements
C'est l'heure de se quitter
Pas de dépassements
Un autre amant m'attend
Client homme à aimer

J'avoue que parfois l'envie
M'envahit de tout faire basculer
De provoquer la fatalité
D'être ta seule vérité
Sortir de ma case de nos vies
Ne pas rentrer ni te laisser
Ne pas te laisser rentrer

Je suis celle qu'un jour tu quitteras
Parce que c'est comme ça
Qui sait, qui ne sait pas
Je suis celle qui un jour partira
Parce que c'est comme ça
Qui sais, qui ne sait pas
Je suis la donneuse la preneuse

La limite n'est pourtant pas pour moi
Je suis celle que tu ne crois pas
Si j'te dis que j'attendais que toi
Maîtresse traîtresse pauvresse
Maîtresse ivresse, caresses
On s'emprunte sans se prendre
On s'imprime sans traces
Il faut que je laisse la place
Je voudrais te kidnapper
Te voler à l'autre vie
Te faire passer de mon côté
Faire des projets interdits
Ce rôle que j'ai choisi

Un jour je le chéris
Le lendemain le hais
C'est le prix de n'pas dire oui
Je suis la joyeuse obligatoire
La moindre larme me démasque
Personne ne doit s'apercevoir
Que mon bonheur est si fugace
Je dois tenir et dois te dire
Que tout va bien
Que j'manque de rien
Je dois tenir et contenir
Les bouffées de tristesse
Je dois cacher je dois mentir
Pour te garder et te chérir
À tout te dire je nous perdrais
Dans trop d'amour on sombrerait
On se quitte on se retrouve
On tangue on surfe
On plane on vibre
On flotte on glisse on vole, ivres...
Je ne peux rien attendre de toi
Tu ne veux rien de moi
Que ces instants-là
Étreintes éternelles
Qui me donnent des ailes

Pourtant, pourtant, quand je suis dans tes bras
Quand tes yeux me prennent et m'arrachent à moi

Tu ouvres les portes de terres inconnues
Tu me les montres, je me sens toute nue
Tu fais naître la vie que j'attendais
Tu me fais être dans notre éternité
Depuis si longtemps espérée
Depuis des siècles enterrée
Dans tes bras je suis ta femme, celle que j'ai toujours été,
enfin révélée, à tes côtés,
Je ne veux plus d'autres amants
Moi ton amie ta sœur, ton pote ta confidente
Dans tes bras plus rien n'existe autour de toi
Tu m'emmènes dans des mers sauvages
Nous volons dans les profondeurs
De nos âmes qui dansent
De nos cœurs en transe
Et je me moque de l'existence
Et j'oublie que notre trésor
Ne peut pas remonter à la surface
Parce qu'il n'a pas sa place.
....
....
....
....
...
.. Et un jour...

… Et un jour

Un jour, un jour on s'prendra un aller sans retour
Pour une autre vie pour notre amour
J's'rai ta bourgeoise ta femme
Ton épouse ta dame
Tu m'appelleras chérie
Mon amour ma vie
Moi j'écrirai partout sur les murs
Que j'ai un époux un mari
Comme elles font, celles qui en ont
J'me montrerai à tes côtés
Un jour, un jour,
Un jour tu seras dans mon lit là
Allongé à côté de moi
J'arrêterai le chocolat
Et je te mangerai toi
Un jour, ouais,
Il était une fois
Où tu me choisiras
Je te choisirai

Je te chérirai
Devant des témoins
Des maires des machins
Officiels habillés en pantins
Chaque jour on s'inventera
Des tours de magie des gâteaux
Des trucs pour êtr' les plus beaux
Plein d'amour mon kador
J'te ferai des massages
Pires que les Thaïlandaises
Je f'rai gaffe de pas
Trop ramener ma fraise
Une épouse une vraie
Permise, assise
Avouée, officielle
Rien à cacher
On se promettra
Aux yeux du monde entier
Un amour éternel
Charnel tout entier
Je prendrai tout mon temps
T'embrasserai sur la bouche
Devant tous les passants
Me laisserai serrer
Envelopper, transportée
dans tes bras
Te ferai des enfants
On sera des bourgeois
On achètera

On épargnera
On déménagera pas
On s'installera
On fera des projets
On partira
en vacances là-bas
on reviendra là
On ne se cachera pas
On se couchera
On re-enfantera
On se réveillera
On petit-déjeunera
On s'habituera
On s'engueulera
On se trahira
Et puis tu auras
une maîtresse.
Et j'espère
que ce sera moi...

TES MAINS

Je voudrais que tes mains me pétrissent se glissent dans mes secrets hissent mes voiles tapissent mes murs ouvrent mes serrures guérissent mes blessures je les voudrais toujours autour de moi je les voudrais partout dans moi je les adore c'est mon toit ma montagne mes arbres mes fleurs la neige les rochers les voix gitanes les vagues qui s'envolent sur la jetée de Camaret tes mains en forme d'aile de cigogne de cormoran de mouette qui flottent dans les vents tes mains grandes comme des navires qui me sauveraient dans la tempête dans tes mains je tiens debout dans tes mains je bous

Un baiser

J'ai été piquée par un baiser un petit baiser qu'un jour il m'a donné

Que s'est-il donc passé ce geste passager n'avait pas de projet

petit baiser fait à la volée ne devait jamais rien provoquer mais il ne faut jamais se laisser embrasser et je ne peux l'oublier maintenant que j'y ai goûté tout mon temps n'est fait que de l'attente de ce moment où ce baiser se tend je ne veux rien de lui ni qu'il m'aime à jamais ni serments arrachés ni d'semblant de vérité je n'veux que son baiser celui qu'il m'a donné vous savez il me l'a chuchoté sa bouche a dû glisser sans qu'il ait rien décidé ce baiser qu'il a posé de sa bouche sur la mienne je l'ai accepté et voudrais bien y goûter le prendre encore le redéposer qu'on me pardonne mon cœur en tourment grandissant sa bouche je l'attends sa bouche qui me touche cette bouche qui me ferre cette bouche que j'entends ces lèvres qui m'obsèdent cette chair qui me possède ses lèvres qui parlent aux miennes son souffle qui m'emmène sa bouche qui me sent sa bouche qui me trouve sa bouche qui me mange le baiser qu'il me prend ma bouche le lui rend et tout mon corps en suspens piqûre de baiser qui ne se guérit pas bouton de chair aimé venin d'amour inavoué je veux le retrouver il me fait respirer ses lèvres m'assouvissent je le sens je l'attends ce baiser latent il cogne avant d'être là et sa douceur me frappe sa sensualité m'attrape violente envolée sauvage d'oiseaux jamais sages qu'on ouvre leurs cages tout mon corps se plonge dans sa bouche et se fond sans retenue se confond dans tout ce qu'il me donne le plaisir se prolonge à jamais encré dans mes entrailles caressées ce doux morceau de lui petit et infini morceau de vie gonflée nos souffles mélangés s'emmêlent aimantés ce baiser interdit on se l'fait on s'le dit ses lèvres prennent tout de moi dans la seconde je suis à toi ma langue est messagère prends tout je m'évanouis dans ta bouche, me perds tu m'engloutis je vis.

CHER AMOUR

Pour toi qui donnes pour toi qui prends tous les visages tous les temps toutes les formes les instants tu me transportes et me hantes tu m'enveloppes et me transcendes me harcèles et me perds tu es une pensée un parfum des bras un chagrin des joies des vagues des embruns tu es dans tout sans trêve tu es un courant un rêve un malentendu un destin tu es pur comme l'eau claire trouble et brûlant mystère serpent de feu tu enserres nos cœurs tu nous affoles mais plongeons dans tes belles paroles dans tes leurres tes tourbillons tes gouffres tu es évident tu es épuisant tu es flagrant tu es envoûtant et ton rouge palpitant emporte les batailles contre tes ennemis de tous les temps déployant leurs forces hardies leurs petitesses infinies pour t'étouffer t'abattre te nuire et jamais tu ne fléchis libre comme un arbre tu pousses et chasses les vents mauvais hargnes vengeances et rancunes se cognent à tes ailes et vaincues crient tous les venins les plus inhumains meurent devant ton dessein loge-toi dans les cœurs envahis nos vies ne nous laisse pas seuls dans nos vides avec nos combats inutiles et vils sans toi nous nous perdons sans toi nous nous trompons sans toi nous nous tuons reste là ne désespère pas de nos natures tronquées trop gâtées par des matérialités aux apparences de fées métallisées tu es impalpable insaisissable ne rapporte rien que du bien des doux mots dans des chansons dans des bouches des frissons des promesses des langueurs des paradis secrets des bonheurs offerts par la place que tu te fais tu peux tuer et tu fais naître tu affoles et apaises tu nourris tu étouffes tu effarouches tu respires et t'engouffres fais revivre si tu touches c'est toi qui nous amènes là ici toi qui nous sèmes nous donnes les yeux et l'ardeur de ceux qui nous portent et nous accouchent tes armes plus féroces qu'un sabre sont invisibles et irascibles si tu étais en sucre tout le monde serait gros si tu étais alcool tout le monde serait ivrogne si tu étais le vent on vivrait en bateau si tu étais la pluie on serait tes ruisseaux je te fais avec celui dans lequel je te vois je te trouve selon lui selon toi je te sens dans les yeux de ceux qui te portent comme moi tu me paralyses parfois je ne vois que toi tu m'as fait les aimer tu m'as fait les quitter tu me fais les chercher tu me fais le trouver tu m'as portée hors de tous les fracas tu me libères tu me guides sans autre loi que toi me fais voler jamais ne me lâches tout me ramène à toi je voudrais être toi cher amour amours chairs amours fils amour mère amour père amours frères amours sœurs et si nous t'oublions parfois cher amour rappelle-nous toujours à toi ne nous abandonne pas.

Table

Mis en pages par DV Arts Graphiques à La Rochelle
Imprimé en France par CPI Firmin Didot
Dépôt légal : mai 2012
N° d'édition : 2729 – N° d'impression : 111427
ISBN 978-2-7491-2729-3